通俗文学研究集刊第十一种

主编　王振良

走近姚灵犀

张元卿
王振良
编

天津出版传媒集团

天津古籍出版社

**图书在版编目(CIP)数据**

走近姚灵犀 / 张元卿, 王振良编. -- 天津：天津古籍出版社, 2019.1
(通俗文学研究集刊 / 王振良主编)
ISBN 978-7-5528-0771-4

Ⅰ.①走… Ⅱ.①张…②王… Ⅲ.①姚灵犀(1899-1963)—人物研究—文集 Ⅳ.①I206.6-53

中国版本图书馆 CIP 数据核字(2019)第 000537 号

## 走近姚灵犀
### ZOUJIN YAOLINGXI

张元卿 王振良 编

出版人 / 张玮

\*

天津古籍出版社出版

(天津市西康路 35 号 邮政编码:300051)

http://www.tjabc.net

天津市天办行通数码印刷有限公司印刷
全国新华书店发行

开本 145×210 毫米 印张 8.75 字数 196 千字
2019 年 1 月第 1 版 2019 年 1 月第 1 次印刷
ISBN 978-7-5528-0771-4
定 价：.58.00 元

# 那片全新的江湖

张元卿

1935年11月10日,《申报》刊登了一则天津时代公司给姚灵犀《采菲录》所做的广告:

妇女缠足之风,为中国之恶俗,影响于民族康健,关系至巨,然其历史悠远,垂千余年,必有顽固之理由,存而不灭。吾人每欲研究一事,必须穷源竟委,识其真相而后,始能判其是非。如劝人戒毒,亦非徒托空言,必须知鸦片之来源,及其为害之烈,然后易于明审,俾毅然戒除,故欲革除缠足之风,先宜知其史实。姚灵犀君所编之《采菲录》,取材丰富,插图极多,实为社会风尚之史料。虽古今好恶不同,而编者兼收并蓄,以期了如指掌,不独唤起国人之注意,且于民族复兴尤致意焉。去年四月书成,数千册销售一空,不胫而走。兹本公司将初编再版书,准于二十五年元旦出版,续编准于二十五年一月十五日出版,印书无多,预约从速。

广告认为《采菲录》是社会风尚史料,是基于这样的认识:要研究一事,判其是非,先宜知其史实。但此书出版后,有些人认为这本书是"性变态的读物",是"寓倡于禁",认为"这样的书连续出版,印刷甚为精致,也可怪也"。1944年还有人在法院状告姚氏编印诲淫书籍。后来,在这类批评意见的影响下,姚氏和他编的书就和腐朽淫秽联系在了一起,很少有人关注;即便有人想关注,也很少能找到这些书。这样,姚灵犀和他的书就慢慢地消失在了历史深处。20世纪80年代,姚灵犀的《瓶外卮言》由天津古籍书店影印出版,姚氏才重又引起一些研究者的注意,但影响也很有限。1998年上海书店出版社出版的"民国史料笔记丛刊"收录了《采菲录》,但这个《采菲录》是从六册民国版《采菲录》"辑选汇录"而成,读者只能窥斑,却无法看到全貌。看不到全貌,怎能判其是非?

近二十年来,随着网络技术的发展和网络资源的丰富,特别是孔夫子等旧书网为读者提供了旧书交流的平台,姚灵犀的书籍、诗稿等资料才逐渐从历史深处浮出水面,重又回到普通读者面前。此时,《采菲录》等书才逐渐与诲淫书籍脱钩,成了研究者和收藏者追捧的稀见史料。可以说,是网上的民间读书人最先给姚灵犀和他的《采菲录》平反了。于是,重评姚灵犀便成为众多读者的心声。可是在《采菲录》《瓶外卮言》之外,姚氏已刊和未刊著作还很多,不把这些论著搜集完备,不把相关史料钩索齐整,又怎能重评姚灵犀呢?数年前,王振良兄编《天津记忆》时,曾计划给姚灵犀做个专辑,目的就是想把基本史料做好,供研究者判其是非,后因资料搜集未备,愿望没能实现。但为了把先期整理好的资料让研究者分享,振良在随后创办的电子版学术期刊《品报》上,编过"姚灵犀小辑",并零星刊登过一些研究文章,但收集的资料还未达到出书的规模。

几年前南下金陵后,振良还常和我念叨姚灵犀,希望我继续搜集资料,充实《姚灵犀年表》。此后虽有新的发现,但整体进展并不顺利,直到兰翠娟的出现,转机才终于到来。去冬,我偶然发现吉林大学的研究生兰翠娟写过研究《南金》的硕士论文,马上从网上下载阅读,读后即与振良通话,说加上这本论文就可编好姚灵犀研究集了。当时我们很是兴奋,我随即给兰翠娟的导师孟兆臣教授去电话,希望通过他找到兰翠娟,并表达了想收录她论文的愿望。几天后,我接到兰翠娟女士的电话,她不仅同意我们收录她的论文,还和我交流了研究心得,聊得甚是愉快。此后,在编好兰翠娟女士的论文后,我约她写写研究《南金》的体会,她很快传来了《今生有幸识〈南金〉》。在这篇文章中,有两段话给我印象最深。第一句是:"难以想象,曾经有那么一群人,他们见证了历史,创造了历史,成为了历史,最终又湮没于历史。"第二句是:"《南金》杂志,就像一把开启民国时期京津文艺界'朋友圈'的钥匙,将人带入一片全新的江湖。"这虽然是谈《南金》,也适合于评说姚灵犀。要深入地评说姚灵犀,自然要读全他的著作,可光读他的著作,还不足以了解他,而要了解他,就要走进属于他的那片江湖。《走近姚灵犀》收录的文章,自然是以研究姚氏著作的为主,但这些文章中透露的与论题不尽相关的那些江湖信息,我们更希望读者留意。能不能走近姚灵犀,很大程度上取决于你是否能走进那片全新的江湖。

  本书搜罗的资料并不全,但我们自信这些资料对于想"识其真相"的读者还是有用的,也自信经由这些资料是能逐步走近姚灵犀的,因此借着天津时代公司的广告语为本书吆喝一声:印书无多,预约从速。

2015 年 12 月 28 日晚于南秀村

# 目 录

前言：那片全新的江湖 / 张元卿 ………………………… 001

## 上编 采菲拾零

《采菲录》自序 / 灵犀 ………………………… 003
《采菲录》序 / 兔公 ………………………… 004
《采菲录》序 / 陈微尘 ………………………… 005
《采菲录续编》自序 / 姚灵犀 ………………………… 007
《采菲录第三编》题词 / 徐济之 ………………………… 009
记姚灵犀清谈——《采菲新编》跋 / 聊止 ………………………… 010
《采菲录精华录》弁言 / 姚灵犀 ………………………… 011
介绍《采菲录》/ 云心 ………………………… 013
姚灵犀 / 吴云心 ………………………… 015

关于《采菲录》的初版 / 王之江 ……… 017
姚灵犀及其《采菲录》/ 陈宗枢 ……… 021
《采菲录》引发的风波 / 倪斯霆 ……… 023
香艳作家的史家眼光 / 九月授衣 ……… 025
也说《采菲录》/ 沈津 ……… 028
姚灵犀与《采菲录》/ 来新夏 ……… 030
姚灵犀：写妇女缠足 遭牢狱之灾 / 倪斯霆 ……… 035
"过渡期"历史的另一面 / 杨念群 ……… 041
"历史另一面"的困惑 / 张鸣 ……… 052
姚灵犀与友人：收藏"凋零" / 高彦颐 ……… 060
近代缠足及其禁罚的多元图景
　　——读《采菲录》札记 / 且行且珍惜 ……… 065

## 中编　瓶外杂说

《未刻珍品丛传》弁言 / 姚灵犀 ……… 079
《苦乡绮梦录》序 / 姚灵犀 ……… 081
《瓶外卮言》序 / 江东霁月 ……… 083
《瓶外卮言》序 / 魏病侠 ……… 085
《瓶外卮言》题词 / 王伯龙 ……… 087
《瓶外卮言》/ 王汝梅 ……… 088
读《瓶外卮言》/ 陈诏 ……… 091
《金瓶梅》研究的第一部论文集《瓶外卮言》/ 孟昭连 ……… 093
姚灵犀与《金瓶梅》研究 / 周双利 ……… 096
关于《瓶外卮言》和《采菲录》/ 姚桐椿 ……… 102

两个金瓶奇人的遭际
　　——从姚灵犀、曹涵美看在中国研究性学的危险性 / 曹亚瑟 ⋯ 104
杂谈《瓶外卮言》及其他 / 金梅 ⋯ 115
《瓶外卮言》前言 / 陶慕宁 ⋯ 123
姚灵犀的《金瓶梅》研究 / 蔡登山 ⋯ 128
姚灵犀与《红楼梦》
　　——姚灵犀生平叙录 / 胡文彬 ⋯ 138
性学的精华——《思无邪小记》/ 吴兴文 ⋯ 141
《南金》：北派通俗期刊史上的重要杂志 / 张元卿 ⋯ 143
姚灵犀与"北方唯一最美之文艺月刊" / 侯福志 ⋯ 147
姚灵犀论刘云若 / 张元卿 ⋯ 150
姚灵犀著述小考 / 宛钺 ⋯ 154
姚灵犀年表初稿 / 张元卿 ⋯ 161

## 下编 《南金》研究 / 兰翠娟

引言 ⋯ 179
绪论 ⋯ 181
第一章 昙花一现的《南金》 ⋯ 183
　第一节 《南金》的产生背景 ⋯ 183
　第二节 《南金》的创刊 ⋯ 187
第二章《南金》的传播要素 ⋯ 191
　第一节 社长姚灵犀 ⋯ 191
　第二节 《南金》的编辑团队 ⋯ 194
　第三节 《南金》的创作群体 ⋯ 199

第四节 《南金》的读者群体 …………………………………… 202
第三章 《南金》的主要内容 …………………………………………… 207
   第一节 文学作品 ………………………………………………… 207
   第二节 笔记史料 ………………………………………………… 216
   第三节 梨园风尚 ………………………………………………… 229
   第四节 图画作品 ………………………………………………… 236
第四章 《南金》的停刊与其他期刊 …………………………………… 240
   第一节 《南金》的停刊 ………………………………………… 240
   第二节 《南金》与《一炉》 …………………………………… 243
结语 ……………………………………………………………………… 247
参考文献 ………………………………………………………………… 249
后记 ……………………………………………………………………… 252
附录一：《南金》主要作者作品表 …………………………………… 254
附录二：今生有幸识《南金》/ 兰翠娟 ……………………………… 257

编后记：走近姚灵犀 / 王振良 ………………………………………… 260

# 上编 采菲拾零

# 《采菲录》自序

灵 犀

金莲贴地，齐宫作俑于一时；玉筍凌云，窅娘遗祸者千载。上行下效，咸夸三寸之纤；踵事增华，兢羡双弯之美。□斯为极，人皆寸趾弓弓；由变则通，今已圆肤致致。尽除恶习，共返天然。然其嬗衍之迹，风会所趋，苟欲闻焉，讵可略哉！不佞步方绚之后尘，接余怀之前躅。搜古今书籍，艳摘红蕖；感友好应求，图成翠凤。既竣采葺，亟付枣梨。嗟乎，见之恨晚，生不逢时。志讬兰荃，纫灵均之芳草；□存葑菲，念洛水之美人。丽赋闲情，附素足□嫌委弃；香奁微讽，轻绿齿似欠风流。尤嘅夫今之巾帼，日处绮罗，四□不勤，百步见笑。脚头站定（《蝴蝶梦传奇》句），何须索高底之□（见谢观诗）；胫跗丰妍，竟布结生尘之袜。盖闻错将到底，讖□焉于宣和；更愿服以章身，微衣冠于戎狄。虽除锢蔽，依然步履维艰；若蹈贞和，胡为手足无措？惟有故行勿失，庶免□□遗讥。同为圆颅方趾之伦，毋作凿齿雕题之俗。因书短引，聊发微言。

（原载《天风报》1933年2月3日）

# 《采菲录》序

凫 公

灵犀理自来论缠足之文而叙其蝉嫣之迹，稍稍布于世，大为世所叹嗟，好事者复益之以图，于是锓版成书，愈称详备。呜呼，刻雒伤性，庄生用深痛于《马蹄》也。然执意而为之者，独不知哉？窃高明之地，握生杀之权，昏昏焉忘其所以，务驱一国惟己意是从，削之以适屦，举之以投迹，顾盼自喜，方谓举国莫予逆也。祸患起于不测，一夕而天府为墟，毒害已深，逃避无术。当此之时，虽有墨翟之徒千百，摩顶放踵以救之，亦且不及。悲夫，悲夫。建国二十二年正月，凫公。

此序为名小说家潘君凫公新春试笔第一篇杰作，妙语双关，少少许胜人多多许。闻姚灵犀已将《采菲录》编纂竣事，只俟傅芸子由日本将《支那缠足考》，及他种资料译来，即可出版问世矣。编者识。

（原载《天风报》1933年2月4日，编者为还珠楼主，凫公即潘伯鹰）

# 《采菲录》序

陈微尘

中国人最贻笑世界,被人称为半开化民族,缠足一事实为厉阶,几令人无辞以自解。灵犀先生编《采菲录》一书,以粲花舌说下乘法,实具苦心,功德不小,就而征序于余。余一巫医之流耳,何足以言见重,独是关于生理上之种种观测,容有不能缄默者,聊以尽一人之言责耳。

余既习于医,对于妇女百病靡不深切研究,而后知缠足之害,往往为月经病致疾之因。盖每月红潮皆应去瘀生新,气不足则瘀不能去。缠足妇女缺乏运动,气先不足已成定论,加以足帛之层层压迫,使血管受挤,血行至足,纡徐无力。一人每日之血液,本应环行全身一周,若在足部发生障碍,则其周流必生迟滞之弊。一日如此,日日如此,积年累月莫不如此,欲求月经上不发生疾病可以得乎?故中国缠足妇女对于月经之应时不潮,或潮而不畅,或种种病态,或腹痛腰酸,或头晕反呕,皆视为至平常之事,从未加以注意。迨至日久,成为痼疾,腹中血块成瘕,崩漏与经闭种种疾患,皆一发而不可制，然后就医求诊。此时若遇良医，考身体之强弱，半攻半补，审慎下药，或可挽回万一；若遇一知半解之流，往往攻下失宜，峻补贻患，戕及生命，不知凡几，诚可痛心之事也。缠足之初，不过一二专制帝王肆其淫虐，不料文明开化最早之民族，竟不能正之于始，善之于后，浸成风气，贻笑万邦，谓为中国国耻之一，亦孰谓不当耶？今聊以医学所得为旧式妇女界进一解，并应灵犀先生之请云尔。

(原载姚灵犀编《采菲录》，天津时代公司1936年版)

# 《采菲录续编》自序

姚灵犀

《诗·谷风》章云:"采葑采菲,无以下体。"刺夫妇之失道也。盖诗人之旨,当节取一善,勿以其根之恶而弃其茎之美,予之编印《采菲录》,亦即取此义耳。中国妇女缠足之风垂千余载,畴昔帝王宠之妃嫔行于上;闺阁踵之,妇女效于下;绅士夫又歌咏以赞美之,于是天下靡然风从,皆以裙下纤纤作弓弯样者以为美。明太祖且有丐户不得缠足之令,是以缠足者为文明,纤趾者为华贵。妇女若不行缠,则父母以为羞,翁姑以为恶,甚至佳偶难偕,成终身之恨事,固视为至重也。一自海禁大开,梯航万国,吾国之具有大知识者鉴于环球无此陋俗,始知缠足之习亟应革除。近三十年来,国家加以禁止,社会申以劝戒,缠足之风已稍稍戢矣。往日以之为美,非缠足不能求佳偶者,今日又以之为甚丑;偶有缠足者,其夫婿必以为耻,小则反目,大则仳离。夫妇之道苦,难乎其为妇女矣。然僻邑下县,此风犹未尽绝,私为缠束,不异昔时。

夫缠足之恶俗,不独为妇女一身之害也,其影响于民族健康也亦至巨。然其历史悠远,久经劝禁而未绝者,必有强固之理存乎其间。吾人欲屏斥一事一物,必须穷源竟委以识其真象,而后始能判其是非。如劝人戒毒,非徒托空言者,亦须先知鸦片之来源及其为害之烈,而后能毅然戒除。故欲革除缠足之风,先宜知其史实,予之搜集资料勒为专书,即此意也。前编问世后,阅者毁誉参半,予不以为惧,亦不以为喜。独有人以此编为提倡缠足相责难者,予不能缄默无言也。予所以编为此书,原欲于纤趾未尽绝迹之前,搜罗前人记载,或赞美之词,或鄙薄之语,汇为一册,以存其真。更取纤趾天足之影,弓鞋罗袜之属,列之以图,附之以表,使阅者知所印证,引为鉴戒。更为后世之人留此爪印,借知往日妇女曾受酷刑如此之烈。此纯为研究风俗史者作参考之资耳。时至今日,缠足之风岂一编提倡所可得乎?以"采菲"名此编者,亦以缠足为妇女下体之瑕疵,而劝人勿以一瑕而掩全美,君取节焉可也之义。若以缠足为可取,盍不以"金莲"名吾书耶?前编文约二十万言,初以为缠足资料已尽于此,后友朋投寄络绎而来,不及一年又裒然成帙。今日祸枣灾梨,刊为续编,安知他日不有三集、四集以成大观耶?惟予于此道不尽谙习,博取而不能约,体例殊乖,故此编只可以钞录为名而不敢附于史料之列也。中华民国二十五年一月姚灵犀序于天津。

(原载姚灵犀编《采菲录续编》,天津时代公司1936年版)

# 《采菲录第三编》题词

徐济之

别开生面,自成一家。心裁独出,诗思无邪。篇篇珠玉,步步莲花。无典不引,有口皆夸。心心相印,香屑笼纱。庐山面目,视耶非耶。词林金石,天半云霞。苦心搜集,清静无哗。铁鞋踏破,海角天涯。图书万象,美玉无瑕。空前未有,其新孔嘉。锦心绣口,盖代之华。

花史又谁修,长才夙愿酬。凤头凭月旦,鸿爪亦风流。海上逢姚合,云中现玉钩。爱莲新乐府,文笔足千秋。

(原载姚灵犀编《采菲录第三编》,天津书局1936年版)

# 记姚灵犀清谈
## ——《采菲新编》跋

聊 止

余以灵犀先生采菲之作,于小脚之研究考证,淹博精详,允称杰构。灵犀颇表谦逊,因谓外间或有人以彼作此书者,意在提倡缠足,实则彼绝无此意。且彼以为缠足之残酷,从前妇女,既已饱受苦痛,今后无论如何,决无人肯轻于尝试。且此种风气,早成过去,此后亦绝非一二人著书立说,所能挽回。再则彼本人曩在塞北服官时,曾亲至各县,劝导放足,是彼能于天足,确曾尽力提倡,更无于今日再提倡之理也。灵犀此言,声辨其作《采菲录》并非提倡小脚,其理甚明。今当《采菲新编》出版,爰记之,以告关心此事者。

(原载姚灵犀编《采菲新编》,天津书局1941年版)

# 《采菲录精华录》弁言

姚灵犀

中国妇女缠足,洵千余年来之恶俗也。始见于唐五代,踵行于宋元,至明为盛。太祖且另浙东丐户,男子不许读书,女子不许缠足。是视不缠足之妇女,直同化外矣。清初著为令甲,后即驰禁,及其末造,政府列为禁政之一,与鸦片之害同,人习知之,惩罚劝戒无不至,而卒不能革。洎欧风东渐,争效夷俗,以圆肤光致,为时世新装。昔日帝王之威,政令之严,所不能改者,未几时尽复天足,甚矣风俗之移人也。吾人正值其时,观其遭递之迹,不有纪述,何以示来兹?于是多方蒐集,有图有文,乃以《采菲录》为名,锓版问世。五年以来,凡成四编,毁誉由人,冀留缠足史之典实而已。惟以四编所载,间有海内同好,陆续投掷,深恐遗珠,致多附赘,系统殊紊,语意累重,阅者病之,窃以为憾。今因肆无存书,而购者纷至,于是斟酌异同,重为厘定,合四编为一部,分一部为两本,图影略有更易,文字亦有增删,并将往日劝戒一门,及讥笑缠足之稿,悉加除汰,因世人已尽知其弊,无复自甘痛楚,再事行缠者矣。呜呼,吴苑就荒,空怀响屟；窅娘已杳，难见凌云。此亦谈往于花村，何妨琐言夫北梦。爱莲有说，采菲名书。似较方绚品藻为详，差胜李渔选足之刻。文图香艳，人或云然；质量精华，余何敢言。当授梓之伊始，聊发凡于其端焉。民国三十年七月，丹徒姚灵犀识于天津。

(原载姚灵犀编《采菲精华录》，天津书局1941年版)

## 介绍《采菲录》

云 心

普罗文艺被禁之后,新文化的辞典都连带着受了影响,线装书已酝酿着大行其道。章克标作《文坛登龙术》颇有先见之明,一出版便用线装。古香古色,即使幽默有与普罗六亲同运之时,文坛登龙术,或者可以幸免于难。这是后点,暂且不题!

年光是有倒流之势,破坏摩登之际,在天津应运而出版之一册《采菲录》。这部书,倒有些"古"气。

有人以为中国女人的缠足布解开之后,便换上高跟鞋;缠足布和高跟鞋是一样,与其学外国女人穿高跟鞋,还不如恢复三寸金莲,藉资保存国粹。不过这些人没有勇气明目张胆的提倡女人裹脚。但又觉得女人放了脚,大有与古物淹没一样的遗憾。无计奈何,便发明了一个寓倡于禁的方法,于是乎《采菲录》便出版了。

在这破坏摩登的时代,我相信这书一定可以风行一时。而且据说,因为这书的前几页登着许多缠足女人的鞋和女人的脚,花花绿绿,美不胜收,便引起外国人考古的兴趣,买了去许多本。记得外国曾花好些钱照中国小脚女人的像片,这一来又省了外国人许多事!

　　好像在一种刊物上看见:巴黎现在有几个流落于此的中国妇女,都是三寸金莲,因为没有饭吃,便在街头展览小脚,收几个法郎的展览费,于是乎便衣食有着了。我想这一条应该补充在《采菲录》里,因为女人裹了脚还多出来这么一种吃饭的方法!不是更可给女人们一个暗示,鼓励她们裹脚么?

　　这一册书,最大两个遗憾。第一,是缺乏一篇"缠足之益",却扳起面孔来有一篇"缠足之害",作者的胆量未免太小了。正像写普罗文艺的人,有时还自称本人不反革命,只是令人觉得扭扭捏捏不彻底!第二,装订没用线装,未免太不风雅。

　　本来我想规规矩矩的作一篇介绍,以期金莲之运复兴,仕女觉悟天足之非,而回在家里预备缠足布,裨不负作者的苦心,而为破坏摩登造一更进一步的义意!但也许是本人还有些顽固,和监察院委员邵鸿基犯了一个毛病,写来写去,总没敢彻底拥护三寸金莲,以致不三不四。这是对于《采菲录》作者很抱歉的!

(原载《益世报》1934 年 4 月 25 日副刊"语林")

# 姚灵犀

吴云心

姚灵犀，扬州人。其人出身不详。能文骈俪，诗词均佳，书法亦秀丽。曾出版一刊物曰《南金》，银色字，系郑孝胥所题，出版数期即停刊。姚所写长篇连载文言小说《瑶光秘记》，写一尼庵淫乱故事。姚著《瓶外卮言》论《金瓶梅》，亦多绮语，由天津书局印单行本出版。

姚灵犀一生最大的著作是《采菲录》，他用《诗经》"采葑采菲，无以下体"两句诗意影其著作为《采菲录》，专述妇女缠足故事。姚故乡扬州，昔日妇女缠足风盛，有"苏州头扬州脚"之谚，这也是姚灵犀研究缠足的一个原因。姚书开始在沙大风办的《天风报》连续发表，接着由天津书局出版，从第一集到《采菲精华》，约有五六集，每集近二十万字。其第一集为妇女缠足考证，从战国女履记载以及唐人诗文直到近代，探求中国妇女缠足历史。他的观点似乎是从一种普遍的妇女爱美的装束，由穿紧鞋到束足，目的求其较尖瘦，后来演变，渐渐束紧，到五代时窅娘取悦于皇帝，束足尖小，以后变本加厉，至朱明始尚弓足。姚灵犀考证，似乎是经过一番思考，但其重点，却是收集各地习俗，记述妇女缠足过程。其较详篇章如金素馨记缠足经过，一个署名"简"的人（或许是一个女人）写的《缠足痛》，十分详细地记述了女孩自六七岁开始缠足，如何缠小的过程。另有三寸金莲尺寸表，搜罗至为广泛。从文字表面上看，似是揭露妇女缠足至痛苦，但又似对小脚的欣赏。其心理状态实际是畸形的。《采菲录》中还有男子缠足的记述，其心理变态可知。这样的书连续出版，印刷甚为精致，也可怪也。

据云，姚收藏妇女绣鞋多双，经常带在身边，与人欣赏。由此亦可见其心理状态。姚于"文革"中故去。

（原载吴云心《摇落集》，此据杨大辛主编《吴云心文集》，天津古籍出版社1990年版）

# 关于《采菲录》的初版

王之江

《采菲录》是20世纪30年代姚灵犀编辑的一套关于中国妇女缠足的史料,是研究女性生活史、社会风俗史、性学史、身体史及士人心态史重要的参考文献。

姚灵犀(1899—1963),字衮雪,号灵犀,以号行世,江苏丹徒人。曾辗转各地任职,后来定居天津英租界。姚灵犀在天津娱乐小报《天风极》副刊"黑旋风"主持"采菲录"专栏。其名取自《诗经·邶风·谷风》之"采葑采菲,无以下体",专门征集刊载与缠足有关的文字,后汇成一册,名为《采菲录》,再后由于资料过多及商业追求,编为续编、三编、四编、新编、精华录等,成为一部资料丛刊。此书一出即广受争议,毁者众多,就时代而言,这应是正常情形。

近来《采菲录》渐渐受到研究者的关注。有学术专著,也有书话随笔;有专家学者,也有一般读者;有海外的,也有国内的。在众多的评论中,关于《采菲录》(即所谓的"初编")初版的出版时间和出版者,各有不同的说法,莫衷一是。此问题虽无关宏旨,但对于确切了解《采菲录》的编撰出版过程,对地方出版机构及历史梳理工作还是十分必要的。

美国学者高彦颐在其著作《缠足——"金莲崇拜"盛极而衰的演变》的"凡例"和"参考文献"中认为《采菲录》为天津时代公司1934年出版,且有(初编)字样。一般报刊及网上的介绍文字也都是这个说法,看来是同一来源。

上海书店1998年出版的《采菲录》是从四编之中删节而成,近十万字,不足原书七分之一。其"出版说明"言,"初编、续编由天津时代公司于1936年1月、2月印行,三编、四集由天津书局于1936年12月及1938年2月印行"。

图一

沈津《也说〈采菲录〉》认为是天津时代公司1933年出版(出版时间恐系其笔误)。其文所附书影比较精致,封面字是"中国妇女缠足史料 采菲录 初编 姚灵犀编"(见图一)。从书影看此书显系再版重新设计加工,不似初版之粗糙。

近日笔者在一藏者手中所见《采菲录》与前者所记均有不同。

1.封面灰粉色,有一女子头像,另有女性天足及小脚各一只形成对比。整个设计有现代气息。书名题字和作者署名为瘦金体,或为姚灵犀手迹。无"初编"字样(见图二)。

图二

2.扉页著者只写"灵犀编",书名"采菲录"无"初编"字样(见图三)。

3.版权页所记为"中华民国二十三年四月十五日初版,采菲录,全一册,编者灵犀,总发行天津书局"。不见任何"天津时代公司"字样。

4.有著作权印花"灵犀藏墨"一枚,证明本书为正版,而非盗印(见图四)。

5.从封面、扉页到版权页均无"中国妇女缠足史料"字样。

图三 《采菲录》扉页

从以上各方面看《采菲录》初版,没有"初编"的字样,"初编"二字是后来重印时,为与其他编排序而后加的。初版也是天津书局,而不是天津时代公司。

天津时代公司出版的初编和续编,我猜想为再版本或重印本。因为同真正的初版比起来,那一版太精致了,从书名加副标题、加"初编",到封面色彩、字体、结构的设计,都有了太多的编辑心思,了无初期连载征文汇编时的单纯和粗放,这只能是资料丰富,构思成熟的结果。

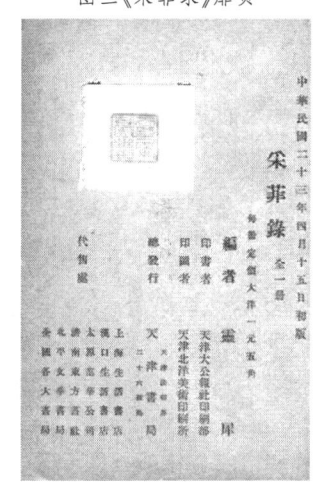

图四 《采菲录》版权页

姚灵犀在《续编自序》中说:"前编文约二十万言,初以为缠足资料已尽于此,后友朋投寄络绎而来,不及一年又斐然成帙。今日祸枣灾梨,刊为续编,安知他日不有三集四集以成大观耶？"这也足以证明,姚灵犀当初是没有"初编"设想的。

又陈宗枢在《姚灵犀及其〈采菲录〉》一文中回忆："《采菲录》《采菲续录》《采菲三录》《采菲新编》等书,均由一小书店——天津书局为之刊印发行。"陈宗枢1941年至1943年间曾与姚灵犀共事并多有往来,1963年两人还有信札往还,想来其回忆是准确的。

对于《采菲录》的价值,今天仍有争议,这里不再一一评说。美国学者高彦颐的看法,颇值得关注与肯定：

"姚灵犀并不讳言他的盈利动机,而且如我们将看到的,对于某些内容露骨的性描写,他同样直言不讳。然而,这部'色情作品'的态度,相当认真严肃,否则也不会以网罗文献和广搜知识为目标。像这般穷尽收集和记录,等于是建筑一个自成一格的空间,在里面,分歧杂乱的零散资料,得以经整理、编排和上架而形成一个完整的知识领域。"

"纵观其连载化、片段化的资料形成,以及为了编纂续集而公开征稿的做法,《采菲录》都近似传统的丛书集成或事类辑要。然而编者与作者的社会位置,他们的怀旧情怀,以及他们生产的知识的性质,却不折不扣是通商口岸这种现代都市文化的产物。"

2011年5月11日改定于南开园

(原载《出版史料》2012年第1期)

# 姚灵犀及其《采菲录》

陈宗枢

丹徒姚君素先生字衮雪,号灵犀,风流倜傥,擅诗古文辞。才思便捷,流寓津门,在天津文艺界颇负盛名,为梦碧词社成员,曾主编《南金》杂志。著有《瑶光秘记》(艳情小说)、《瓶外卮言》(有关《金瓶梅》之文章资料)、《麝尘集》(笔记)、《采菲录》《采菲续录》《采菲三录》《采菲新编》等书。均由一小书店——天津书店为之刊印发行。其中《采菲录》共四集,系专门研究妇女缠足史料,并有咏"金莲"之诗词多首。销路甚好,海外亦有盗版者。书中附有摄影及画图多种。现代名作家冯骥才之成名作《三寸金莲》小说中篇,述及缠足历史多采自该书。1944年天津尚在沦陷时期,伪教育局局长何庆元出面在法院状告姚编印诲淫书籍,法院立案审理,经姚多方奔走请托,此案迁延近年余,至1945年日本投降,不了了之。何庆元为日本庆应大学经济系毕业,余在高中时,何为教务主任,课余义务教授日文,余曾从学半年,甚有收获,天津陷后因其夫人为日籍,夤缘为一中校长,进而为伪教育局长。其为人傲岸不群,宜乎其以维持风化自任因而沽姚也。

1941年至1943年间,姚先生曾任思勤油厂董事会秘书,余任该厂会计主任,时余二十四五岁,先生长余十八岁。余常在报纸副刊写谈戏稿,公余常向先生请教诗词作法并将习作求正,先生每为批改并加以鼓励,时潘侠风编辑《游艺画刊》,先生介绍余每周写一有关昆剧稿送刊,余亦甚乐为之。先生年近花甲,遽赋悼亡,遂去北京依其独子以居,子妇为名诗人陈苍虬先生女孙,遇之颇不善。1962年有人去京晤之,带来致寇梦碧及余函各一,致余函中附红豆二颗,《减兰》二首,述及当年交谊及思念之情。余以五古一首作答。翌年,闻其抑郁而终,计其年尚未足六十五岁也。余曾有诗悼之,诗曰:"绮语逋难了,惊才早脱羁。世惟羞故步,君独阐其微。沽水残鸥在,扬州旧梦非。寄声托红豆,意共麝尘飞。"

(原载《今晚报》,具体日期失考)

# 《采菲录》引发的风波

倪斯霆

1931年5月,天津《天风报》副刊"黑旋风"上,一个名为"采菲录"的小专栏出现了。作者署名"灵犀",与"黑旋风"主编姚灵犀系同一人。不久,平津文化名人潘凫公、王伯龙、魏病侠等便有品评文章面世,对其或褒或贬,引起一场争议。

1933年底,天津书局将文章结集为《采菲录》出版,上市三个月即告售罄。1934年5月,天津书局又委托大公报社印刷部重印此书,仍热卖不衰。姚灵犀见该书如此火爆,1936年初再出续编。随后,三编、四编也于1936年、1938年由天津书局付梓。而天津时代公司印刷部1936年又将该书初编及续编再版。1941年,天津书局推出《采菲录新编》,同年再出《采菲精华录》。随后又有以"金莲小史"为副题的《采菲新编》现于坊间。

不到十年时间,《采菲录》以不同形式不断出版,发行十多万册,在平津乃至全国掀起"采菲"热,这不能不说是一种文化现象。那么,《采菲录》究竟是本什么书呢?答曰:这是一系列专述旧时妇女缠足的史料汇编,分为亲历、考证、丛钞、撮录、杂著、劝戒、琐记等类。在时代新旧蜕变之际,人们既对新生活充满好奇,又对旧习俗进行反思,因此该书吸引了当年经历缠足与放脚的每个家庭。按姚氏自述,编此书之目的旨在告诫世人缠足之弊。然而,为此他却遭遇了一场牢狱之灾。

据台湾性学研究专家柯基生医生披露,《采菲录》出版后,姚氏先获骂名,继成"名教罪人",并以"风流罪"被关牢狱。出狱后作有五言诗《出狱后感言》。从诗中可见,其不但被拘监,且被罚"二百金",最后"焚笔毁砚",家道中落。对此柯基生医生感叹,"近代名儒姚灵犀因著《采菲录》,详述缠足助性生活获罪。西元1944年当金赛(美国性学研究开拓者)获得企业捐助,专研性学时,姚灵犀因风流罪罚二百金破产,从此东西方性学研究进入消长分水岭"。

遥想当年文坛,因"赤化"与"革命"而获罪者不乏其人,然而因一套文化史料而入狱者,在北方最大的商埠天津还是极为鲜见的。

姚灵犀生于1899年,原名君素,江苏丹徒人。何时到津不详,仅知20世纪30年代当过小职员兼报馆编辑等。著述除《采菲录》外,尚有研究《金瓶梅》的《瓶外卮言》。由于他的著述与收藏均"涉性",当年常被认为有伤风化。但站在今天的视角去回视其所著所藏,便会发现他其实是个性学研究者。如果说他的"研究"尚有可商榷之处,那就是没有把握好"批判"与"欣赏"的界限,不加筛选地将史料中的"精华"与"糟粕"糅在一起。然而从其抢救与保存社会文化史料方面的实绩看,我们还是不应忘记此人。

(原载《今晚报》2016年6月20日)

# 香艳作家的史家眼光

九月授衣

姚灵犀是 20 世纪 30 年代搜集和撰述香艳文字的大家。其人今天已鲜为人知,其身世学问更少有记载传播,但其编辑撰述的一些有关香艳的著作,却是风俗史、妇女生活史、社会学、性学等方面研究绕不过去的重要参考资料。

姚灵犀是江苏丹徒人,20 世纪 30 年代在天津主办休闲刊物《南金》。天津是当时北方旧思想旧势力重镇,休闲娱乐出版业发达,各种小报小刊如雨后春笋,亦有颇为可观的休闲娱乐文章撰述队伍。姚灵犀在娱乐小报《天风报》"黑旋风"副刊主编一专栏,名唤"采菲录",取意于《诗经·谷风》"采葑采菲,无以下体"之句;此栏目专事刊载有关妇女缠足各方面资料。姚灵犀后来将这些文字汇编成帙,依旧用专栏名作书名,副题则为"中国妇女缠足史料"。书分六集,初编、续编由天津时代公司 1936 年 1 月、2 月刊行,三编、四编由天津书局于 1936 年 12 月及 1938 年 2 月刊行,1941 年又有新编和精华录行世。

《采菲录》的陆续刊行,招致无数非议,被斥责为大逆不道,甚至有人以编印诲淫书籍为由,将其告上法院,致其下狱,而另一方面,这部书却大受读者欢迎。香港影印的《瓶外卮言》书首即有一则《灵犀启事》,是关于《采菲录新编》难以从速印行原因的说明,从中颇能看出社会对此书的热望。在1974年日本名古屋大学采华书林印行的《思无邪小记》书末,亦印有启事数则,第一则即关于此书:"《采菲录》一书,前后已成四集,久经售罄,而购者纷至。"可见,一部分卫道士的指责杀伐,并不能掩盖覆没《采菲录》的真正价值——尽管难以否认,需求者当中有不少为嗜痂者。

其实,姚灵犀在《续编自序》中,已将搜集编印《采菲录》的缘由说得明白:"夫缠足之恶俗,不独为妇女一身之害也,其影响于民族健康也亦至巨。然其历史悠远,久经劝禁而未绝者,必有强固之理存乎其间。吾人欲屏斥一事一物,必须穷源竟委以识其真象,而后始能判其是非……故欲革除缠足之风,先宜知其史实,予之搜集资料勒为专书,即此意也。"这一段文字,说明事理通达透彻,而立论角度亦颇高,很可见出姚灵犀独具只眼的史家眼光。同时,这段文字还可视为姚灵犀一系列香艳文字撰述的出发点。事实也充分证明了姚灵犀超慧的史家眼光,其所撰著的《瓶外卮言》是《金瓶梅》研究的第一部专门著作,后世《金瓶梅》研究者谁都避不开此书;《思无邪小记》更是广搜博采,上起经史,下逮说部,汇集香艳文字资料之丰,似乎还没有一种书能出其右,是研究性学和妇女生活史不可多得的资源宝库。

但是,能具有姚灵犀这般史家眼光的毕竟是少数,更多的人还是从道德角度对《采菲录》进行了批判。藏书家姜德明先生少居津门,却很不屑于这位"半老乡"前辈。在他的书话集《书摊梦寻》中,有一篇《柱宇谈话集》,开头说:"旧时的天津书局虽然也卖过进步书刊……敌伪时期却以出版刘云若、陈慎言的言情小说为主,等而下之的是姚灵犀的《瓶外卮言》及《采菲录》等表现性变态的低俗读物……"姜先生以收藏现代文学书刊资料宏富著称,为文亦从自己所藏资料出发,论人每多持平之言,但这段斥姚著为性变态读物的议论却明显有失偏颇。1998年上海书店重印了《采菲录》,但进行了大规模"消毒"处理,除却编辑者新补充进去的"附编",实际上100页还不到,与原刊煌煌六集相比,百不及一。可见,要消除固有的偏见和囿见,难度有多大。

(原载《金华晚报》2008年1月17日)

# 也说《采菲录》

沈　津

《采菲录》是麻袋中的一种。是姚灵犀辑的有关缠足的文章、叙述、资料等,内容很丰富,上图有好几个复本。说它有问题,大概是因为缠足乃封建时代之陋习恶俗,开摧残女性肢体之风气,影响民族健康关系至巨,罪莫大焉。书中有不少叙述带有"黄"的成分,所谓缠足女子能使男子"春弓一握魂消千古",以及达官显宦拜足狂者之变态。所以此书过去就作为"黄书"处理,不可公开,读者如需借阅,要持单位介绍信并得批准方可阅览。

1985年的年初,我去上图东大楼206室,206室当时是中国古籍善本书目编委会审阅经部、史部的办公室,而二楼则全是参考阅览室,读者多多。我走在楼梯上,后面有人叫住我说:"同志,206室在哪里?"我一看,是个50岁左右的陌生的人。就问有什么事吗?那人说:"我要找沈津同志。"我问找他何事,那人从包里拿出一张介绍信,原来是重庆某医学院的,专程来看《采菲录》,并说是传达室要他去找沈某的。我问为何不在成都四川省馆或重庆市馆看。他说整个四川都无此书。因为他是做研究的,并非猎奇,又是专程,所以掏出笔来就在介绍信的背后写上"同意",并签上贱名。他一看就说"原来你就是沈津同志"。那年春节前,我收到一张贺年卡,就是重庆人寄来的,除了"新年快乐",就是感谢再感谢。当然,我也不知道他研究出什么成果,看出什么道道。

我到"燕京"后,因为要写善本书志,所以几乎每天都要在中文书库里查资料,有时见到属于"革命文献"(根据地出版物,今称"红色文献")的书刊,或是旧平装中较稀见者,我也会抽出来,请编目组的同事在计算器内改加"T",就可以以合法身份,堂而皇之地在善本书库里安家了。前几年,在书架上又看见了《采菲录》一套四册,打开一看,每册里面的图片都已脱落,原书纸张又脆,看看有些不忍心,于是"我佛慈悲",将它转到善本书库去保存去了。此书于1998年由上海书店出版社重新排印,不过已删去了属于"精神污染"的内容,您看到的已经是"洁本"了。

姚灵犀著的书还有几本,有一本是《思无邪小记》,又名《艳海》,作为"姚灵犀秘籍之一",1941年由天津书局出版,1974年香港又有翻印本。乃是作者搜集古今小品中涉及香艳者,上起经史,下逮说部,并加笺注。其所谓思无邪小记者,意即郑卫之音不删,而以邪僻之思为戒也。当然用道学家的眼光来看,又要打入"黄"书中去了。还有一本是《未刻珍品丛传》(闺艳秦声、塔西随记、麝尘集),1936年由姚氏编校印行,所述房帷燕昵之私,曲巷狎邪之事、姬侍怨诽之语等,流传倒是不多。

(原载沈津《书丛老蠹鱼》,中华书局2011年版)

# 姚灵犀与《采菲录》

来新夏

20世纪40年代初,我在旅津广东中学读高中时,常在班上听到谈论我们高一级有个姓姚的才女。她的父亲姚灵犀是个研究女人小脚的文人。当年我心中有个疑问:小脚有什么可研究的,为什么她的父亲研究小脚?真无聊。有一次和父亲说起此疑问,父亲笑着说,姚先生是我熟人,很有学问,就是研究走了偏锋,很遭人非议,等有闲我带你去见见他。不久,我和父亲同去拜访姚先生。当时,他住在天津张庄大桥英法交界路附近一条名叫义庆里的胡同里。见面后,他很健谈,和父亲谈了许多话,其中不少有关《采菲录》被社会误解的话;临别时,还送我们一套《采菲录》。后来我渐渐从一些零星资料中,得知他的生平大概。

姚灵犀先生生于清光绪二十五年(1899),卒于1963年,原名君素,字衮雪,号灵犀,以号行世。江苏丹徒人,久居津门。以小职员兼投稿人维生。著述颇多,独辟蹊径,研究女子缠足史。当时囿于社会旧观念,其研究颇受社会诟病。所著有《采菲录》《瓶外卮言》《思无邪小记》及《瑶光秘记》等，多与性学有关。我除了艳情小说《瑶光秘记》未获阅读外，其余都读过。随着读他的作品，我也渐渐转变对他的看法：这是一位博涉群籍，很有性格和独有见地的人。

《思无邪小记》是有关性学资料的杂记，《瓶外卮言》是有关《金瓶梅》的研究著述，是20世纪40年代研究《金瓶梅》的专著，可能是这方面最早的一部，与当时上海曹涵美所绘《金瓶梅全图》（未完成），南图北书，两相辉映，堪称研究《金瓶梅》的双璧。可惜，两人都遭遇坎坷，既为社会诟病，又受牢狱之苦，但却赢来后世的流传。姚著考证详明，书中《金瓶小札》，为对金瓶梅书中语词的诠释，颇为业内学人参考。1989年11月天津古籍书店为应读者需求，特据天津书局1940年版影印发行。而姚先生的重头著述则为《采菲录》。

《采菲录》是20世纪30年代姚先生在编天津《天风报》时的专栏名字，取自《诗经·谷风》："采葑采菲，无以下体。"后将专栏积累的文章资料集成一书，即以专栏名名之。全书共六册，分序文、题词、采菲录之我见、考证、从钞、韵语、品评、专著、撮录、杂著、劝戒、琐记、谐作、附载等类。其内容包含有缠足史料、品莲文学、禁缠放足运动资料、政府法令、宣传文字、时人心得种种，并附有大量照片和插图，由天津时代公司印行。

《采菲录》一问世，社会反响较大，有些新文人和所谓"正人君子"群起诛伐。有未认真读其书，即诬姚先生有伤风化者，也有人认为这是一部研究风俗史的著述。姚先生也曾在《续编》自序里自我辩护说："欲革除缠足之风，先宜知其史实。予之搜集资料，勒为专书，即此意也。"不幸前种势力较强，于是姚先生始被骂名，继入牢狱，成为"名教罪人"。但当年对此案就有不同传说：有说是传讯，有说是收监。据我父亲说，姚先生被监禁过短时间，但一直没有直接证据。直至近来,我在一份《人物春秋》杂志上,看到台湾学者曹亚瑟先生所写《两个金瓶奇人的遭际》一文中写道:台湾一位柯基生医生于 2009 年 10 月,在广州参加"世界性学大会"时,曾披露姚先生所写五言诗——《出狱后感言》。全诗较难找到,特录全诗如次:

著书谋稻粱,穷愁时仰屋。谓与世无争,辛勤求果腹。逞笔作齐谐,涵毫研民俗。文工屡贵头,戒止在缠足。妇女千余年,备受窅娘毒。痛楚深闺中,午夜闻啼哭。当其行缠初,纤纤由缩缩。迫至及笄时,刻意等膏沐。生莲步步香,拟月弓弓玉。荔裳作品藻,笠翁有偶录。我亦步后尘,千古接芳躅。同好稿纷投,图影寄相属。嗜痂竟成癖,海内咸刮目。祸枣与灾梨,斯文竟可鬻。劝戒虽谆谆,阐理关性欲。采菲成新编,卷怀恨不速。讵知风流罪,忽兴文字狱。娥眉例见嫉,犴木横加辱。罚锾二百金,拘絷一来复。方知狱吏尊,始知坏人酷。破产所不恤,斥金才许赎。惨苦谁敢呻,不寒见起栗。地狱佛云入,吾徒计之熟。独怪贤士夫,察察如射鹄。敝帚自堪珍,酱瓿尚可覆。从此焚笔砚,不受长官督。漫恨受蝎磨,庸知非吾福。绝意掷毛锥,封侯聊自勖。

柯医生在此诗后注称:"近代名儒姚灵犀因著《采菲录》,详述缠足助性生活获罪。西元 1944 年当金赛(美国性学研究开拓者)获得企业捐助,专研性学时,姚灵犀因风流罪罚二百金破产,从此东西方性学研究进入消长分水岭。"

姚诗将案情从研究动机、前人著述、得罪缘由、不幸遭遇以及决意弃笔等情节讲得很完整坦诚,令人信服。而这位收藏家柯医生,据美国哥伦比亚大学巴纳德分校高彦硕教授 2005 年所著《缠足——"金莲崇拜"盛极而衰的演变》一书中所说"关于姚灵犀的资料，柯医生的收藏无人能出其右"，(江苏人民出版社，2009年3月版)亦可证姚案确有其事，而姚氏也确有其诗。

《采菲录》当年的命运，并未掩没它在后世的影响，据同事某教授告诉我，姚案的几十年后，天津一位颇有名气的作家所写的《三寸金莲》，就是根据《采菲录》的资料。我没有看过这部小说，不知其是否提到了姚先生。前些年(我月工资六百多元的年代)，我听说北京某拍卖行曾将此书拍出1700元(相当我三个月的工资)，引起一阵轰动。我家的那一套《采菲录》，因父母遗产全由三弟继承，据说已不知下落。天津图书馆也只收藏了一套残本。近几年，很少有人提起过这套书，想来存世已较稀见。姚先生珍藏的金莲想必也已荡然无存。

事情已经过去七十多年，姚先生逝世也近五十年，是对姚先生的研究和《采菲录》的价值重加议论的时候，我估计会有较客观的论定。缠足历时千余年，妇女身心多受残害。假如我们能亲见祖母或母亲所遭受的痛苦，应无不为之悲伤。至于有些无聊文人雅士，多以病态心理赏玩吟哦，那是将自己的欢乐建筑在他人痛苦之上，不足与论。即使有人同情缠足痛苦，也不过留之篇章，而能如姚先生那样广泛搜求，编制成书以警世、劝世者，实为难得。翻读《采菲录》全书，虽间及床笫之事，但除自存意淫者外，绝读不出其"诲淫"之意。此书保存汇集有关缠足之风俗史料颇丰，实为后世研究社会问题提供参考资料。此书虽久未彰显，然世上必有皮藏全本者。甚望出版界人士能重印问世，为研究社会史、妇女史提供资料，并以见妇女千余年之痛苦经历。至于姚先生之"金莲"收藏，则已无法挽回，海内外即使有藏，也只不过少许标本式收藏而已，如今重加收集，已不可能，实属历史的一大遗憾。

姚先生以文字贾祸,晚景亦不顺遂,但他有幸卒于1963年,若稍迟几年,躬逢"文革",姚先生必难逃此劫。几十年来,很少有人有文论及姚先生和他的著述。我则认为姚先生既非风流罪犯,亦非无行文人,而是一位社会史研究者,文献、文物的收藏家,是一位独具只眼的学者。他是一个小人物,但他做了他认为应该做的事情。他承受了不该承受的苦难,即使他的著述中涉及"性"的问题,他也应被认为是性学研究者,至少应和张竞生、刘达临和李银河等人相比论,给他的研究以应有的肯定。我期望有人研究姚灵犀先生和他的著作,我更希望姚先生的后人能提供有关资料,供研究者的需要。

(初载《今晚报》2011年2月20日,又载《世纪》2011年第4期)

# 姚灵犀：写妇女缠足 遭牢狱之灾

倪斯霆

《采菲录》是近几年人们议论较多的一本民国图书，作者是当年寓津文人姚灵犀。

1931年5月，天津《天风报》副刊上一个名为"采菲录"的小专栏出现了。作者为该版主编"姚灵犀"。随着连载日深，读者开始对其产生兴趣。不久，文化名人潘凫公、王伯龙、魏病侠等便有评论文章面世，对其或褒或贬，引起一场争议。

1933年底，天津书局将文章结集出版，书名沿用了《天风报》专栏名称，曰《采菲录》。出乎意料的是，该书上市迅速风行，三个月即告售罄。1934年5月1日，作为总发行的天津书局又委托天津大公报社印刷部重印此书，仍是热卖不衰。姚灵犀见该书如此火爆，又于1936年初再出续编，后来三集、四集随即便于1936年12月与1938年12月由天津书局付梓，至此《采菲录》四编全部出齐。

在不到十年时间里，《采菲录》以不同形式出版十余个版本，发行十余万册，在平津乃至全国读者中掀起一股"采菲"热，这不能不说是一种奇怪的文化现象。

那么《采菲录》究竟是一本什么书,内容又是如何呢?

答曰:这是一系列专述旧时妇女缠足的史料汇编,内容分为亲历、考证、从钞、韵语、品评、专著、撮录、杂著、劝戒、琐记、谐作、附载等类。

关于《采菲录》书名,姚灵犀曾在"自序"中有所解释:"《诗·谷风》章云:'采葑采菲,无以下体。'刺夫妇之失道也。盖诗人之旨,当节取一善,勿以其根之恶而弃其茎之美,予之编印《采菲录》,亦即取此义耳。"由此可见,作者编此书目的,旨在告诉世人,缠足虽为世俗强加于妇女之陋习,然不应因此而掩女子其他之美也。但由于他在书中不分良莠地将中国妇女缠足史料、考证、劝戒、危害与品莲、纪实、心得等杂糅一体,故而不仅使得全书体例纷杂,而且将大量严肃史料也陷于庸俗不堪中,最终被时人及当局以宣扬黄色及"名教罪人"所诟病。轻者指责其"专写妇女缠足的风流韵事",有伤风化,患了"拜足狂",生了"爱莲癖",重者则联名将其告到警署。

然而对此书的肯定也是不乏其人,除姚灵犀友朋潘凫公、王伯龙、息庵、邹英、灵鹣、燕贤等在初版序中力挺此书外,姚之密友当年以"疯话乱语"著称之老宣(宣永光)更幽默著文曰:

> 有人说,灵犀作《采菲录》,必是患了"拜足狂",生了"爱莲癖"。我在先也存这种的怀疑,并且会与姚君去信劝阻。以后我细查《采菲录》里,也有许多反对小足的稿子,我才知道灵犀的用意所在,并不是如某国之鼓吹主义,不容纳不同的意见。灵犀是要趁着缠足的妇女未死尽绝之前,作出一种"风俗史",若以为《采菲录》是提倡缠足,那么,研究古史,就是想做皇帝了,贩卖夜壶,就是喜欢喝尿了! 这不是妄加揣测,胡批乱评么?

如果说老宣的文字正如其人一样"不正经",那么作为沽上名医陈微尘的《采菲录》序言或许更能从"科学"的角度去评判此书:

> 灵犀先生编《采菲录》一书,以粲花舌说下乘法,实具苦心,功德不小,就而征序于余。余一巫医之流耳,何足以言见重,独是关于生理上种种观测,容有不能缄默者,聊以尽一人之言责耳。余既习于医,对于妇女百病靡不深切研究,而后知缠足之害,往往为月经病致疾之因。盖每月红潮皆应去瘀生新,气不足则瘀不能去。缠足妇女缺乏运动,气先不足已成定论,加以足帛之层次压迫,使血管受挤,血行至足,纡徐无力。一人每日之血液,本应环行全身一周,若在足部发生障碍,则其周流必生迟滞之弊。一日如此,日日如此,积年累月莫不如此。欲求月经上不发生疾病可以得乎?故中国缠足妇女对于月经之应时不潮,或潮而不畅,或种种病态,或腹痞腰酸,或头晕反呕,皆视为至平常之事,从未加以注意。迫至日久,成为痼疾。腹中血块成瘕,崩漏与经闭种种疾患,皆一发而不可制,然后就医求诊。此时若遇良医,考身体之强弱,半攻半补,审慎下药,或可挽回万一;若遇一知半解之流,往往攻下失宜,峻补贻患,戕及生命,不知凡几,诚可痛心之事也。

从此序可见,姚灵犀编著《采菲录》之目的,旨在告诫世人缠足之弊,绝非"拜足爱莲",否则他在找一批文友"捧场"外,断不会再去请一位名医以序的形式去阐述缠足之害。对此姚灵犀多次声辩,并在《续编自序》中言:

> 吾人欲屏斥一事一物,必须穷源竟委以识其真象,而后始能判其是非。如劝人戒毒,非徒托空言者,亦须先知鸦片之来源及其为害之烈,而后能毅然戒除。故欲革除缠足之风,先宜

知其史实,予之搜集资料勒为专书,即此意也。前编问世后,阅者毁誉参半,予不以为惧,亦不以为喜。独有人以此编为提倡缠足相责难者,予不能缄默无言也。予所以编为此书,原欲于纤趾未尽绝迹之前,搜罗前人纪载,或赞美之词,或鄙薄之语,汇为一册,以存其真。更取纤趾天足之影,弓鞋罗袜之属,列之以图,附之以表,使阅者知所印证,引为鉴戒。更为后世之人留此爪印。藉知往日妇女曾受酷刑如此之烈,此纯为研究风俗史者作参考之资耳。

虽然姚氏对"毁誉参半"不喜不惧,但警署的监禁与罚款却让他感到恐惧与无奈。

2011年,辛卯年春节刚过,我在《今晚报》上意外地读到了南开大学著名教授来新夏先生所写《姚灵犀与〈采菲录〉》一文。从文中我知道了来先生20世纪40年代初在旅津广东中学读高中时,与姚灵犀的女儿为同学,而且来先生的父亲与姚灵犀还是朋友,来先生父子当年还曾去位于天津义庆里胡同的姚宅中拜访过姚灵犀。

在此文中,来先生除客观评价《采菲录》"实为后世研究社会问题提供参考资料",并对姚灵犀本人作出"是一位社会史研究者,文献、文物的收藏家,是一位独具慧眼的学者"定位外,还意外地披露了《采菲录》出版后"姚先生始被骂名,继入牢狱,成为'名教罪人'"的史实。此说正好映证了吴云老所言的"官司",两相互证,姚灵犀因《采菲录》而入监,当为事实。据来先生讲:"当年对此案就有不同传说:有说是传讯,有说是收监。据我父亲说,姚先生被监禁过短时间,但一直没有直接证据。直至近年,我在一份《人物春秋》杂志上,看到一位台湾学者曹亚瑟先生所写《两个金瓶奇人的遭际》一文中写道:台湾一位柯基生医生于2009年10月,在广州参加'世界性学大会时,曾披露姚先生所写五言诗——《出狱后感言》。"由于全诗目前已难找到,来先生因此将此诗转录于文。此诗在交待完《采菲录》编辑动机及成稿过程后,笔锋一转,将案情与愤懑现于笔端:

> 讵知风流罪,忽兴文字狱。娥眉例见嫉,犴木横加辱。罪锾二百金,拘絷一来复。方知狱吏尊,始知环人酷。破产所不恤,斥金才许赎。惨苦谁敢呻,不寒见起粟。地狱佛云入,吾徒计之熟。独怪贤士夫,察察如射鹄。敝帚自堪珍,酱瓿尚可覆。从此焚笔砚,不受长官督。漫恨受蝎磨,庸知非吾福。绝意掷毛锥,封侯聊自勖。

从诗中的"夫子自道"可见,姚氏因《采菲录》不但被拘监,而且还被罚二百金,最后导致焚笔毁砚掷毛锥的家道中落。对此,柯基生医生在此诗后感叹:"近代名儒姚灵犀因著《采菲录》,详述缠足助性生活获罪。西元1944年当金赛(美国性学研究开拓者)获得企业捐助,专研性学时,姚灵犀因风流罪罚二百金破产,从此东西方性学研究进入消长分水岭。"

行文至此,姚灵犀因编著《采菲录》于1944年被拘遭罚至破产的"公案"已清晰可见。遥想当年文坛,因"赤化"与"革命"而"获罪"者不乏其人,然而因一套文化史料而入狱者,在北方最大的商埠天津,还是极为鲜见。也正因此,如今已被遗忘但当年却极为"怪异"的姚案不应被忽视,起码在天津乃至中国图书出版史上应留下一笔。

姚灵犀生于清光绪二十五年(1899),原名君素,字衮雪,号灵犀,江苏丹徒人。丹徒现为镇江辖区,而镇江当年与扬州为一体。昔日扬州、镇江妇女缠足风盛,熟谚有"苏州头扬州脚"之说,可能这也是他研究缠足的一个起因。至于他何时来到天津目前已难考证,仅知他在20世纪30年代在津以小职员兼投稿人谋生。其著述除《采菲录》外，民国年间尚在魏病侠主编的《风月画报》上连载《金瓶写春记》，专摘录《金瓶梅》中性事描写加以阐释。后又撰《金瓶小札》在沙大风所编《天风报》连载，此文为《金瓶梅》专用语汇辞典。后来他将这些文字与他人文章结集为《瓶外卮言》，于1940年由天津书局印行（该书1989年曾由天津古籍书店影印再版）。此外，他还写有札记《思无邪小记》及长篇文言小说《瑶光秘记》于报刊连载。除写作外，他还曾当过报刊编辑，编有"未刻珍品丛传"，是20世纪30年代天津消闲刊物《南金》的创办人。中华人民共和国成立后，他便居家赋闲，1963年逝去。

当年人们看姚灵犀"很怪"，由于他的著述与收藏均"涉性"，因此人们认为他有伤风化，是"名教罪人"，但我们站在今天的视角去回审其一生所著所藏，便会给他下一个定义——性学研究者。这在今天的中国已是一种新的学科，人们已是见怪不怪。如果说姚灵犀作为一个"性学研究者"尚有瑕疵的话，那就是他没有把握好"批判"与"欣赏"的界限，没有筛选地将史料中的"菁华"与"糟粕"共糅，遂伎其身遭"污水喷头"，但从其在抢救与保存中国社会文化史料方面所做的努力上看，我们还是不应忘记此人。

(原载《湖南工人报》2014年5月7日)

# "过渡期"历史的另一面

杨念群

熟知近代掌故的人都知道,《采菲录》乃是至今为止收集缠足评论最为详尽的一本文集,同时也是观点最受争议的一本文集。因为当时缠足在公共舆论中已被贬为陋俗,文集中却多录奇趣诡异、惊世骇俗之论,读之每每让人拍案叫绝。其文本采择缠足史料不偏不倚,既有旧式文人嗜癖小脚的淫词艳语,也有对缠足之丑的刻薄谩评,对视缠足为美俗与恶俗者之议论均有载入。这既显示出作者均衡兼容的立场,同时也难免会被误解成有为缠足辩护之嫌。编者姚灵犀曾为20世纪30年代天津休闲刊物《南金》创办人,他在天津一家娱乐性小报《天风报》副刊"黑旋风"上主编了一个专栏,名字就叫《采菲录》。《采菲录》成书出版时,副题为"中国妇女缠足史料"。没想到初编出版后,就颇遭非议,舆论斥之为"专写妇女缠足的风流韵事",甚至诋编者为"拜足狂"。

姚灵犀因此在续编自序中被迫做出反应和解释,对于那些"以此为提倡缠足相责难者",姚氏表示不能缄默无言。他随即提出了一个尖锐的问题:"时至今日,缠足之风岂一编提倡所可得乎?"宣称编辑此书的目的"原欲于纤趾未尽绝迹之前,搜罗前人记载,或赞美之词,或鄙薄之语,汇为一册,以存其真,更取纤趾天足之影,弓鞋罗袜之属,列之以图,附之以表,使阅者知所印证,引为鉴戒"。目的纯粹是为风俗史研究者进行参考。这里随即又扯出了一个颇令人棘手的问题,即面对行将消失的风俗,一个历史观察者到底应持有什么样的感情尺度。

一提起"缠足",现代人的脑海里马上会条件反射出一个古代畸形妇女的形象,各种文学和纪实作品中对缠足妇女双脚备受摧残的反复申诉,已变成旧中国黑暗生活的标准写照。与之相对比,处于另一极的"天足"女性却占尽了心理优势,成为印证女性解放的鲜活证据。几乎很少有人注意到,天足形象与一个世纪前文人笔下的小脚美妇形成的巨大反差,终于使生活在 20 世纪前半叶的两万万中国女性从"美"的化身沦为了丑陋无比的"弱势群体"。可历来的舆论和近代研究者却对此群体遭受的身份与情感的巨大崩落过程置之不理,不愿抛洒一点同情之泪,他们宁愿把所有的鲜花和赞美抛向了享受"天足"愉悦的女性们。

物不平则鸣,20 世纪 30 年代有个叫老宣的写手终于挥洒出了一纸荒唐言。他说"缠足"与"天足"之分应有一个时代界限,依当时之境况评价美丑的分野才是正理,因为"以古人的眼光议论今人的是非,固是顽梗不化;用今人的见解,批评古人的短长,更是浑蛋已极","当今视为圣人的天足妇女,早出世 30 年,她们的祖父母,难免不会因为他们家中妇女脚不小,视为奇耻大辱,我们以古证今,更不当对侥幸的她们,妄加推崇!所以美的观念并无一定标准,随一时多数人的习俗眼光就是美。看熟了,就是美,看不惯,就以为丑而已"。

这段话出自《对于〈采菲录〉之我见》一文,其调子与现代化的主流声音极不合拍,很容易让人误判为"拜足狂"的同党。不过我倒认为这位老兄面对已经凝固化的历史观提出了一个重要的问题,即历史如何"情景化"的问题。因为我们现在看待历史的方式多少有点"成王败寇"的心态,经过现代性目光的反复过滤筛选,有些论者把复杂的历史现场刷满了"善""恶"二分的黑白对比色,却还自欺欺人地处处打着"发现客观历史"的招牌,让人误认为这"现代眼镜"下的历史就等同于"那个时代"的实况。他们没有意识到,缠足女性的丑陋恰恰是被一系列的现代程序"制作"出来的。正如缠足之美亦是在前现代的语境下被制作出来一样,它们分属不同的历史情境。

令人叹服的是,《采菲录》对两种情境的评论均有观照,文集中有述缠足之乐极尽美轮美奂者,如《相莲经》所谓:"双钩翘然,微露膝畔,红尖一角,纤瘦如菱。"再所谓:"房栊深掩,玉盆中注兰汤,背人轻濯双莲,时闻红中蘸水声,若竹梢泄露,濯毕抱膝展素帛,作春蚕自缚状,潜以玉尺偷量,恰在增一分则太长,减一分则太短之折中度数。"更有高呼小脚万岁者,搬出"穷变通久"的古意,歪批"因势利导"的原则,所谓"盖足自具可缠之性,人但因势利导,顺理成章",高唱"缠足之乐无疆,缠足之福实大,缠足实为舒心快意之事,缠足更为消愁解闷之方"。字里行间喧腾着一股刁蛮的才气,可视角全是男人窥视偷情的目光和意淫的想象。然而谁又能否认,在那个特定场景之下,缠足的确给人带来了美感呢?

缠足被刻意进行由美转丑的现代"制作",传教士可谓是始作俑者。一开始传教士认为,妇女缠足限制了女性走出家庭奔赴教堂，无疑对灵魂的洗脱不利。不久传教士又倾向于把缠足看作是应在医疗领域中予以观察的行为，试图直接建立起缠足与"疾病"表现症候之间的关联性，从而确立起了一种评价缠足的"卫生话语"。当时像《万国公报》这样的教会报纸曾经连篇累牍地发表文章，批评缠足是戕害女性身体，导致女性健康衰弱的祸首，这种舆论迅速在知识界传播开来，成为主流声音。如《采菲录》初编序言的作者陈微尘医生的话就很像标准的"传教士＋卫生话语"，他说缠足女性由于缺乏运动，"气先不足已成定论，加以足帛之层层压迫，使血管受挤，血行至足，纡徐无力。一人每日之血液，本应环行全身一周，若在足部发生障碍，则其周流必生迟滞之弊"。于是各种疾病纷至沓来，都和缠足攀上了或远或近的亲缘关系，有的说缠足是害所谓"节片淫乱症"（fetischismus）的表现，有的认为缠足应为中国疯癫和灾荒的频繁发生负责。

  不过具有悖论意义的是，医疗视角的介入其实并没有充分的科学证据证明缠足与健康优劣有什么直接关系，当时非常有名的西医传教士雒魏林在一份报告中就表现出了这种狐疑的态度，比如他说出的这段话真是既罗嗦又暧昧：裹脚的折磨以及其难以为人察觉的后果对健康和安逸带来的危害，也许并不比西方的时尚给妇女带来的痛苦为甚。尽管如此，医疗卫生评价体系的流行确实对缠足的传统形态实施了"丑"的再建构，这种体系使"缠足"与"天足"的区别从仅仅是不同的审美类型，转向了"美"与"丑"的二元对立状态，从而彻底隔开了与"性审美"的实际联系。道理再清楚不过，无论是"天足"还是"缠足"，在赤裸裸的解剖学透视下，只有生理上的公共差异性，没有私人化的审美意义上的差别。结果，解决生理差异性的办法就是寻求女性在生理上与男性平等，而忽视和压抑其原有的身体形态的性征表现,由此展开的"欲望的规训"终于成为近代中国女权主义的滥觞。

在研究18世纪以后西方医学的变化时,福柯曾经发现,西方近代医学总是把一些不可见的疾病症候通过医学表述为可见的,医学经过凝视与语言,揭露了原先不属于其管辖之事物的秘密,词语与物体之间形成了新的联结。更重要的是,医学视角不但重新设置了"正常"与"不正常"的边界,而且赋予了它社会意义,甚至与国家利益和政治动机也建立起了联系。18世纪以前,治疗和健康的关系基本上被限定在属于医学范畴的圈子内,它和社会秩序是否正常的判断没有太多关系。换句话说,"医学"更是个人化、家庭化的选择,没有人把它硬拉到社会秩序的维持这个层面上来考虑。18世纪以后,健康—病态的二元对立从医疗语汇扩散为一种社会行为,人们在社会中的行动甚至心灵活动也被用此二元结构加以区分。人们首先想到的,并不是在历史特定情境下的行为意义,而是由现代性视野内所规定的正常与非正常的两极表现。

传统中国妇女的一双小脚一旦被置于健康—病态的二元框架里加以审视,就会完全超出传统审美的范畴,进而层层被赋予日益复杂的社会内涵。如早年的官方话语就已反复暗示缠足与国运兴衰的关系,张之洞还仅仅是讥缠足使"母气不足",袁世凯则已说到了缠足"其于种族盛衰之故,人才消长之原,有隐相关系者"这个程度。到了基层知识分子的嘴里,缠足女性又罪加一等,不仅要为女学不兴,民智不育,乃至国人智商的高低、体质的强弱负起责任,而且更要为"国势不昌"承担罪名,以至于各种煽情的结论愈来愈耸人听闻,好像马上就要"举国病废",到了所谓"四百兆黄种人"瞬间要沦为牛马和奴隶的最后时刻。

进入晚清后期,缠足与国弱民穷的关联性就不是什么"隐性关系",而是可以大说特说的直接因果关系了。一位四川地方官的表述更加直白:"女子缠足,就会把一国的男子,天下的事情弄弱了。"这种上纲上线的说法大多或间接或直接地源自传教士大胆的医学想象。至于缠足与弱种退化之间素有关联的无稽之谈,则更像是在医疗想象之外,平添了一种政治想象,根本无法加以验证。

在这样的氛围里,缠足女性一下子变成了万恶之源,她们恰如吸取男人阳髓的狐精,要为天下兴亡负如此之大的全责,这简直就是变相的现代"祸水论"。如果再说得严重一点,也可以说是男性中心主义话语。因为在这种评价的尺度内,天足妇女也不过被看作生育的机器,而没有女性作为主体自身的位置,其区别仅仅在于,缠足女性担负着家庭道德的象征角色,而天足女性则以隐喻的形式体现民族主义人种延续的实践角色,两者均是男性权力操纵的结果,只不过男性权力分别被贴上了"传统"与"现代"的标签。

如果再稍作申论,缠足女性的身体是在政治化的过程中被改造的,它其实是不断变换的政治需求的载体。这一套身体政治化的策略运作与女性的个体自主意识无关。当年老宣就呼吁:"劝人不缠应当以天理人情为题目,不必高谈阔论离开当前的事实,用虚而且远的'强种'或'强国'做招牌!说着固然是冠冕堂皇,好听已极,怎奈打动不了愚夫愚妇心坎!应从女性个体对缠足的感受出发立论,以免用高远的政治口号遮蔽了普通百姓的真实感受。"老宣发现,北平各处天足妇女所生的儿女,并不比缠足妇女所生的特别健康,缠足妇女的死亡率也不高于天足妇女,而且天足妇女的疾病也不少于缠足妇女,所以国家的强弱"在人民智愚勇怯,在内心而不在外形,更不专在妇女的两只脚上"。

健康—病态的二元框架也重新分割了"美""丑"观念相对峙的内涵,同时又想极力剔除女性"性征"对现代社会秩序的危害性。对缠足中所表现出来的女性"性征"的欣赏,原先只具有私人化或家庭化的特征,可是在现代社会的医学管理观念中,对缠足的审美行为却有可能对社会秩序甚至国家利益造成威胁。因此,对天足优点的鼓吹一方面是在女性解放的大旗号下为足部松绑,另一方面又刻意强调在男女平等的意念下尽量消灭女性的特征。女性解放的这把双刃剑终于使缠足具有的审美内涵,经过卫生解剖观念的筛选,使女性重新变成了男性"管理的对象",只不过这种管理不是在家庭和传统的社交视界内,而是在国家强盛和种族延续的意义上被重新定位。

近代以来,西方医疗观念对缠足内涵的"性征"意义带有"禁欲主义"色彩的贬斥逐渐扩散到了服饰穿着和社交礼仪等方面,出现了与男性趋同的社会风气。这很容易让我们联想到20世纪50年代以后出现的有些并不适合女性从事的职业中出现了不少新女性的面孔,其意义仅仅是想从生理特征上建立起与男性平等的表面关系。

有些历史读物中写满了激昂亢奋的现代化故事,可这些故事给底层的人群投射出的始终都是一幅幅背影,而且即使能模糊地看到这些背影的存在,也只能是同一尺寸的批量描绘,如量身度做的"农民英雄"形象之类,却透视不出不同阶层的人群千差万别的日常境况,更别说他们细腻真实的快乐与幸福、失落与忧伤。平心而论,现代化发轫伊始,即是以忽略弱势人群的境遇为代价的,但我们的历史观有时仅仅从总体入手评价其终极效果,而忽略了所谓"近代过渡期"中不同人群的历史处境及身心感受。我们缺少的正是对变迁中普通人群所付代价的同情性理解,并把这种理解转换为一种严肃的历史反思和分析。在这样的习以为常的历史观支配下,数千万缠足女性在放足过程中的呻吟与挣扎被压抑在了历史记忆的深处而发不出自己的声音,对由"缠"到"放"这中间地带的追忆被无情地抹去,变成了一纸空白,读这种"规律性"铸就的历史,容易造成某种阅读惯性和惰性,让人变得心硬如铁。

感谢姚灵犀!《采菲录》改变了我们越读历史血越会变冷的麻木感觉。尽管《采菲录》收录了不少驳杂斑斓的淫词艳曲,但其中也采择了相当一批当时为缠足妇女请命的文字。如邹英在《葑菲闲谈》中对缠足女性痛苦与愉悦心理相互转换的描述,就颇符合当时的真实历史状态。如邹英所言,在小脚盛行的那个时代,妇女们在裹脚的时候,即使痛苦得泪水直流,"待到双脚裹小之后,博得人人瞩目,个个回头,在家时父母面上有光辉,出嫁后翁姑容上多喜色,尤其十二分快意的,便是博得丈夫深怜密爱。所以在那裹足时代,凡是爱美的女郎,没有一个不愿吃这痛苦的"。

此话今人看来实属大逆不道的"怪论",然而却是当时女性的真实心态。今人往往用变化后的眼光去揣摩评估过去人的心思,最终缺乏对历史现场事件缘由的同情性理解,也就难以把握"过渡期"历史转换的真相。而姚灵犀的采择标准却很独到:他把处于不同时期缠足女性的见解平行加以推介,特别注重从"缠"到"放"过渡期女性的亲身经验及其感受,关注她们的痛苦和需求,读起来让人心热。如有位叫余淑贞的女士就认为缠足女子固然深受痛苦,但是变革期的缠足女性除遭缠足的惨毒外,还要身受放足的痛苦,纵然勉强解放,一到寒季十之八九会犯冻疮,到了春天溃烂得无法移动。结果"唯及早复缠,仅肉部做不规则的扩张,绝难增加足力。倘御大而无当之鞋袜,更似腾云驾雾,扭扭捏捏,东倒西歪,转不如缠时紧凑有劲"。余淑贞的建议是,天足之大方既不可改,毋宁略事缠束,以玲珑俏利见长,犹不失旧式之美。不要以为这仅仅是复古怪论,它实际上流露出了对弱势女性的真正体贴,每读到这类文字,我都会涌起一阵莫名的感动。

按经验而论,半大足行走最为困难,缠小了反而容易行走,故时人云:"其不利于行者,多为裹僵之半大足,若紧缠之真小足者,步履反极便捷。"但那时的行政当局往往不分轻重,"禁缠"与"放足"均以"一刀切"的年龄为断,当即就有女性站出来说话,说"放足"与剪辫不同,当街逼剪,一下可以了断,而大多数缠足女性已成断头难续之状,"放足"之后反而难以正常生活。加上各地反缠足黑幕中甚至出现沿街鞭足,拿缠足女性取乐的镜头,更有通过罚款进行贪污的虐政曝光,所以才有了如何使"放足"妇女减轻痛苦的大量议论。另外,缠足痛苦的程度还取决于缠裹时的手法,比如在一篇题为《缠足小言》的文章中,就详述缠足疼痛与否的关键有"熟脚""生脚"的讲究:"骨又有软硬之分,骨硬者不易裹,骨软者易裹,易裹者越裹越小,越小越不疼,妇女谓其脚裹熟矣;不易裹者,一裹即疼,越疼越难裹小,妇女谓之生脚。"没看《采菲录》之前,我还真不知道缠足背后有如此多的讲究,不了解这些讲究,就不会准确知道缠足女性当时的心态,更不理解缠足女性在这期间遭遇到了多大的苦楚。

民国初期,有关天足与缠足的舆论正处于激烈较量的时期,虽然社会风气转变之快,使"天足论"在精英圈内已占据优势,但底层风气转换显然慢了半拍,这使得"缠足论"时时发起的短促突击颇能奏效。就拿女子体态来说,在持有不同审美习惯的人看来,确有见仁见智的效果,"天足论"以体态美丑攻人,显然占不到便宜。所以"缠足论"者反驳说:"故雅观不雅观,须就各样体态范围内而评定优劣,不可以龟鹤同列,而比较其颈之短长也。排斥者取缠足之拙劣者为标准以相讥,驳之者假使取天足之最笨滞者以相稽,其不哑然失笑乎。"

这就是那个过渡期的舆论状态,一切事物均没有定型,一切变化均没有定论。新与旧,美与丑,善与恶的伦理标准亦难定位。据《采菲录》中的记载,一些年龄偏大的缠足妇女往往以复缠的方式恢复自己理解的美态与舒适,这不但是那个过渡期的普遍现象,也是女性的自觉行动。如当时的复缠女性严珊英就曾在《复缠秘诀》中小心翼翼地说:"以未缠者缠,固属环境所不许,然已缠者之永葆此宝,与夫已放者之重加缠束,藉返其固有之美,则人各有志,似亦未可厚非。"

那个过渡期出现的"缠足论"与以往缠足鼓吹者的最大区别在于强调缠足的现代审美意义和内涵。如有一篇文章的题目就是《谈美和金莲》,文中旁征博引,专举列夫·托尔斯泰与苏格拉底这样的文豪对美的定义为缠足之美加以辩护。严珊英更把"金莲"的缠法分为"古式"与"近式",增强了"缠足论"的时代感觉。她说:"金莲虽有认为古式美者,然亦有时代之价值,如光宣前犹尚弓底,民初则尚平底,今之复缠者,自应就近代式,刻意缠束,果能尖瘦称是,则底平趾敛,亦列上品。"这是复缠方式迁就现代审美趣味的特例。所以新法行缠,务求极度尖瘦,不求极度短小,而且也开始用现代卫生观念作包装。如复缠后要求多饮开水,多吃水果蔬菜之类,禁吃辛辣浓茶咖啡及其他含有刺激性的食品。

由此可见,转型期的言论,尽管反映出相当一部分民众的真实心态,却经过舆论机器的有意筛选被排除在了中心话题之外,难免有边缘化、碎片化的命运,需要有足够耐心的历史研究者把它们重新拼贴起来予以辨析。"转型期"这个词国人并不陌生,但国人心目中的转型概念是在欣赏对"封建迷信"打击的快感中获得的。只要能够满足现代化进程的效率,弱者的呻吟不过只是为美好旋律伴奏付出的些微代价而已,可以轻描淡写地忽略掉。

如此一来,太多"规律化"的事件使我们习惯于变得如此心硬,心灵感受弱者在历史角落中呻吟的能力脆弱得还不如几十年前的姚灵犀。我手头有一本1998年版的《采菲录》选本,这个选本打着全面保存四册《采菲录》中具有史乘价值资料的旗号,实际上仍明显倾向于收录丑化缠足与劝禁缠足的史料,完全无法反映缠足女性在过渡期的抗争命运和复杂心态。这不得不使我们发出疑问:难道我们还要继续心硬下去吗?有鉴于此,我开始考虑拒绝使用"转型期"这个词汇,而宁可使用"过渡期"这个相对中性的表述,虽是一词之差,但自以为颇有深意焉。

(原载《读书》2002年第6期,此据杨念群《梧桐三味》,北京大学出版社2006年版)

# "历史另一面"的困惑

张 鸣

男人的辫子和女人的小脚,这样两个让清末民初的中国学人颇为难堪的东西,不知怎么一来就变成了学界的话题,让大家夹七夹八地说个不停。早就听说杨念群兄在关注小脚,不久将有新说问世。这期间,杨兄不时地透些口风,往往引得议论一片。我对他的非常之论已经有些准备,及到文章一出来,还是被吓了一跳。(杨念群:《"过渡期"历史的另一面》见2002年6月《读书》,以下简称"杨文")当然,念群兄的有些观点,比如西方医学视角下,卫生话语对文化评价的侵入,以及晚清不缠足运动中有关缠足关乎国运的过度联想等等,无疑是富有启发性的。文章的切入点也相当独到。长期以来,人们的确忽视了对在转型时期那些放足妇女的关注,不仅她们的情感落差没人在意,而且在很长的一段时间内,她们本是作为受害象征的小脚,却成了人们嘲笑的对象。显然,这是不公平的。但是,凡事不能说过,如果一门心思地渲染放足的痛苦,而且为了强调这种痛苦,借《采菲录》说事,又不注意其一味赞美缠足的倾向以及对史料缺乏甄别,那么,不仅不足以提醒人们注意缠足史上被遗忘的角落,反而容易引起误解,以为又站起来一个为缠足辩护的人。

不错,从缠足到不缠足,对于已缠的女人的确会有一个情感的转折,甚至出现如杨兄所说的"巨大崩落"也不是不可能的,而且这个"崩落"也确实没有什么人来关注过。不过,从行文来看,杨文似乎更注意的是对缠足美与丑的评价,并征引《采菲录》老宣的议论,认可缠足在那个时代"的确给人带来了美感",而缠足由美转丑不过是一种"现代制作",在本质上与将缠足赋予美感并没有什么两样。这样一来,读者也许会得出这样的结论:既然缠足的美与丑都不过是"制作"出来的,那么中国女人那时的"崩落"根本就是受"冤枉"的。实际上,在我看来,缠足对于旧时代的女人而言,本质上不是一个美与丑的事儿,而是生计问题。绝大多数女人之所以缠足,关键是因为如果不如此,不仅不能嫁个"好人家",而且有着嫁不出去的危险;而嫁不出去对于芸芸小家碧玉来说,就意味着没有活路。所以,无论父母有多大的慈爱心,"娇女不娇脚"。有女儿家的母亲在劝说女儿忍痛缠起她们纤弱的脚时,都要以嫁个好人家相利诱,以嫁不出去来威胁。如果说,上中等人家的女人缠足还有某种身份地位的意蕴在里面,那么众多的下层老百姓甘受劳动力的损失而让女人缠足(主要是北方地区),最主要的考虑还是女人的生计。杨文征引了《采菲录》中《葑菲闲谈》的一段话,我现在照抄在下面:"裹脚的时候,即使痛泪直流,'待到双脚裹小之后,博得人人瞩目,个个回头,在家时父母面上有光辉,出嫁后翁姑容上多喜色,尤其十二分快意的,便是博得丈夫深怜密爱。所以在那裹足的时代,凡是爱美的女郎,没有一个不愿吃这痛苦的。'"不错,这的确是当时部分女性的"真实心态",但在这心态背后我们看到的其实更多的是出于生计的无奈和可怜。毫无疑问,在旧时代中国人认为缠足是美的,包括女人也是这样认为,这种"美感"却是中国男人特殊的性心理建构出来的;可是这种建构却是以摧残妇女身体为基石,代价未免太大。实际上,并不是如杨兄所说,不许缠足以后中国妇女才沦为了"弱势群体";恰恰是由于她们一直是弱势,才会生长出这样的审美意识。

  杨文征引《采菲录》上"生熟脚"的说法,依人们的常识就是说不通的,那意思是说,对于"熟脚"缠好了是不痛的(在一次小型学术会上,我也听杨本人说过缠好了不痛的话)。但任何稍有一点人体生理知识的人都知道,人的骨骼是逐渐发育的,由软及硬,由小及大,到成年停止生长。缠足是在女子5—6岁的时候,用外力强行将脚裹住,使其不再生长,这样的话,一边按自然规律要长,一边强行阻止,痛是肯定的,而且是撕心彻骨地痛——几乎所有的缠足妇女的小脚趾都是被折断了压在脚下面,其他的脚趾也是变形的。我看过一本名为 *Splendid Slippers—A Thousand Years of An Erotic Tradition*(《华丽的鞋》)的书,那里有一些缠足的X光透视照片,脚的变形和骨折都是明显的。事实上,只有相对好缠一点、容易定型的(天生脚就小而瘦),和不好缠、不容易定型的脚,即使缠了,也状若猪蹄,难合士大夫心目中"美"的意象。所谓"易裹者越裹越小,越小越不痛"是根本不可能的,除非缠了足就停止发育了,或是患有软骨症(得这种病的人,10万个人里也未必有一个)。杨文引述这种根本不合常识的"生熟脚"论,而且一副信以为真的样子,给人的印象似乎是缠足其实并不太痛苦,而放足却痛苦异常。显然,这是不符合实情的。

在历史现实中,缠足无论如何的确是非常残忍的,"小脚一双,眼泪一缸",绝不是老百姓的夸张,而是当时缠足进行过程中女子境遇的真实写照,甚至因缠足造成坏疽而死亡也是有的。"缠足美"的背后有着如此不人道的东西,所以,《采菲录》上的那些"莲国不叛之臣"对于缠足的类似文化相对主义的解释,在今天看来是说不通的。事实上,如果单以各自的文化情景而论,非洲部落的女性穿唇、割礼,缅甸部落女人颈上加叠项圈,甚至于中国宦官文化,都有说得过去的道理,我们当然可以对于身处其中的人们在转型期(或者过渡期)的心境和身境表示同情;但是如果冒出一位钟爱太监文化的人来告诉我们阉割虽然很难受,但也有很多好处,比如腾达之后的荣耀(也的确不乏有人自愿阉割入宫的),我们应该附和吗?如果杨兄真的是这个意思的话,缠其实并不可怕(甚至缠好了还不痛),而放却经历痛苦的呻吟和挣扎,那么,过渡期的女性是该放呢还是继续缠下去呢?

再者,虽然近代在中西文化碰撞中,我们许多的文化因素和特征的落后与丑陋,都是西方建构出来的,辫子就是一个典型,西方的"卫生话语"也的确带着蛮横,病态/健康的二元对立也并不能准确说明缠足/天足的区别,但如果抛开这种文化对立视角冷静地思考一下的话,我们会意识到,天足毕竟要更接近健康一些。今天如果我们的妇女还是小脚的话,恐怕就没有了一次次在奥运会上的辉煌。不能因为难以证明缠足的女人养不出健康的孩子,就认为缠足本身是健康的,或者根本无所谓是健康还是病态。传教士也许在中国没做什么好事,但反对缠足这一件事无论如何都是对的,尽管我们可以说西方女子的某些摩登做法可能并不比我们的缠足强到哪里去,但不能说人家有毛病就因而连带着对我们的批评也错了。

退一万步说,虽然以女人的脚小为美,东西方可以说有同嗜焉,但西方毕竟没有发展出缠足的恶俗,所以,至少在这一点上,他们有资格对我们说三道四,而且我们应该改。也就是说,在缠和放之间,我们应该选择放,也只能选择放。尽管放足并不意味着现代,而缠足也不意味着传统,但放足和禁止缠足意味着相对人道一点。尽管我们说,在放的过程中已缠遭受妇女会产生某些"崩落"的情绪,但是放的结果是免除了更多女子的缠足的痛苦,所以还是值得的。显然,我们不可能为了维持缠足妇女们"美的化身"(杨的用语)这一地位,就此继续缠下去。实际上,杨兄作为清史专家应该知道,当时真正的问题倒不是放足妇女的失落,而是放得不彻底。"二万万中国女性"的绝大多数其实并没有执行民国政府禁止缠足的禁令,抵抗禁令的,不仅有已缠妇女,更有姚灵犀等一班儿"莲国不叛之臣"。但是,禁令和对天足的鼓吹,毕竟使欧风吹到的地方,父母们贯彻缠足的旧习不那么坚决了,我的母亲就因此而顶住了外婆要她缠足的压力,没有变成小脚。对此,外婆和母亲后来都感到十分的庆幸。

对于杨文所念念不忘的"数千万缠足女性在放足过程中的呻吟与挣扎",实际上我也有"是不是太过分了"的疑问。作为一个不太成器的近代社会史的研究者,我也爬梳过这方面的史料,结论是在民国时期,暴力强迫剪辫现象相当普遍,但暴力强迫放足却不多见,类似杨文所列"沿街鞭足"的镜头从未听说过。将缠足妇女的裹脚放开,逼着她们赤足走路以取乐的事情是有的,但跟禁缠运动无关,一般都发生在那些打进中国的洋人军队身上,包括军阀张宗昌的白俄兵。至于《采菲录》念兹在兹而杨文随声附和的所谓缠足女性放足的痛苦,似乎更是可疑。放了的小脚穿大鞋固然是不舒服的,走路的确是不如缠时方便,但这是刚刚放足时的情形,很快人们就找到了解决的办法,那就是穿跟放开的脚相匹配的袜子和鞋子。这种鞋袜比常人的小,但却比三寸金莲大,结果放足的妇女不仅走路与寻常无异,而且免除了天天缠缠放放的麻烦,各家的院子里,也不用再挂许多长长的让外国人好奇的裹脚布了。我这么说,是出于亲眼所见,虽然余生也晚,不唯赶不上清朝,连民国也没摸着,但我的奶奶和外婆,在我出生之后,都是这么一副"解放脚"(缠后再放的)。小的时候,像外婆这样的小脚老太太还挺多,很多同学家里都有这么一位或者两位,那时出于好奇,问过,看过(脱掉鞋袜),更听她们讲过,长大以后,做社会调查的时候,也顺便做过一点访谈,自信还是有说话的资格的。

至于《采菲录》上讲的,让杨念群兄读了"心热"和感动的,说是放足到了寒季"十之八九会犯冻疮,到了春天溃烂得无法移动"的情景,无论如何我是不能相信的。凡是在北方生活过的人都知道,冬天的时候,鞋袜越紧,就越容易被冻着,因为裹紧了血液循环不好,这个道理放在放足的妇女身上一样合适,断没有放开了反而容易受冻的道理,除非鞋袜不防寒。我的外婆曾经跟我们家在天寒地冻的北大荒(冬天零下40度是寻常事)生活过很长时间,她的那双解放脚并没有发生过那种可怕的情况,而且绝没有想到过要复缠——那种令杨念群兄十分感动,由姚灵犀们提出的建议。我真的不知道,杨兄何以如此坚定地认定,姚灵犀辈提议复缠,是为了关注和同情所谓"过渡期的妇女",而不是为了他们复辟莲国的昔日荣光呢?同样是《采菲录》里,我们看到,有人做过这样的梦,"梦见全国的妇女无论老的、少的、村的、俏的,全都缠了足",还有人看到上海举行"全运会"的消息,竟然误以为是"金莲会"。对这样的拜足狂来说，我以为后者可能性肯定要更大些。放足妇女在转型期所受的痛苦，恐怕更多的是精神上，而不是肉体上的。从肉体上的痛苦来论证放足的不应该，自然是讲不通的，因此而关注转型期放足妇女的"崩落"，也属于没找好着力点。

最后，"女性解放"也是杨文谈及放足时所刻意强调的概念，但是我认为，无论是晚清还是民初的不缠足运动，基本上都谈不上是什么女性解放。晚清就不说了，民国初的国民党连妇女的选举权都不肯给，害得辛亥女英雄唐群英上台直打宋教仁的耳光，妇女解放自然没提上日程。我实在搞不懂，为什么杨兄一方面认为晚清的不缠足话语只不过是将妇女看成生育机器，一方面又认定不缠足是女性解放。甚至说，"对'天足'优点的鼓吹一方面是在女性解放的大旗号下为足部松绑，另一方面又刻意强调在男女平等的意念下尽量消灭女性特征，女性解放的这把双刃剑终于使缠足具有的审美内涵，经过卫生解剖观念的筛选，使女性重新变成了男性'管理的对象'，只不过这种管理不是在家庭和传统的社交视界内，而是在国家强盛和种族延续的意义上重新定位。"一双裹残了的小脚好像不能算是"女性特征"，而裹了脚的女性更是男性"管理的对象"，不管是在什么意义上的。如果杨文的意思是将不缠足延伸到中华人民共和国成立后的妇女运动，那么姑且不论"女拖拉机手"和"女飞行员"的例子说明不了问题（抹杀女性特征的妇女解放，可能用跟男人一样打石头、抬木头的"铁姑娘"更合适，而开拖拉机和飞机，就今天的女性也照样做，谈不上消灭了她们的特征），而且其中的论述时空也过于混乱，我不知道杨文的意思是不是说清末民初的不缠足开启了中国妇女解放先河？如果是这样的话，至少是过于轻率和简单化的（近代的妇女解放是个过于庞大的题目，在这里一句两句话是说不清楚的)。

在这篇小文就要结束时,我想说的是,杨念群兄作为名满天下的史学工作者,其理论功底非我等浅薄者所能望其项背,其用过渡期代替转型期的深意我也没有琢磨明白;但有一点我是清楚的,讲历史必须用史料说话。杨兄通篇文章所用的基本史料只有《采菲录》一种,常常是前面引证完《采菲录》,接着马上认可,并加以发挥。姑且不论《采菲录》带有非常明显的倾向性,就算它是可信的史料,受过多年历史训练的杨兄也至少应该知道"孤证不是证"的史学研究原则吧?

对于后现代主义来说,现代性是个可憎的概念,杨兄的文章大概也是在解构传统与现代,但是,即便你拥有像福柯这样的利器,还是要拿证据来,否则,人们会以为你退到了袁枚和李汝珍之后,跟姚灵犀们为伍了。

(原载《读书》2002年第10期,选自张鸣《大历史的边角料》,陕西人民出版社2013年版)

# 姚灵犀与友人：收藏"凋零"

高彦颐

《采菲录》是座宝山，入得其中的学者，没有空手而回的；Howard Levy 即为最典型的例子。他们会摘取里面的若干记录，当成是缠足史实某个面向——缠足的地区分布、逐渐没落的情形，或是缠足女性的体验——的文献证据。不过，对于这样一部刻意以集大成为目标的文本，我们不应任意断章取义地引用。《采菲录》所承载的真实讯息，乃是嵌合于其极具百科全书架势与系列感的形式，这个形式的构筑，则又是经由反复的文本模仿、回收和发明过程而产生的结果。《采菲录》各编的单元，大致包含如下类别："序文""题词""对于《采菲录》之我见""考证""丛钞""韵语""品评""专著""撮录""杂俎""劝戒""琐记""谐作""附载"等。这个分类缺乏明显的逻辑，各单元出现的顺序也不固定。因此，就其格式而言，《采菲录》与传统的丛钞或笔记相似，都依取得的材料进行增删编纂。

纵观其连载化、片断化的资料形式，以及为了编纂续集而公开征稿的做法,《采菲录》都近似传统的丛书集成或事类辑要。然而,编者与作者的社会位置、他们的怀旧情怀以及他们生产的知识性质,却不折不扣是通商口岸这种现代都市文化的产物。《采菲录》的世界,因而充满了矛盾性,但对姚灵犀和他的朋友来说,这显然并不是什么大不了的问题。

话虽如此,他们对于自己的爱莲嗜好,却着实觉得难以启齿。自从19世纪90年代反缠足团体蓬勃发展之后,已然过了三十多个年头,到了20世纪30年代,"谴责缠足"早已成为沿海都市知识阶层的规范性共识。在一个拒认年代(an age of disavowal)里,作为缠足及相关物品的赏玩家,是件不便明说的尴尬事。姚灵犀以及同道友人非常明白他们的癖好有多么荒唐可笑,也知道根本无法自我辩解,只不过他们还是姑且一试。

其中最精彩的辩词,出自湖南文人兼小说家陶报癖的手笔;这个人据说在1927年时,因得知共产党攻占他的家乡长沙,并下令解放缠足之后,惊吓过度而死亡。陶报癖是一位死忠派莲迷,留下不少名言:"(陶先生曾表示)缠足如古董,吾人虽万无定造古董之理,但现有者而加以欣赏,似无不可"(采初:第356页)。他对"欣赏导致提倡"的反驳,等于是再度强调"缠足的文化体面性一去不复返"已成定局。陶报癖娴熟多种文类,著作颇丰。他有一篇谈论缠足赏玩文化的文章,从中可以看出他对各地缠足风格和习俗相当熟悉(采初:第127—134页)。亦见他的诗歌作品,这些可能是朋友之间的饮酒戏作(采初:第100—109、116页;采四:第82页)。据说他写了"百万余言"的《莲史》,但在他死后,手稿就被妻子烧掉了(采初:第290—291、355—356页;采三:第185—188页)。他也写过一篇书评文章,名为《前清的小说月刊》,收入1922

年出刊的《游戏世界》杂志。陶报癖的仰慕者邹英解释道:"有人对此问题稍有论列,即贻提倡之讥。其实即欲提倡,亦无法提倡。舍难就易,人之恒情。吃痛苦而又不摩登,世无此傻女子。故缠足习俗之根本革除,乃自然之趋势"(采初:第355页;采续:第289页)。

邹英住在上海,后来成为姚灵犀的副主编;他自称是现代历史进程的观察者,体认到时代趋势之不可逆阻。邹英是朱承与的笔名。在《采菲录》团队之中,他是撑到最后的成员,1949年后,继续留在上海。退休时,他是一位店铺店员。遗憾的是,他已于2001年过世,我因而失去了访谈他的机会。感谢杨绍荣先生告诉我有关邹英的生平。我们无需猜想他的这番话是否出于真心,还是言不由衷。在20世纪30年代,通商口岸的读者认定缠足象征着落后,提起来就语带轻蔑。邹英与陶报癖拒认缠足的态度,也反映在姚灵犀为他的编纂作品选定的书名。"采菲"是一个巧妙的双关语,这个词汇至少可以有两种解读,二者皆扣连到一种针对缠足的直率看法。"采菲"一词,出自《诗经》之"采葑采菲,无以下体"。在释经传统中,一般对这句诗的译解如下:"勿以其根(下体)之恶而弃其茎之美。"换言之,即使看似一无是处的身体,亦有其优点。姚灵犀于是搬出这套诠释:尽管缠足确为"妇女下体之瑕疵",但我们不应该因而诋毁女性的身体,对于这个课题,也不应该避而不谈。(采续:ⅲ ⅳ)同时,姚灵犀与他的小报读者都心领神会到,"下体"更直截了当是阴部的代名词。不管《诗经》的原意若何,他们对下一句可以解成为:"千万不可小看女性的私处。""采菲"一句出自《诗经》里的《邶风·谷风》。Arthur Waley 如此英译此一诗句:"He who plucks greens, plucks cabbage/Does not judge by the lower parts"(*The Book of Songs*, trans. Arthur Waley〔New York: Grove Press,1996〕,p.30)。历来学者普遍认为,这首诗歌表达了弃妇的哀怨。不过,这两种蔬菜较受重视或轻视的部分,究竟是根还是叶,他们的意见并不一致。有关王夫之的文本解读和评论,见金启华译《诗经全译》①。"下体"解作阴部,提倡者为李渔,见他的《闲情偶寄》②;亦见周作人的引述③。方绚和李渔都操弄了"采菲"一词的暧昧意义,游戏于猥亵性和经学正统加持的神圣性之间。

姚灵犀与陶报癖这些赏玩家将缠足形容为逐渐消失的残景——虽说残景,它不是某种虚幻魅影,而是具体实实在在的存在。《采菲录》里反复出现的一种表述,生动地传达出生活在过渡时代的感伤:"俯仰之间,已成陈迹。后之视今,亦犹今之视昔矣。"(采初:第 161 页;采续:第 370 页)按照他们的说法,他们对于金莲的迷恋,既不是为了复兴一项濒临灭绝的风俗,也不是打算逆抗历史的潮流,而只是想要为后世之人留下一些文字和图像的雪泥鸿爪。爱莲者们还认为,这些印记必须透过历史客观的角度详细检视;每个时代的风俗,也应当放在当时的主流价值脉络之下,方能给予适当评价。

赏玩家一心想要扮演民俗学者采风的角色,这对他们来说,更是时不我待的当务之急。他们也使用了 20 世纪 30 年代盛行的民俗学(ethnography)运动语汇:"(姚)灵犀是要趁着缠足的妇女,未死尽亡绝之前,作出一种'风俗史'。若以为《采菲录》是提倡缠足,那么,研究古史,就是想做皇帝了;贩卖夜壶,就是喜欢喝尿了!"(采

---

①金启华译:《诗经全译》,江苏古籍出版社 1996 年版,第 76—79 页。
②李渔:《闲情偶寄》,上海古籍出版社 2000 年版,第 146 页。
③舒芜:《女性的发现》,文化艺术出版社 1990 年版,第 240 页。

初:第 7 页)皇帝统治的时代过去了;缠足已然凋零,行将消逝。既然同为帝制岁月的陈迹,它们也就顺理成章地并列为思古怀旧的对象。夜壶?那不过是个不伦不类的比方。

(原载高彦颐《缠足》,江苏人民出版社 2009 年版)

# 近代缠足及其禁罚的多元图景
## ——读《采菲录》札记

且行且珍惜

## 丽颜不如金莲

中国缠足之风,发端于隋唐,至清时,臻于最甚。此时文人学士皆以小足为美,乡媪村妇对缠法多刻意讲求,对小脚的品评遂亦精绝。方绚《香莲品藻》分小脚式样为莲瓣、新月、和弓、竹萌、菱角五种,更衍为四照莲、锦边莲、单叶莲、佛头莲等十八莲式,其好坏标准,又分九等。文士吹求与妇女竞美交相呼应。

在此风之下,女足是否纤小便成了男子婚娶媒聘的首要考虑标准。河南卫辉歌谣有:"高底鞋扎的无色花,看了一人也不差。娘呀,娘呀,咱娶吧!没有钱,挑庄卖地还要娶她!"河北歌谣亦唱:"小红鞋儿二寸八,上头绣着喇叭花。等我到了家,告诉我爹妈;就是典了房子出了地,也要娶来她!"江西丰城歌谣:"粉红脸,赛桃花,小小金莲一拉抓。等得来年庄稼好,一顶花轿娶到家。"[①]这些歌谣无

---

① 李荣楣:《中国妇女缠足史谭》,姚灵犀编《采菲录》,上海书店出版社1998年版,第12页。

不体现男子的审美趣味聚焦于女子的金莲之上,可知当时女子在婚嫁上对男子的吸引力,很大程度上也在于其纤小的金莲。

夫家对新嫁女子的足形大小,甚是在意。据阔斧观察,清末民初北京"说媒的媒人,皆以天足女子无人聘娶,甚且老大多无问名者,实受天足之影响。故有女之家,无论品貌如何,先将两支裹得整整齐齐,方不致误在家中"①。时人李荣楣亦认为溟南地区莲风盛行时,"新嫁娘之夫家重纤莲逾于姿首。入门之后足之大小,荣辱系之矣。初娶至门,村众环喜轿或喜车凝眸逼视者,首为莲足。吉时既至,舒足下车,纤妙者立邀皋誉,戚朋以为赞,翁姑以为慰。拜堂后,新郎已睹真相,小则安,大则戚,爱憎已预判焉"。随即列举数例:庄某每爱在戚友家观婚礼,以评议新妇足式为快。待此人结婚时其妻之足恰恰臃肿歪大,庄某大恙,家人于寺中找到他时,他已"泪眼红肿,泣不成声矣"。又某村一男子结婚时,新妇莲足肥硕,下轿观众腾笑。该男子之父睹此场景悲极而晕僵,被救醒后终生憎恨其媳。此外,还有某氏之子,拟娶一师范毕业的张姓女子,其父母请求媒人告知女方,"谓必令媳缠足方成礼,否则宁另聘耳"。女家不得已而从之,婚前半载日夜严束,刻意谋纤剥。②可知,女子莲足的大小,不仅关系到女子在夫家乃至在社群中的命运,还关系到夫家荣辱。此确是母亲为女儿缠足的很大部分原因。

此外,女子也多以小足为美,并在群辈之间自相竞尚莲足。清末山西大同每年六月初六举行晾脚会。据贾逸君《中华妇女缠足考》:"是日妇女盛装坐于门首,伸足于前,任人评议。足小者每得上

---

①李荣楣:《中国妇女缠足史谭》,《采菲录》,第5页。
②李荣楣:《溟南莲话》,《采菲录》,第47页。

誉……"时人亦观察到此晾脚会上"妇女浓妆艳饰,端坐棚内,两足长伸,鳞排竿架,莫不争奇炫小,以博好评。绣履衬饰工绝,有履跟缀小铃,足动铃动,以诱争观者;有履端缀饰绫制动翼蝴蝶,足动则蝶翼翕张者"①。此外,赛足会不限山西大同。山西运城妇女"每在元宵节边,日间辄坐于门口,双双小脚伸出户外,曝于日光中,名谓'晒小脚'。罗袜绣鞋,勾心斗角,一种妒宠争妍心理……"甘肃陇东旧历二月二日之"社火"(即玩龙灯),"据当地人云,则纯为妇女之小脚竞赛会"。此时"西峰镇城内外无论矣,即四乡数十里外之妇女,亦皆黎明即起,浓妆艳服而来","既至目的地,则成一字排坐于街市两旁之店家门前,必显露出其一双小脚"。"其有合乎当地人所谓小、尖、瘦、软、正五个条件,必自频频顾盼以自雄,又必携其女伴小步于道旁,意若'今日之锦标,非我莫夺也'者……"又有丰镇妇女"在春光明媚的二月天,无论老少,各人都是打扮得花枝招展,尤其一双小脚缠得端端正正的,穿上红绿花鞋,坐立于各家的门口,将认为引人入胜的小脚搁在门槛上,任人参观品评"②。此虽然不具备赛脚会的仪式,却饶有赛脚会的精神。另据时人李荣楣观察,溇南境内南北各较大庙会,外村喜雨酬神联合演剧,或病欲谢仙,唱影及评戏,以及其他集会,亦多为竞莲之机会。妇女"会前匠心制履,加意缠足,罔肯怠乎双翘,招致讥辱。妻足大而丑者,多匿避家中,即其夫亦不愿伊外出也"③。由此可观妇女双翘竞争之激烈,足式妙美者颇以此为荣;足大者唯恐招致讥辱,只得匿避家中。又可见社会风尚、人心所趋,竟欲小中选小,艳中求艳。女子在此熏染下

---

①李荣楣:《中国妇女缠足史谭》,《采菲录》,第10—11页。
②邹英:《蓟菲续谈》,《采菲录》,第37—39页。
③李荣楣:《溇南莲话》,《采菲录》,第44页。

醉心缠足之力亦可想见。"其夫亦不愿伊外出"似暗示着足形大小不光关系女子荣辱,还关系到其家人戚友的荣辱。

## 娘破功夫为汝缠

为幼女施行缠足者多为其母亲。幼女 4 至 8 岁开始缠足,经三四载,直到四趾压入足心紧紧合拢,足尖狭窄,大趾独翘成新月状,足心一深沟,足跟平直,足面微驼,方缠成。缠足之时一些母亲会选择缠足吉日,以求裹足不疼痛。一些母亲会用药草熏洗幼女双足,求少受痛苦。初缠之时,只求足肉稍软,趾骨屈曲,工作尚弛,痛苦未大。约过半载,即加严缠。此时幼女多痛如火焚,难堪其苦,放声大哭。凡有央母放足,多受呵斥。或有背地里偷偷松解脚布,被母发觉后必遭斥责痛打。严缠期间母亲多强令女儿走动,认为这样令骨头容易折断,易于裹出较好足形。而此举无疑又增非常之痛苦,幼女大哭呼号,而多数母亲置若罔闻,绝不计及,仍继续严缠。直至女儿被缠得"皮肉溃脱,创伤充斥,脓血狼藉",亦多不心软,严缠如旧。[①]

《戒缠足歌》有"五龄女子吞声哭,哭向床前问慈母:母亲爱儿似孩提,何缚儿足如缚鸡?"[②]提示了母亲对女儿的"爱"与其施行缠足之"狠"之间的张力。时下之母亲何以爱女却狠加缠刑?

如前所述,时人均以小脚为美,女足之大小成了男子问名媒聘

---

①参见李荣楣的《中国妇女缠足史谭》,秀贞女士:《过来人语》,《金素馨女士自述缠足经过》(作者不详),林章驣录《林燕梅女士自述缠足经过》,兰稿:《缠足痛》,玉琴女士:《双钩泪史》,《采菲录》,第 7 页,第 89—99 页。
②阿辛:《津门莲事记略》,《采菲录》,第 51—52 页。

的首要考虑因素,脚大则难以嫁人,故"缠足之苦为母者所亲受,而不惮烦累竭力为女缠足者,以男性用此为择偶标准,有以促成之也……欲女不速嫁,则不惜父母之爱,忍心为之缠足以达目的。谚有'疼儿不疼学,疼女不疼脚'之语,皆利于婚姻之念致之然也"①。此外,又因丽颜不如金莲,女子之间竞尚莲足,足大者在朋辈面前殊难抬头,多被讥讽,故母亲狠心竭力为女儿缠足,"恐以后之长大难看,为毕生之玷也"②。诚如林琴南《小脚妇》诗:"但求脚小出人前,娘破功夫为汝缠。"③从缠足女子的自述可知,儿时号哭苦于缠足的女子,成年后因足小受赞时"亦颇自得",至天足运动兴起之时"尚不愿放足","自以为三寸金莲较天足为美"。④亦有"新婚之日,贺者以吾足小,皆啧啧称赞,予亦窃喜"者。⑤

据时人李容楣描述,溧南地区有四位缠足早成者:

(甲)张某之女。女父业商,母性懦,缠足之责,操之祖母。祖母待家甚严,束女足不稍宽悯。足帛选土产,长逾六尺,层缚之外,附以带扎,利其早成。缠毕或压捏,或牵至广场,引之急驰,泣恳弗顾也。自七岁至九岁,脚式已埒成人……

(乙)陈宅二女。长女名盖灵,次女名二灵。父业工,家无隔宿粮,日役其躬以赡妻子……然二女纤足不逾三寸,短细尖瘦,御躬鞋,态甚娟美。有询以如何缠小致是者,则蹙然曰:"此苦不堪为人道也。"盖母氏遇女甚虐,呼缠罔敢避去,七岁甫

---

① 李荣楣:《中国妇女缠足史谭》,《采菲录》,第5页。
② 李荣楣:《中国妇女缠足史谭》,《采菲录》,第8页。
③ 林琴南:《林琴南戒缠足诗》,《采菲录》,第65页。
④ 林章骝录:《林燕梅女士自述缠足经过》,《采菲录》,第92—93页。
⑤ 玉琴女士:《双钩泪史》,《采菲录》书,第99页。

缠,未百日即足趾深折覆隐。每缠毕,牵至院中,携之环奔,停即拳击棍加。翌晨再缠时,脓帛粘合,揭解则腐肤溢血,呼痛弗止。二载后即纤弯中式,冠于侪辈。

(丙)刘姓次女。女三岁失恃,其姑母于其五岁时即起始缠束,三月之后,瘠容日甚。姑商其父曰:"盍休乎?"父弗允,且勉以勿懈。姑遂继续进行,日益严束。憎其缠后哭泣声,抱至后院,委于地,日以为常。达七岁,已缠成,式样甚纤妙,戚党见之啧啧称誉焉。①

可知这些女子脚小式好,多得常人难堪之严束之力。老妇的缠足经亦告诫施行缠足的母亲:"稚女初缠,用力以渐而愈缠愈严,尤须持之以恒,否则毛病百出,脚样不美。一朝伊悯手懈,必致遗恨毕生,故为母者不得不从狠处下手、远处着想也。"②"苟悯女痛苦,徐与约束,骨渐硬则求小颇难。故幼女如何感痛,亦无须顾及,骨愈曲愈紧缠使折,肉愈溃愈严缚促腐。至骨深折,积腐流去,能御弓履,而母识始卸。"③似可见,女子足之大小美丑全系于母亲缠足时能否做到心狠性严。玉琴女士回忆其母当年为其缠足,"每当裹时,予必大哭,母辄呵之,偶或不忍,亦常替吾坠泪,然狠缠如故也。"④其时女子足形足式攸关其前途命运,若母亲缠足时稍有怜悯手软,则会导致其女婚嫁堪忧,且日后受人丑诋嘲笑,故母亲即使偶有心软也不会因怜惜而罢休停缠。

此外,当时讽劝不缠足的俚词中偶有提示母亲狠心为女儿缠

---

① 李荣楣:《滇南莲话》,《采菲录》,第44—45页。
② 李荣楣:《滇南莲话》,《采菲录》,第44页。
③ 李荣楣:《中国妇女缠足史谭》,《采菲录》,第7页。
④ 玉琴女士:《双钩泪史》,《采菲录》,第98页。

足的另外一层原因:"要是不把脚来裹,人人都说真万难。有的说,为母的不把女儿管,任着意儿教他疯癫。好好的成了大脚片,将来的亲事怎么办?"①这提示着缠足是母亲必须履行的责任,若其女儿脚大,舆论会谴责母亲不尽职甚至无能。缠足成效不仅是女子将来命运所寄,还成为时人评判为母好坏的标准。可知母亲为女儿缠足"从狠处下手",除为了从"远处着想"外,舆论压力也是潜在的一种动因。

尽管如此,仍然有心软的女性家长。前面提及的缠足早成的"张姓之女",就因母亲心软"性懦",怜惜女儿的苦楚,缠足之责则改由严刻的祖母操持。"祖母持家甚严,束女足不稍宽悯",方使该女九岁时"脚式已埒成人"。刘姓次女母亲去世,姑母操持缠足之责。见该女缠足三月后"瘠容日甚",姑母心软生怜,但其父不允罢休,"且勉以勿懈"。"姑遂继续进行,日益严束。憎其缠后哭泣声,抱至后院,委于地,日以为常"。遂致该女七岁即缠成,"式样甚纤妙,戚党见之啧啧称誉焉"。②可见缠足之责虽由女性家长操持,男性家长似也有间接参与、严责厉免者。

## 风尚之大变

据时人阿辛观察,"光绪二十六年(1900)以后,国人渐知缠足之弊,群起而提倡解放。是时缠足之形,亦渐臻俏丽,于是新者日新,而旧者遂愈趋于狠狈"③。李荣楣亦认为:"昔者男性对女性之

---

① 阿辛:《津门莲事记略》,《采菲录》,第50页。
② 李荣楣:《浈南莲话》,《采菲录》,第44—45页。
③ 阿辛:《津门莲事记略》,《采菲录》,第50页。

美,金莲重于丽颜。女子缠足,自相竞尚,谚有'有钱难买裙边俏'者,其醉心崇尚可以想见。殆西俗东渐,天足大兴,一般男子目光骤移,竟有'凡新皆美,凡旧必嗤'之风气。俗必趋时,饰求革旧,命之曰摩登,呼之为时髦。"[1]此外,往昔莲足竞丽的庙会,也"多遭禁闭"[2]。

然而风尚之变,亦有地区的差异。作为沿海开口城市的厦门,"妇女本皆缠足,但解放之风比内地早,在势时已无缠足少妇矣"。唯时下"缠足之风尚未尽杀"的原因在于"内地人士不时迁来"。[3]可见沿海与内地的差异,俨然两个世界。即使同在一个地区,风尚变迁的缓急亦有差别。李荣楣观察到,滨南地区"沿海多瘠村,山陬多僻乡,饰重古拙,足亦呆蠢。沿河各村家计较裕,文士辈出,妇女双翘竞纤亦烈……然自唐、坊胥各庄有北宁铁路经过以后,早沐新风,追时最烈,足多驰帛,鞋亦放宽。转不若山陬海澨,保此莲型,尚存古风"[4]。此外,因地方政府对缠足进行劝导禁罚的努力不同,各地的风尚变化程度亦不一样。山西、河北、甘肃等省,因地方政府着力颇多,缠足之风大杀。[5]

到20世纪30年代,"天足运动自开始迄今,垂四十载。虽有人因缠足女子尤未能绝迹于穷乡僻壤间,遂认为毫无成绩者,然就整个妇女界观察,心理上之改革,确告成功"。其时上海公安局局长之演讲亦言:"以小脚为美的观念,已转变过来。一般青年的男子,非天足女子不结婚;而一般小脚的女子,大有嫁不出去之虞。"[6]有关

---

[1] 李荣楣:《中国妇女缠足史谭》,《采菲录》,第22页。
[2] 李荣楣:《滨南莲话》,《采菲录》,第44页。
[3] 知怜:《建莲纪实》,《采菲录》,第42页。
[4] 李荣楣:《滨南莲话》,《采菲录》,第43页。
[5] 详见李荣楣《中国妇女缠足史谭》,《采菲录》,第1、16—21页。
[6] 邹英:《莳菲续谈》,《采菲录》,第37页。

缠足的观念终为之大变。

观念既大变,男子原以小脚为美则转而视小脚为丑。时下教育家胡玉孙曾作《劝放足歌》:"少小学生向母啼,儿后不娶缠足妻。先生昨日向儿道,缠足女子何太愚!书不能读字不识,困守闺门难移动。母亲爱儿处孩提,莫给儿娶缠足妻。"(此歌据李荣楣言,"上自师范,下至小学,皆授为课程",宣统元年,其任浙江两小学教员时,学校"犹以此歌教学生也"。①可见时下认为缠足妇女愚笨的观念广布于青年男子中。)青年男子遂多不愿娶缠足女子为妻子。原来不愁嫁的小脚姑娘,亦大有嫁不出去之虞。原"天足运动萌芽之际,妇女因放足而致夫妻反目、翁姑虐待者,时有所闻"②。时至1931年之后,"旧有缠足之妻,多成弃妇;纤小之足,每致离婚"③,风尚之变,不可谓不大。

值此,昔日以小脚为荣,借此竞美于同性的女子反而自感形秽。时人高飞记在其《见不得人之今昔》之文中描述:"小足时代妇女的脚,是越缠得小越好,其缠得不大不小的莲船,是见不得人的。无论如何,在人面前总得遮遮掩掩,以盖藏她脚的丑(按:麻大肥胖、莲船盈尺是昔日美人的缺陷)。假使她们坐在炕上的话,有两种现象:一是小脚妇女,故意将脚露在盘了腿的膝盖上以自炫;一是脚不小的妇女,局促的将一只压在臀下的脚往底下压了又压,又将一只膝下的脚用袄襟盖了又盖。现在却不然了,大翻个儿,大脚称为天足,不但可以摆在稠人广众中毫无愧色,还可以夏天赤着足,穿上高跟鞋,在马路上踱来踱去,有时还要光着脚鸭子,在海滨去

---

① 李荣楣:《溟南莲话》,《采菲录》,第51—52页。
② 爱莲居士:《谈莲》,《采菲录》,第30页。
③ 李荣楣:《中国妇女缠足史谭》,《采菲录》,第22页。

印鸿爪。而遮遮掩掩见不得人的,反是小小金莲了。"①

值得注意的是,在不缠足风尚中,以前多受吹求品评的小脚多遭丑诋,而小脚的女子也多受侮辱。前引广为传唱的《劝放缠足歌》,宣传不缠足时直指缠足女子的愚笨。报刊舆论多视小脚女子为"无智识"之辈,指母亲为女儿缠足为施行"虐政"。②

据时人观察:"数年前,西安严禁缠足妇出入公共场所,烟台则限制缠足妇在街市行走,开封有警察当街剥卸足缠之举。"福建省派员赴漳州劝放足,"而妇女依然不改,有谩骂者。乃思得一法:令劝告人各持一鞭,凡小脚妇女上街,即以鞭鞭其脚,惊逃则逐之。小脚点地带跳带跌,至家已不胜其娇喘,而追逐者复在后嘲之曰:'汝以小足为美,今逃不得,盍早放却。'"时人观此亦喟叹:"焚琴煮鹤,可谓极尽侮辱之能事。"此外"因检查员强奸羞愤自尽,及父母因不胜缠足罚款之负担而逼令自尽,亦数见报载"。③

据《申报》载,陕西民政厅长邓长耀于1927年召开大规模的禁缠足大会,会场"大门内两廊陈列裹脚布,修短阔狭,条条下垂","二门高悬红绣小脚鞋数百双"。邓亲自登台"为滑稽突梯之讲演,讲时曾以手持之裹脚布、小脚鞋,嗅之鼻作欲呕状,令人笑不可抑"④。从广大会众对此"笑不可抑""鼓掌如雷"看来,其时民众多认同小脚丑陋的观念。既然小脚被赋予了恶臭而令人作呕的形象,时

---

① 邹英:《蛪菲闲谈》,《采菲录》,第30—31页。
② 如北京《晨报》载明明君所著《缠足干什么》:"在北京方面,那些无智识的妇女,她们到现在还是以为小脚好看,对于女孩子仍然施行那样虐政,不问她痛苦不痛苦,总要把脚心裹成两断,才算尽了她们的责任。"李荣楣:《中国妇女缠足史谭》,《采菲录》,第15—16页。
③ 邹英:《蛪菲闲谈》,《采菲录》,第31—32页。
④ 李荣楣:《中国妇女缠足史谭》,《采菲录》,第17页。

人对裹小脚的女子观感自然颇恶,小脚女子由此所受诋病诟辱自不待言。

既然世风为之大变,舆论丑诋女子小脚和小脚女子,青年男子不愿娶小脚女子为妻,则小脚女子的命运为之大变。"自高跟抬头以后,凡妇女为人藐视,为人不齿,为人遗弃,为人离异,其症结咸系一双小脚之上。"①如前所述,有女子因小脚而被丈夫遗弃者。一些女子或恐小足见憎于夫,或恐小足见诋于人,或恐见罚于政府,开始放足。而放足之苦,据女子自述,是"足纨初松,觉两足骨软筋酥","骨久裹折,血脉已枯","离布则不能走一步","愈行痛苦"。且放足效果多不遂人意,"放至三年,双足除较前略肥外,足趾缝口仍屈而不伸"。②时人李荣楣亦"尝闻妻以小足见憎于夫者,彻夜浸足于冷水,以促解放,其苦较缠时更倍之。终以有心趋时,无术展舒,其怨母之缠足也,较以足大而怨母之驰其缠者,同一而弗异也"。李氏认为女子放足,"亦昌为新式冀悦其夫之心理有以致之也",视放足同缠足皆为"固夫宠也"。认为"女足之放否,权实操之男性,女性不过为男性求美标准过程中之试验品"。③虽女子放足不光为取悦男子之一端,但李氏之言颇具提示意义:世风大变,由往昔竭力吹捧之金莲到时下竭力诋诉小脚,其操之者多为男子,但无论处身何时、脚大脚小,受诟病者却多为女性(如前所述),这颇值得玩味。

女子于放足虽"有心趋时"却"无术施展",终难回归天足,而时风所致,小脚受诋,因此一些女子有"避小饰肥"之举。如秀贞女士"入学校时,因恐同学耻笑,乃于袜内满嵌棉絮,饰为天足。虽行步

---

① 邹英:《葑菲闲谈》,《采菲录》,第30页
② 参见秀贞女士的《过来人语》,兰稿:《缠足痛》,《采菲录》,第90、96页。
③ 李荣楣:《中国妇女缠足史谭》,《采菲录》,第22—23页。

较迟,但人亦不觉也"①。

借《采菲录》管窥时下缠足的图景,觉面相颇为多元丰富。近代以小脚为美和以小脚为丑的观念经历了长期竞争,遂使天足之美深入人心。各地观念变迁的缓急各异,故同一时期的各地域的缠足图景竟成多个世界。缠足不仅为了取悦男子、利于婚嫁,女子亦互相竞美,比赛莲足大小。莲风大盛之时,女子之足不仅为其个人荣辱所在,更攸关其前途命运和戚里荣辱,故母亲不惜怜爱,为女严缠紧缚。待风尚大变,美丑易位,女子又多因其小脚受讥辱攻诋,甚至受到遗弃,遂趋时放足,而所受之苦又不下于缠足之时。而赞足诋足,操之者多为男性。此外,对缠足的经过、女子的苦乐、母亲的严苛,亦多了一层同情之了解。对备受近人褒奖的反缠足诸多言行中,亦多少可渐参悟其弊。

(原载"且行且珍惜"博客)

---

①秀贞女士:《过来人语》,《采菲录》,第90页。

# 中编 瓶外杂说

# 《未刻珍品丛传》弁言

姚灵犀

《未刻珍品丛传》,何为而辑也?曰志不朽也。所谓珍品者何?曰《闺艳秦声》《塔西随记》及《麝尘集》是已。是三书者,殊不类,何为而辑之?曰有故。其得之也奇,一也。其所述虽房帷燕昵之私、曲巷狎邪之事、姬侍怨诽之语,然可以正婚姻之礼,遂男女之情,鉴冶游之祸,知蓄妾之非,可以藉微言而明至理,二也。作者姓氏里居,皆不著,几于湮没无闻,故乐为表彰之,三也。是三因者,乃所同,有所同,斯同辑之矣。《闺艳秦声》盖得之于津门,著者自署为西山樵子。《塔西随记》则得之于故乡,著者署名萍迹子。皆以偶然遇之,已足奇矣。尤奇者则为《麝尘集》,集初无名,仅细字录诗凡九页。余十余年前,于扬州惜字库下检得之,诗夹盐法志中,将投诸火矣,阅而知其可珍,袖以归,名之曰《麝尘集》云。呜呼,宇宙之间,文人众矣,抑郁不自得,乃寄情于艳闻琐事,以冀其言之无罪,而闻之者好之之可传也,然而传不传无定也。宇宙之间,好女子之沦为姬侍者亦众矣,抑郁不自得,乃形诸吟,以冀其或闻于世也,然而闻不闻无定也。世间之此类文字,散佚摧烧者,曷可胜数,而此三者获存,不可谓非幸事也,虽名之不彰何害乎?昔人有欲汇李白、李煜、李清照三家词为一集者,余之辑此亦其意尔。中华民国二十四年十一月姚灵犀校印并识。

(原载《未刻珍品丛传》,天津书局1936年版)

# 《苦乡绮梦录》序

姚灵犀

余阅天津之《快报》,载《唐宫春色》一稿,以为香艳绝伦,亟剪存之。识其署名亦新,或作一新,询于仲轩社长,知其姓赵,一少年文人之落拓者,心存久矣。嗣余有《采菲录》之辑,一新以稿投寄,谈莲文字,深中款窍,又识为同好也。自是恒作笔谈,函札往来无虚日,藉知其状况清贫,每思有以济之,辄不受。后谋于病侠魏君,位置《风月画报》中,助编撰之务,事已垂成,适遭世变而止,然其豪情绮思,至此亦消磨殆尽,于是渐至于病,以迄于死。其友赵琴轩为奔走乞助,始得蒇丧葬费。遗老母妻子凡五人,平日皆赖其笔耕为活。一新方在壮年,初不意其遽死,其死也实由于贫,而性极狷介,虽困甚从未干乞于人,自戕其生,可不惜哉!一新有《画带青丝》说部行于世,有目共赏,其中事迹多自道生平,而能发乎情止乎礼义,能为人所不可及,余既题词以张之。一新既逝,家人几无以为生,偶检其遗箧,得残稿一束,遂送琴轩所,为之整剔,即《苦乡绮梦录》也。所记皆其游历,不必排日属笔,初在徐沛间,辗转而之齐鲁,以所见所闻，新奇可喜，涉及香艳者，一一记录之于简，积久而成秩。苦乡者，自言衣奔食走，所经皆为苦境，而绮梦者，于苦中寻乐，意为梦境也。于以知一新之不广，而落落寡合，不永于年，政自有故。夫人生孰非梦幻，而苦乐惟心所造，中有所守，胡能攻袭？自以为苦，无往而不苦。智者善自排遣，或能暂忘于一时。若学养功深，则虽苦亦不萦心。是一新徒工于文，未闻于道，不觉为之扼腕，直欲呼起而语之耳。爰为润色文词，归诸琴轩，介于天津书局付印，以资赡其家，并志因缘如此。辛巳天贶节丹徒姚灵犀识。

(原载《苦乡绮梦录》，天津书局 1941 年版)

# 《瓶外卮言》序

江东霁月

小说虽为文章之游戏，技近乎雕虫，然遍读古今佳构，莫不故作狡狯，绘声绘色，使读者如历其境，而与之俱化，惟有独具巨眼之士，则去其粕而得其精，舍其形而取其神，不为章句所炫，不为事态所惑，甚或于无字处求弦外音，而有所阐发无余也。

《金瓶梅》一书，摘《水浒传》之回目，而演为奇文，可谓小说之小说，不特于旧说部据有地位，即于文章作风屡变之今日，犹不失为名贵之作，使人百读而不厌，直不能以摛藻铺菜，尽态极妍者视之，明矣。

姚子灵犀，饱学而多才，尝以《金瓶梅》出于明人之手，而写宋人之事，每当丹铅之暇，举凡明代之礼俗、习尚、名物、方言，与夫涉及考证者，辄一一笔之于书，寝久而成巨帙，均足以资阐明，乃著《瓶外卮言》，以为《金瓶梅》之翼，且一揭著者之狡狯，譬犹燃温犀，铸禹鼎，巨细靡遗，根源悉探，信手拈来，发数百年之秘奥，而为一家之言，是不惟在艺林起异军，为说部标新格，抑亦作《金瓶梅》之注疏,畀读者以南针,行见与《金瓶梅》后先晖映,相得益彰,又岂道学先生所可梦想及哉?

姚子富于著述,且俱风行于世,则是著之评价若何,将俟诸海内贤明,有以论定。兹值付刊在即,爰缀数言以为之序。

中华民国二十九年四月既望江东霁月序于津沽

(原载姚灵犀编著《瓶外卮言》,天津书局1940年版)

# 《瓶外卮言》序

魏病侠

《金瓶梅》一书,在明清之际,与《水浒》《红楼》《儒林外史》同称说部巨制,其结构之完密,描写之生动,亦未遑多让,只以书中间有亵语,列为禁书,士夫多讳言之。致其文学技巧之美点,竟为少数猥亵字句所掩,因而流布未广,弗获爱好文艺者普遍之欣赏,诚斯书之不幸也。

晚近文学,以描摹社会情态为工者,谓之社会小说,颇为一时所崇嗜,如英之却而司迭更司,俄之契诃夫,其作品均名重一时。《金瓶梅》所记述,固以世态人情之刻画为多,其对于西门家庭之俗恶,不著一字褒贬,而阳秋自在言外,尤合于社会小说之旨。

综四书论之,《水浒》多谈武侠,《红楼》专言爱情,《儒林外史》描写社会情态之处独多,第限于腐儒酸丁之畴范,亦不如《金瓶梅》涵汇之广。以近代评论小说之眼光衡之,似《金瓶梅》之社会描写价值,更出诸书上,评而张之,亦今日文人应有之举也。

姚君灵犀,夙好研究此书,辄有纂述。余昔年主《风月画报》笔政时,君曾撰《金瓶写春记》刊于《风画》,甚为当时读者所乐道。嗣余编辑《天风报》,适君之《金瓶札朴》以时寄刊,考证精详,颇足资同好者之研讨。今姚君汇集所作,萃为一编,将刊以问世,因余与此书一部稿件,雅有因缘,属为弁语,爰略志数言归之。民国二十九年夏暨阳魏病侠。

(原载姚灵犀编著《瓶外卮言》,天津书局1940年版)

## 《瓶外卮言》题词

上谷 王伯龙

　　志怪搜奇取次新,闭门风月特关身。寒鸦儿过青刀马 书中俗语,难得金瓶索解人。

# 《瓶外卮言》

王汝梅

《金瓶梅》研究的第一本论文集。朱一玄把《瓶外卮言》校点后，收进中州古籍出版社版魏子云著《金瓶梅词话注》（增订本1988年12月出版）。另有天津市古籍书店1989年11月影印本（据天津书局1940年版影印）。卷首有江东霁月序言、《风月画报》主编魏病侠序言。魏序说："金瓶梅一，在明清之际，与水浒、红楼、儒林外史，同称说部巨制，其构之完密，描写之生动，亦未遑多让。""金瓶梅所记述，因此世态人情之刻画为多，其对于西门家庭之俗恶，不著一字褒贬，而阳秋自在言外，尤合于社会小说之旨。""以近代评说之眼光衡之，似金瓶梅之社会描写价值，更出诸书之上。"

本书共分三部分。第一部分辑有：吴晗《金瓶梅的著作代及其社会背景》、郑振铎《谈金瓶梅词话》，两文是"五四"以后研究《金瓶》的名篇，对《金》书内容、作者及版本进行考证，对《金》社会价值、艺术价值做了深入的探讨，两篇均称《金瓶梅》为一部伟大的写实小说。另一篇为姚灵犀自己所撰《金瓶梅版本之异同》。

第二部分是研究《金瓶梅》与《红楼梦》二书之关系的论文与资料，包括:《金瓶梅与水浒红楼梦之衍变》《红楼梦抉微》(摘录)、《金红脞语》。第三部分,是对《金瓶梅词话》词语的注释。《金瓶小札》引言说:《金瓶梅》"描写明代社会情状,极为深刻,近年来明版词话本影印问世,遂为士人所注目,见卷中俚言俗语,一一抬出,考其所本,得若干条,有不能解者,则注曰待考"。

《小札》注释词语约1870条,对阅读研究《金瓶梅词话》极有参考价值。词话本第五回,乔郓哥嘲武大是鸭。武大道:"含鸟猢狲,倒骂得我好。我的老婆又不偷汉子,我如何是鸭?"《小札》指出:鸭若只一雄,则虽合而无卵,须二三始有子。以鸭为大讳,盖为是耳。宋人讳鸭,直如今人讳龟。又如解"白米五百石"云:《金》书,明人所作,白米五百石,即银五百两也,犹一千一方,为刘瑾用事时,贿赂之隐语也。并引史实为据:明孝宗时,太监李广有罪自杀。上命搜广家,得纳贿簿,有某送黄米几百石,某送白米几百石。上曰:"广食几何,而多若是石?"左右曰:"黄米,金也;白米,银也。"上怒。再如注解"打背"云:竹坡本作"打背躬",应作"打背公"。原书二十三回作"背工",此当时俗语也。凡交易事,居间者索私赠,谓之后手,又名"打夹帐(账)"。《醒世姻缘》一回有云:"着人往来说合,媒人打夹帐(账),家人落背弓,陪堂讲谢礼。"又见《坚瓠》三集,皆一事也。两面人说两面话,于中取利,故李皂隶名外传,即里外传话之意,原书中已有解释。戏剧中扮者以袖障面,将心中事道出,曰背工,恐即由此而出。按《说文》"厶"为"私"之古字,故背厶为公,此适相反。再如注释"太太"云:"职官之妻,古称郡君县君,母则曰太君。太太者,明时部民呼有司眷属,惟中丞以上得称太太,见胡应麟《甲乙剩言》。"《聊斋志异》十五卷《夏雪》条下异史氏曰:"若缙绅之妻呼太太裁数年耳,惟缙绅之母,始有此称。以妻而得此称者,惟淫史(按:即《金瓶梅》)中有林(王招宣)、乔(大户之婶)耳,他未之见也。"《小札》对"书帕""马泊六""行货""捣子""沈万三""扒灰""韶武""三寸丁""头脑酒""挨光""败缺""盖老""鸟""大虫""窠子"等的注疏与考证,对读者阅读《金瓶梅》很有助益。《小札附言》说:"以上小札皆信手笺于书眉,难解之处所不能免,亦有可以意会而无法解释者,挂漏遗讹,惟有俟再版时改正。"《金瓶集谚》后有一则说明:"俟有增补订正时再将金瓶梅之批评,前人记述,西门庆潘金莲之记事年表,书中人名表,书中时代宋明事故对照表,暨金瓶梅写春记、词话本删文补遗等,一并付刊,以成完璧。"但至今未见有《瓶外卮言》之增订本出版。1967年,香港重印《瓶外卮言》时,更名为《金瓶梅研究论集》。魏子云注《金瓶梅词话注释》[①]引用了《金瓶小札》。魏氏《注释》后引述姚氏写"纪事年表"等后说:"但均未见,不知有否完成?迄未获知。"《瓶外卮言》初版本,今不易见到。

(原载乔默主编《中国二十世纪文学研究论著提要》,北京大学出版社1994年版)

---

[①] 魏子云注:《金瓶梅词话注释》,台湾增你智文化事业有限公司1980年版。

# 读《瓶外卮言》

陈 诏

天津古籍书店最近影印出版了姚灵犀的《瓶外卮言》,这是我国第一本研究《金瓶梅》的专著。由于此书在 1940 年 8 月出版发行时印数不多,相隔近半个世纪已很少见。数年前,我曾在朋友处翻阅过,以后多次觅求,迄未购得。现在影印出版,总算如愿以偿了。

《金瓶梅》名声不好,所以问世以来的数百年间几乎无人做过系统的研究。直到 20 世纪 30 年代,鲁迅、吴晗、郑振铎开始写出高质量的学术文章。但以专著形式出版的,还推《瓶外卮言》为最早。

《瓶外卮言》收录了当时有关《金瓶梅》研究的一些主要论文,同时又把姚灵犀自己的笔札汇合在一起,这样,就内容而言,包括了《金瓶梅》一书的总论、思想、艺术、人物论、版本源流、成书时代、作者考证、与《红楼梦》的比较研究等方面,这在当时确实可算一部金学大全。但我认为,其中学术价值较高的,还是姚灵犀自撰的《金瓶小札》。谁都知道,《金瓶梅》写成于明代后期,离我们的时代已很久远。当时的典章、制度、礼俗、习尚、名物、语言,都已不为人们所熟知，特别是书中大量的俚语方言，更难理解，因而有"欲读金瓶缺郑笺"之说。姚灵犀花了很大的功夫，把这些疑难问题一一拈出，考其所本，共列出近千条之多。这确是了不起的研究成果。举例来说，《金瓶梅》里有一句骂人的话："望江南，巴山虎，汉东山，斜纹布。"到底是什么意思，谁都说不清楚。姚灵犀释曰："望作王，巴作八，汉作汗，斜作邪，合成'王八汗邪'……以隐语骂人，取首一字谐音，盖反切语之支流。"我认为这是非常有道理的。从总体看，姚灵犀知识渊博，考证精当，特别对下层社会的俚言俗话、切口、歇后语均极有研究，他的考释工作基本上是有贡献的。当然，一个人的耳目所及，毕竟有限。不但《金瓶梅》中应解的词语、典故远不止这些，而且个别条目的考释也有未尽恰当之处。如释"马牙香"为"马牙硝"，释"徐州洪"为"徐州有河湖大水处"，释"会首"之"会"为"迎神之会"以及不知"响糖"为何物等等，这里因限于篇幅，恕不缕述。

由此使人想到，近几年来我国的《金瓶梅》研究应该说有突破性的进展，无论在广度和深度上都超越了前人。去年年初，我与几位朋友合作编写《金瓶梅鉴赏辞典》，我们分"官制礼仪""风俗游艺""方言俗语"等14个门类，列出条目近万条，共一百五十万字。在撰写具体条目时，我们也参考了《金瓶小札》，但考释文字和引据资料绝少雷同。此书即将由上海古籍出版社出版，到底敦是孰非，孰优孰劣，还望广大读者以及有关专家明鉴焉。

（原载《今晚报》1990年2月6日）

# 《金瓶梅》研究的
# 第一部论文集《瓶外卮言》

孟昭连

《金瓶梅》于明万历年间问世以后,就引起人们的强烈兴趣,研究者也不乏其人。资料显示,仅明末已知有三十余位文人与此书有直接或间接关系,并有相关的资料传世。清康熙年间,彭城张竹坡对此书做了更为系统的研究,除写了十数万言的回评,还写了《苦孝说》《寓意说》《第一奇书非淫书论》等几篇专论,已经接近现代意义上的论文。20世纪30年代,《词话》本发现后,吴晗、郑振铎关于此书的两篇著名论文《金瓶梅的著者的时代及其社会背景》及《谈〈金瓶梅词话〉》,至今仍闪耀着学术光辉,标志着现代意义上的《金瓶梅》研究的开始。

20世纪40年代,《金瓶梅》研究的第一部论文集问世,它就是姚灵犀的《瓶外卮言》。该书1940年8月由天津书局出版,卷首有江东霁月序,对《金瓶梅》予以高度评价,谓其为"名贵之作","使人百读不厌",并肯定姚氏此书对《金瓶梅》读者的指导作用。正文除了辑有吴晗与郑振铎的两篇论文外,还有阚铎《红楼梦抉微》,节录

《金瓶梅》与《红楼梦》的对比部分,对考察《金》《红》二书的关系十分有用;痴云《金瓶梅版本之异同》《金瓶梅与水浒传红楼梦之衍变》。姚氏自己的文章有《金红脞语》,与《红楼梦抉微》相类,将《金瓶梅》与《红楼梦》的情节、人物等作对照,以见《金》《红》的借鉴关系。如说:"娇杏见雨村'不免又回头一两次',即西门庆见金莲时,'临去也回头七八回',红楼金瓶两书,往往男女易位,此例甚多。""焦大醉骂,'爬灰的爬灰,养小叔的养小叔',此即陶爬灰、王六儿也。宝玉不问养小叔,意在言外;《金瓶》亦不写陶爬灰也。"另有《金瓶小札》《金瓶集谚》《金瓶词曲》,其中以《小札》最有价值。《小札》引言说:《金瓶梅》"描写明代社会情状,极为深刻,近年来明版词话本影印问世,遂为士人所注视,见卷中俚言俗语,一一抽出,考其所本,得若干条,有不能解者,则注曰待考"。在这部分,姚氏注释了《金瓶梅》词语近2000条,多为读者难解者,所以对我们今天阅读研究《金瓶梅》,仍极有参考价值。这里举几例:

1. 词话本第二回有"河漏子"一词,《小札》释:王桢《农书》云:北方多磨荞麦为面,或作汤饼,谓之"河漏",以供常食,滑细如粉。《通俗编》按曰:今山右人多为此食。考"河漏"二字,应作"合落"(作北音读若哀乐之"乐",见《盐山新志》。或作"河洛"。)今人犹言"压合洛",用面和匀,合而落汤中。

2. 又如注解"打背":竹坡本作"打背躬",应作"打背公"。原书三十三回作"背工",此当时俗语也。凡交易事,如间者索私赠,谓之后手,又名"打夹账"。《醒世姻缘传》一回有云:"着人往来说合,媒人打夹账,家人落背弓,陪堂讲谢礼。"又见《坚瓠三集》,皆一事也。两面人说两面话,于中取利,故李皂隶名外传,即里外传话之意,原书中已有解释。戏剧中扮演以袖障面,将心中事道出,曰背工,恐即由此而出。按《说文》"厶"为"私"之古字,故背厶为公,此适相反。

《金瓶梅》中的方言词极多,最多的是明代山东土语;又因为作者抄用了不少宋元话本小说,所以宋元语言也不少。《小札》所作的注疏与考证,对我们今天的读者读通《金瓶梅》,研究《金瓶梅》,显然很有助益。《集谚》后有一则说明:"俟增补订正时再将金瓶梅之批评,前人记述,西门庆潘金莲之纪事年表,书中人名表,书中时代宋明事故对照表,暨金瓶梅写春词,词话本删文补遗等,一并付刊,以成完璧。"说明作者准备以后把《瓶外卮言》增补成一部《金瓶梅》资料汇编或百科全书式的著作,惜后来未见有《瓶外卮言》之增订本出版。1967年香港重印《瓶外卮言》时,更名为《金瓶梅研究论集》。

(原载《今晚报》2001年2月8日)

# 姚灵犀与《金瓶梅》研究

周双利

研究《金瓶梅》的人,都知道有姚灵犀其人。他曾编著一部《瓶外卮言》,为研究《金瓶梅》早期的一部参考书。《瓶外卮言》据新书预告,我国大陆将再版,但附于台湾魏子云先生的《金瓶梅词活注释》一书之后,作为附录出版,这是很可惜的事,其实可以正式再版。(注:姚灵犀的《瓶外卮言》予1940年在天津书局出版,1967年香港曾重印再版,更名为《金瓶梅研究论集》)

姚灵犀的生平与经历,后人知道得很少,但在《瓶外卮言》序、启事、引言中可以见其一斑。《瓶外卮言》魏病侠序中"姚君灵犀,夙好研究此书(指《金瓶梅》——作者注),辄有纂述。余昔年主《风月画报》笔政时,君曾撰《金瓶梅写春记》刊《风画》,甚为当时读者所乐道。嗣余编辑《天风报》,适君之《金瓶札朴》以时寄刊,考证精详,颇足资同好者之研讨。今姚君汇集所作,萃为一编,将刊以问世,因余与此书一部稿件,雅有因缘,属为弁语,爰略志数言归之。民国二十九年夏暨阳魏病侠。"从字言中,可以看出姚灵犀在1940年前后，在天津以撰稿人的身份，时常给《风月画报》《天风报》投稿，因腋集裘，编撰成《瓶外卮言》而出版。

《瓶外卮言》中，收有吴晗的《〈金瓶梅〉的著作时代及其社会背景》、郭源新（即郑振铎——作者注）的《谈〈金瓶梅词话〉》、痴云的《〈金瓶梅〉与〈水浒传〉〈红楼梦〉之衍变》等论文，此外又有姚灵犀《金红脞语》《金瓶小札》。从现在来看，吴晗、郑振铎两先生的论文较有价值，其余则首推姚灵犀的《金瓶小札》了。《金瓶小札》实开《金瓶梅词话》注疏的先声。作者著《金瓶小札》的目的也很明确，他在《金瓶小札引言》中说："余幼时喜阅说部，稍长则嗜传奇，尝于卷中发见俚言，其义虽可领会，然难得其确解，如《水浒传》之'鸟康西'，《西厢记》之'颠不刺'之类，不胜枚举，后始知方言而外，复有胡语。闲读京本通俗小说《海陵王》一种，见卷尾将全书谚语引出，且言'使当时此等小说流传尚多，正不知有多少隽语'，余甚韪之，盖社会风俗，颇有关于史实，其资料散佚净尽，惟有向稗史中求之，如宋代平话，金元之曲本，明代之杂剧，皆袭用当时市俗谑语，后世阅者亦觉尖新可喜……因先取金瓶梅试为之，《金瓶梅》颇脍炙人口，皆以其淫秽不敢公然展阅，此书由《水浒》数回衍成，然描写明代社会情状，极为深刻。近年来明板词话本影印问世，遂为士人所注视。见卷中俚言俗语，一一拈出，考其所本，得若干条，有不能解者，则注曰待考，赏奇析疑，亦消夏之一帖清凉散也。"可见对《金瓶梅》的注释以及词语的考证，自姚灵犀发轫，其功不可没也。《金瓶小札》中有些词语的考证，尚能发人深省，给人予启发。如帮闲勤儿，帮闲比清客身份卑下，俗名蔑骗，《板桥杂记》作篾片。其释达达，谓达达在元代为尊称，在后世为昵语，元太祖太宗自称达达。如"那里将塔阳母古儿别速来，成吉思说：'你说达达歹气息，你如何却来？成吉思遂纳了。"(见《元秘史》)又，"若要厮杀，你识者！皇帝大国土里达达每，将四向周围国土都收了。"(见蒙古太宗致高丽王之牒文)《金》书月娘则只呼亲亲(见二十一回)，金莲、蕙莲等人前呼爹，枕席间呼达达，第二十回中诠释甚明。小玉调瓶儿道："昨日朝廷差四个夜不收，请你往口外和番，因你老人家叫的好达达。"《绿野仙踪》"闹淫声吁喘呼亲达"，可知其为枕席间昵辞矣。此语想由鞑靼转音如此，解者皆云爷爷之别称。蒲留仙之《东郭外传》鼓词，有"好他那丧德败行的小达达"句，亦只用一达字，如"齐妇开口叫，叫声孩子达"，意亦解为父称。但据《乘光台笔记》，言"明季及国初人多称满洲人为达达。"其注云："即鞑靼。明叶盛《水东日记》所云达达试马驹生百日后，以骡马置山巅，群驹儿奔跃而上，一气及巅者上也。"达达即指满人，其他载籍可证正尚多，今不备引，盖转音也。或即以达达试马以矫捷雄健而震惊其为人，而为男子之称，涵有亲昵亵玩之义。普通以之称父，在昔含有佻佁之意，至蒲留仙时已稍庄重。苏州土语举止浮荡之人为骚达达(亦曰达子)，亦因元代蹂躏中国，为妇女怨恨之声云。

　　像上面所举的考证详尽的例子还是很多的，有的发前人所未发，有的虽不一定确凿，但也成一家之言，因而《金瓶小札》可称之为阅读《金瓶梅》较好的一部工具书。当然现在已有人编写《金瓶梅词典》，前贤未密，后人转精，这是可以想见的，但开创之功，不能泯灭。

　　姚灵犀的《瓶外卮言》知道的人已经不少，但姚灵犀还有一部书，名叫《思无邪小记》，知之者就不太多了。《思无邪小记》为姚灵犀秘笈之一，又名《艳海》。此书也是姚灵犀存天津编撰《瓶外卮言》时的著作，出版于1940年前后，也是由天津书局出版。据作者说，在出书前,他搜集资料,开始动笔则在乙丑至丙寅(1925—1926)之际,经十五年才正式编辑出书。《思无邪小记弁言》可以透露出姚灵犀的一些生平经历以及编写《思无邪小记》的目的,《弁言》说:

> 岁在乙丑丙寅间,余侨寓燕京,得与都人士相接,因沈大南野之介,缔交侯疑始君。时侯主编《瀚海》,每晤时辄索稿于余。初以诗词笔记应之,后难为继,乃搜集古今小品,涉及香艳者,上起经史,下逮说部,选录若干则,或加笺注,投刊《瀚海》,题曰《思无邪小记》,意即郑卫之音不删,而以邪僻之思为戒也。侯君跋其尾曰:"灵犀此记绝艳,然恐不免为铁秀所呵矣,一笑。"是侯君仍以绮语目之,泥犁岂为我辈设哉!嗣因有金陵之行,稿遂中辍。及傅君芸子主编《北京画报》,索稿一册去,排日刊登,有时或亦自撰,而以续记为名。闻嗜痂者众,刊此以餍所望,后又名之曰《艳海》,或易名为《群芳髓》,曾于天津之《天风》《风月》两报中,略见一斑。十五年来至今积稿盈尺,供獭祭之书籍亦千余种,秘未示人,为无益事以遣有涯之生而已。旧雨有知此稿者,告于天津书局主人,从臾印行,重违其请,遂以原稿授之。奈著书无暇,未能加意编次,糅杂之讥,自知难免,而此记之内容,顾名亦可思过矣。辛巳清明姚灵犀识。

《弁言》所署日期是辛巳,则正当1941年。从乙丑、丙寅积十五年而出书,恰是十五年。

《思无邪小记》从各种野史笔记中广搜资料,加上所见所闻中外有关艳情之事,是一部内容很庞杂的书,但主题不离男女两性的艳情与房中之事。在今天当然不能再版了。但此书对研究、注释《金瓶梅》来说,尚有一定参考价值。

书中直接提及的有关《金瓶梅》的资料有:

戚人某藏有明板精刻《金瓶梅全书》，予曾见之。尺寸宽大，工细绝伦，据云海内只有三本，特其深藏密局，不轻示人。渠每谓非读破万卷书者，不能使观此图，其言亦未为无见。（《思无邪小记》143—144页）

昔年与友人张君谭及香艳小说，承彼赠明板《金瓶梅》残篇数十页。张君并言其友旧藏一书，名曰《姒氏历史》，共四套。其内容在《金瓶》《红楼》之间。此书系由日本得来，中国并无刻本。其友珍视异常，从不肯假人。（《思无邪小记》144页）

《金瓶梅》曾借鉴了中国古代文言色情小说，同时在描写艳情方面也集古代之大成。《思无邪小记》提道："文言香艳小说，昉自唐人，如唐代丛书中，太真、梅妃外传等篇是也。宋代有碧云騢之作，述欧九事，文亦雅蓄。记幼时曾于某书中见之，惜已不详。至元代，香艳作风乃极盛，如《绣谷春容》所载，多出元人之手，惟此书近已不易觅。清季末叶，粤中某书局印有《国色天香》者，计两本。内刊小说数种，即全由《绣谷春容》中摘取者，计有《龙会兰池录》《刘生觅莲记》《群芳雅集》《双卿笔记》（此双卿非清史悟冈所撰《西青散记》中之双卿也）《自锦琼奇会遇》《天缘奇遇》《钟情丽集》共七种。不特文笔妩丽，在《板桥杂记》《画舫录》之上，即其中诗词，描述男女热情，均能极容尽致，敢于赤裸裸写出，非后来人所能及也。惜乎彼书取材，尚非《绣谷春容》全璧，沧海遗珠，终属缺憾。《绣谷春容》一书，海内想有存者，暇当访之。"姚灵犀提及的《钟情丽集》，在欣欣子所写的《金瓶梅词话序》中也有提及。

此外，《金瓶梅》多叙男女床笫之事，其中有些词语，今文多难以说清。姚灵犀的《思无邪小记》一书，多有记叙，亦可补《金瓶小札》之缺。但在漫长的奴隶制与封建制的社会中，往往并无科学的性教育。男女之事,儒家多以"淫声"斥之,但自古以来,房中之事,又往往见之于野史笔记与小说戏曲之中。姚灵犀在众多的载籍中,将此类事勾勒出来,如果我们要研究中国几千年来的性心理与性教育,要研究性关系在中国古代文学中的描写,此书尚可一看。我想这也许是《思无邪小记》的一点史料价值之所在吧!

当我看此书校样时,《瓶外卮言》已由天津市古籍书店于1989年11月影印出版了。同时,北岳文艺出版社于1990年出版了东郭先生的《闲话金瓶梅》。这些都是我在拙作结集时不及见到的,特此附注说明。著者附记于1990年12月。

(选自周双利《闲话金瓶梅》,内蒙古人民出版社1990年版)

# 关于《瓶外卮言》和《采菲录》

姚桐椿

近日饶有兴味地拜读了姜德明先生的大作《新文学版本》(江苏古籍出版社 2002 年 12 月出版,"中国版本文化丛书"之一种)。姜先生有关书话一类的文章,都以自己的收藏为依据,征引有信,无凿空之言,那些无根的游谈是不能与之同日而语的。因此,当我在这本书中读到姜先生把姚灵犀编著的《瓶外卮言》和《采菲录》两本书称为"性变态读物",颇感意外。

姜先生在《柱宇谈话集》一节(第 135 页)的开头说:

> 旧时的天津书局虽然也卖过进步书刊……(但)沦陷时期却以出版刘云若、陈慎言的言情小说为主,等而下之的是姚灵犀的《瓶外卮言(原作"卮言",误)》及《采菲录》等表现性变态的读物……

《瓶外卮言》,1940 年 8 月天津书局出版。20 世纪八九十年代,我在书市里还看到过重印本。

这是本颇为重要的《金瓶梅》研究参考资料。在黄霖主编的《金瓶梅大辞典》(巴蜀书社1991年10月出版)里,有关于此书的两个条目,一称此书中的《金瓶集谚》,搜集原著中的谚语数千则,对研究作品反映的明代社会和中国文化史均有价值;一称此书中的《金瓶小札》,是考证中的力作,常为今人所参阅。在宁宗一审定、陶慕宁校注的《金瓶梅词话》(人民文学出版社2000年10月出版,"世界文学名著文库"本)的"前言"里,将《瓶外卮言》列为第一种主要参考书。在周钧韬编的《金瓶梅资料续编(1919—1949)》(北京大学出版社1991年1月出版)中,以166面、约占全书五分之二的篇幅摘录了《瓶外卮言》中的资料。因此,姜先生称《瓶外卮言》为"性变态读物",正可谓"差之毫厘,谬以千里"了。

《采菲录》,原分四册,其初编、续编由天津时代公司1936年1月、2月印行,三、四编由天津书局于1936年12月及1938年2月印行。后来又有"新编"和"精华录"行世。

1998年3月,上海书店出版社的"民国史料笔记丛刊"收录了《采菲录》,是以上述四编中"具有史料价值的史料""辑选汇录"而成。原成书出版时,有个副题叫"中国妇女缠足史料",顾名思义,可推知其内容大概。后人论及此书,有斥之为"专写妇女的风流韵事"的,甚至丑诋编者为"拜足狂"的。这大概是姜先生称之为"性变态读物"的缘由吧。

(原载《文汇读书周报》2005年3月10日)

# 两个金瓶奇人的遭际
——从姚灵犀、曹涵美看在中国研究性学的危险性

曹亚瑟

这两个都是《金瓶梅》研究史、传播史上的奇人,一个曾写下《金瓶梅》研究史上的第一部专著,名《金瓶卮言》,于1940年8月在天津出版,前无来者;一个曾画出堪称杰作的《金瓶梅全图》,500幅图画称绝一时,于1942年在上海出版,名震沪上。

这两个人,一个叫姚灵犀,一个叫曹涵美。

这一南一北的两个人,如果仅仅是都是因《金瓶梅》而爆得大名,也还就罢了;我一直在想,他们两个是否相遇过呢?幸运的是,终于在曹涵美的《金瓶梅全图》第三册中,看到了姚灵犀写的序。哈哈,他们两个曾有过交集,而且还是因为《金瓶梅》。这就很有点意思了。

不过,因为《金瓶梅》从晚明那纷杂的时代诞生之日起,一直到清朝到民国再到共和国,始终是居于"扫黄打非"之列,他们两个热衷于此,算是属于涉猎性学的行列了。尤其是姚灵犀,他的著作属于标准的性学研究作品。他们两个的命运都不太美妙,我不知道这

二者究竟有无因果关系。但随着对他们的了解愈加深入,我也就愈为他们遭遇感到困惑,感到愤懑,甚至感到恐慌。

一

还是先看看姚灵犀为曹涵美的《金瓶梅全图》第三册写的序吧。这篇序载于1942年上海国民新闻图书印刷公司出版的此书中,是书信体:

涵美先生左右:

法绘金瓶梅图披览,至为钦佩。雅艳生动,法古开来,艺苑中别开生面者,惟先生堪称杰出耳。

先生从界画入手,周旋皆中规矩。周昉仕女丰颐广额,具天人姿,虽唐、仇所不敢为。法绘皆硕人其颀、丰肌秀骨,胸中先贮美人倩影,故能抗迈今古。汤乐氏世家公子,所见多闺秀,自较费晓楼、王小某(注:均为晚清画家)徒门倚娼者,高出百倍。若吴友如(注:晚清时主笔《点石斋画报》)辈,笔端侧媚,去古远矣。今人未求深造,浪得虚名,时装美人虽能多博润笔金钱,非士人之画也,未足以语此。

先生丘壑在胸,饶书卷气已属高人,一切而笔如悬缄,银钩铁画,尤非时人所敢望君项背。独步文艺之场,盛誉攸止海内,钦服非幸致也。故都有徐燕孙(注:生于1899年,卒于1961年,是20世纪杰出的工笔人物画家)者,虽未谋面,两相知心,先生识之否?徐有册叶十二页,题名"琼钩秘府",皆香莲故事,春意盎然,正托友求之摄影。此君之画,亦自可人,纯拟古人,不参西法,殊可取也。侧闻徐君于先生之画甚为倾心,每见漫画中金瓶梅图,必购两份,以一份剪取另存,初未知有单行本印行之意。古有曹衣吴带之誉,先生与徐称雄南北,亦一时之瑜亮也。昨见影印金瓶十三回,同观春册行乐一页,尤为欣喜。陈老莲亦尝绘秘戏图,有讥之沦入恶趣者,若以希腊罗马之艺术观之,必先触除道学先生头巾气。须知奇幻之处、幽微之道,实泄天地之秘、而参造化之功也。

先生勿绥以求孟晋,惟窃有管蠡之见,贡之于此:吾人观摄影术所得西洋秘戏,须眉毕见,乳阴分明,然不及中国所传手卷册页摹拟入神者,为耐人寻味,即中国画有含蓄故也。才子佳人,面目身份俱觉可爱,不似西洋照相,男皆荒俭,女均妖荡,穷形尽相,徒失美感。惟有余不尽之情,更为聪慧者所颠倒,造为意淫二字,之人可谓聪明绝顶,故梵典四天王天之淫,自为高下。

先生慧心巧思,实具天际人知识,想瑞香花下、湖上石畔,一帧春梅旁耽,何等高超!缘男女二根之状不雅,而男子厥物更不雅观,即妇人私处亦不求之酷肖,两股之间坟起便足(原图所绘头角峥嵘,厥状甚丑)。秘辛所状,数字而已,男势万不可见,不得已时玉茎半露,若逼真便蛇足矣。又见同文本《聊斋志异》绣像所绘秋千绳索纷絮,阅之费解,今见大内库中残本明刊鲁班秋千架样子,描摹附呈,以备画二十五回时之采择。妇人纤趾,古有藕覆罩足背,秋千上人藕覆垂足,鞋尖亦不可见,是亦可法。一得之愚,谬发妄言,诸乞鉴宥。再者,关于金瓶秘戏各图,如付印流传,定垂不朽,可用宣纸精印中装,不必发售,以重价预约,俾有缘人各得一部。

匆覆，敬颂

清安

小弟 姚灵犀 拜上

新七夕

由于是书信体，所以这篇序中不乏客套吹捧、肉麻拔高之语，这也是中国古来翰牍的通病。但这里头透露出几点信息：一是姚灵犀对周昉、仇英、唐寅的仕女画作均有研究；二是姚对徐燕孙之画作颇为欣赏，徐对曹涵美的《金瓶梅全图》也有些惺惺相惜；三是姚对中国仕女图卷与西洋秘戏摄影作比较，得出我高人下的结论；四是探讨了秘戏画作的细节问题，提供了参考样本。

我一直认为遗憾的——没有发现这两位在《金瓶梅》研究史上奇人是否有过交往的疑问就此打破。是《金瓶梅》把他们拴在了一起，但实际上《金瓶梅》也在改变着他们的命运。

## 二

曹涵美的这套《金瓶梅全图》，是由邵洵美创办的上海时代图书公司从 1936 年开始出版的，当时专门打了个出版预告。提到古版插图时说，"酒楼茶坊和秀阁深院，贫富难别；虔婆淫僧和荡妇浪子，啼笑同式；身段既太呆滞，请问风姿何来？眉目未能传情，自然生气全伤；毋说心绪不见曲曲达出，就是姿态也一一无神；不失之笔墨稚嫩，即患结构简率，无怪识者都认为缺陷，是艺林中一大憾事。"因此，广告词对这个新版全图中大肆铺张，言辞颇为诱人："文固奇书，画也佳作。曹画而无金瓶梅原文，便不能显曹画之能；金瓶梅原文而无曹画，便不能穷金瓶梅原文之妙！读曹画，不读原文则可,因已传神得一目了然;不读曹画,读原文,则不可,好比瘾没过足也。"

曹涵美的画作确实一改传统绣像图的画法,引入现代空间透视、日本浮士绘及西方立体派艺术的技法,疏密得当、繁简适宜、笔法生动,极具时代感;再加上运用连环画的形式,犹如那时的电视连续剧,让人一集一集看得欲罢不能,因而取得极大的成功。《金瓶梅全图》在十多年间连出十集,一时成为沪上盛事,文人墨客纷纷写序、题签,连一些政界人物都不堪寂寞,如时任汪伪宣传部次长的胡兰成也为第二册写了序。

这个曹涵美(1902—1975),原名张美宇,是中华人民共和国成立后仍保持很高知名度的画家张光宇的二弟,他们还有一个三弟叫张正宇。光宇、美宇、正宇三兄弟由于受父亲的影响,都擅丹青,是20世纪30年代名震上海的知名画家。张美宇因过继舅家而改名为曹涵美。1929年,他们三兄弟与叶浅予合作,创办了《时代画报》。第1期出版后,市场反应不错,但接着出版资金成了问题,他们找到了邵洵美。这邵洵美可是个既留过洋,又写过诗,还财大气粗办有出版社、印刷公司的厉害角色,其时正办着金屋书店和《金屋月刊》,与徐志摩、梁实秋过从甚密。邵洵美一听,这想法好,"画报可以走到文字走不到的地方",他竟然转变书店的经营方向,开始走以画报为主的出版路子。他于1932年成立了时代图书公司,先接手《时代画报》,后又出版了《时代漫画》和图文并茂的《万象》月刊,陆续创办《时代电影》《声色画报》《声色周刊》,以及《十日谈》旬刊及《人言周刊》《文学时代》等,在当年的上海滩搅得风生水起。

据邵洵美的女儿《我的父亲邵洵美》记载,张氏兄弟在时代图书公司也扛起了挑大梁的角色,曹涵美担任会计兼编辑,洵美也对他们的创意全力支持,当时几本杂志的封面多由三兄弟执笔。1931年,洵美和光宇还合作过一本风趣的《小姐须知》,让人看后不禁莞尔,很多当时的读者如黄苗子等对此还记忆犹新。

曹涵美所画的《金瓶梅》先是连载于《时代漫画》,引来读者争相购买,后又应读者要求出版单行本,邵洵美也极力鼓励将其集结成册。这《曹涵美画第一奇书金瓶梅全图》的书名就是他选定的,并专门为之写序。画册为十开本,重磅米色铜版纸双色套版精印,丝线中装,古色古香。

抗日战争爆发后,张氏二兄弟撤离上海,曹涵美留下未走,画了大量漫画与插图。其间他的《金瓶梅》也另起炉灶,画至第三十六回,与前期风格变化很大,先是在《新中国报》上连载,后从1942年到1945年,《金瓶梅全图》由上海国民新闻图书印刷公司共印行了十集。遗憾的是他于1941年出任汪伪中央宣传部艺术科科员,第二年任科长,曾在汪为培养干部而设的中央宣传讲习所讲授漫画知识(胡兰成也曾在此讲习所讲课),并参加了"和平反共建国展览会"活动,担任伪上海中日文化协会专员。

后来,曹涵美的生活结局就不是那么美妙了。据曾与张氏兄弟三人打过交道的魏绍昌先生介绍,抗战结束后,他定居无锡,专为无锡当地的报纸画报眉、漫画,有时兼编辑、校对工作。1945年接任同亿布厂经理。1950年,国家接管同亿布厂,成为地方国营企业,他仍留厂工作,历任秘书、会计员等职,从此他的绘画就远离他了。1953年,曹涵美被划为右派。1959年,由于那段特殊历史的影响,更是被定为"历史反革命",投进监牢,后于1975年病逝,终年73岁。

一代画家的晚景,竟是如此凄凉,他的后半生从此与绘画、与《金瓶梅》无缘,《金瓶梅全图》也终未成全帙。

## 三

而姚灵犀先生更是命运多舛,也是在中年差点被抓进监狱,晚年也不得善终。

姚灵犀(1899—1963),名君素,字衮雪,号灵犀,以号行世,江苏丹徒人,长期寓居于天津,曾主办消闲刊物《南金》,并著有《瓶外卮言》(国内第一部金瓶梅研究专著)、《思无邪小记》(有关性学的笔记资料)、《瑶光秘记》(艳情小说)、《麝尘集》(笔记),名声最彰者,是其所编《采菲录》,副题是"中国妇女缠足史料",共六册,初编、续编由天津时代公司于1934年(1936年1月再印)、1936年2月印行,三编、四集由天津书局于1936年12月及1938年2月印行,1941年又有新编和精华录问世。

据天津昆曲名家陈宗枢先生回忆:"一九四一年至一九四三年间,姚先生曾任思勤油厂董事会秘书,余任该厂会计主任,时余二十四五岁,先生长余十八岁。余常在报纸副刊写谈戏稿,公余常向先生请教诗词作法并将习作求正,先生每为批改并加以鼓励。时潘侠风编辑《游艺画刊》,先生介绍余每周写一有关昆剧稿送刊,余亦甚乐为之。"

姚灵犀的《瓶外卮言》不仅是《金瓶梅》研究的开山之作,现在仍是《金瓶梅》研究的重要参考资料,其中的《金瓶小札》考据甚夥,常为人所引用。《思无邪小记》又名《艳海》,是姚灵犀耗时十五年从"古今小品,涉及香艳者,上起经史,下逮说部,选取录若干则,或加笺注"而成,是难得的关于古代性文化的史料汇编。

《采菲录》始于20世纪30年代姚灵犀在天津《天风报》副刊

"黑旋风"上主持的专栏《采菲录》,取自《诗经·邶风·谷风》:"采葑采菲,无以下体。"后把专栏所载文章和陆续收集的资料编次成帙,汇集成册,仍称《采菲录》。全书分"序文""题词""《采菲录》之我见""考证""丛钞""韵语""品评""专著""撮录""杂俎""劝戒""琐记""谐作""附载"等,收集缠足史料、品莲文学、禁缠放足运动资料、政府法令、宣传文章、时人心得种种,并附有大量照片和插图,煌煌六册,是迄今整理汇编缠足史料最为齐全的著作。此书出版后一时褒贬不一,引起社会大哗。

本来如果仅仅是汇集史料,以供后人评析、研究、批判,缠足就是再丑恶,姚灵犀也应该算是做了件大好事。问题是很多人觉得姚灵犀是抱着赏玩、褒扬甚至提倡的心态来编辑此书的。《采菲录》甫一问世,就招来很多非议,以至于姚灵犀不得不在《续编自序》里为自己辩诬:"夫缠足之恶俗,不独为妇女一身之害也,其影响于民族健康也亦至巨。然其历史悠远,久经劝禁而未绝者,必有强固之理存乎其间。吾人欲屏斥一事一物,必须穷源竟委以识其真相,而后始能判其是非。如劝人戒毒,非徒托空言者,亦须先知鸦片之来源及其为害之烈,而后能毅然戒除。故欲革除缠足之风,先宜知其史实,予之搜集资料勒为专书,即此意也。"针对外界指责《采菲录》提倡缠足的论调,他也予以自辩:"以'采菲'名此编者,亦以缠足为妇女下体之瑕疵,而劝人勿以一瑕而掩全美,君取节焉可也之义。若以缠足为可取,盍不以'金莲'名吾书耶?"也有人投书为姚灵犀鸣不平:"灵犀是要趁着缠足的妇女未死尽亡绝之前,作出一种'风俗史'。若以为《采菲录》是提倡缠足,那么,研究古史,就是想做皇帝了;贩卖夜壶,就是喜欢喝尿了!"(《采菲录》,第7页)

姚灵犀及其同好者还组成了一个访莲社,专门搜集缠足资讯和物品，书中也不乏欣赏、沉迷金莲的故事与心得，如此一来使得姚灵犀早先的声明——"欣赏不等于提倡"——变得更加站不住脚。于是，这部"纯为研究风俗史者作参考之资"的著作不仅遭到"五四"以来众多新文人和社会各界的大肆挞伐，甚至差点为姚灵犀引来了牢狱之灾。①

据陈宗枢先生回忆："一九四四年天津尚在沦陷时期，伪教育局局长何庆元出面在法院状告姚编印诲淫书籍，法院立案审理，经姚多方奔走请托，此案迁延近年余，至一九四五年日本投降，不了了之。何庆元为日本庆应大学经济系毕业，余在高中时，何为教务主任，课余义务教授日文，余曾从学半年，甚有收获，天津陷后因其夫人为日籍，夤缘为一中校长，进而为伪教育局长。其为人傲岸不群，宜乎其以维持风化自任因而沾姚也。"

躲过了监牢，姚灵犀先生年近花甲到北京定居，与其独子住在一起，他的儿媳妇为名诗人陈苍虬先生之孙女，待之颇为不善，以至于1963年郁郁而终，亡年不足65岁。其中是否还有其他原因，尚不得而知。

陈宗枢先生说："一九六二年有人去京晤之，带来致寇梦碧及余函各一，致余函中附红豆二颗，《减兰》二首，述及当年交谊及思念之情。余以五古一首作答。翌年，闻其抑郁而终，计其年尚未足六十五岁也。余曾有诗悼之，诗曰：'绮语遭难了，惊才早脱羁。世惟羞故步，君独阐其微。沽水残鸥在，扬州旧梦非。寄声托红豆，意共麝尘飞。'"

关于姚灵犀的更多资料一直付诸阙如，冯骥才就曾遗憾地说："姚灵犀先生是第一位把缠足视为历史文化的学者。但有关他的身

---

① 高彦颐著，苗延威译：《缠足——"金莲崇拜"盛极而衰的历史》（中文版），江苏人民出版社2009年版，第87—135页。

世及学术,史书从无载入,以致资料空乏。可是在柯基生(台湾外科医生、金莲文物收藏者)的藏品间,居然还有姚灵犀先生的自传手稿,以及出狱后感想式的墨书真迹。"他说的"出狱后",当为"官司后"罢。

而历史经常有惊人的延续,据现任教于美国纽约哥伦比亚大学巴纳德分校的高彦颐教授在2005年美国出版的《缠足——"金莲崇拜"盛极而衰的演变》一书中记载:"我有幸检阅台湾柯基生医生私人收藏的姚灵犀诗文书信手稿。关于姚灵犀的资料,柯医生的收藏无人能出其右。从这些手稿看来,中华人民共和国成立后,姚灵犀依然活跃于文坛,并曾写过庆祝'三八'妇女节和'五一'劳动节等诗作。根据他的朋友徐振五写于1961年的一首诗,姚灵犀出生于己亥(1899)11月30日。姚灵犀的最后一首诗作,写就于1959年。"

现在客观评价该书,高彦颐教授认为:"虽说里面所收入的文章,其性质从学术、科学到自传,从艳情到诙谐都有,不过,《采菲录》给人的感觉,散发着浓厚的色情意味:男人为了男性欢愉和商业利益,不惜向读者披露女人的身体。姚灵犀并不讳言他的盈利动机,而且如我们将看到的,对于某些内容露骨的性描写,他同样直言不讳。"这是姚灵犀对中国国情错误估计的后果。姚的儿媳妇是否也是因为这个原因而嫌弃他呢?

姚灵犀与曹涵美是否曾经晤面,二人交往的情况是怎样的,现在依然无从知晓。我们知道的,唯有二人由《金瓶梅》而缘牵一线。

## 四

这,就是两位金瓶奇人的遭际。好在,五巨册的曹涵美《金瓶梅全图》已于2002年11月由浙江美术出版社重印出版；而姚灵犀的《瓶外卮言》除了由天津古籍书店于1993年少量影印过外，《思无邪小记》一直无从再版，《采菲录》六巨册只由上海书店出版社于1998年抽取了115页，放在"民国史料笔记丛刊"里出了本小册子。

　　他们的经历，使我想起了另一位性学先驱张竞生的遭遇，也几乎是与此相仿：生前名誉受污，成为人们贬损、攻击的对象，身后著作湮没，名声不彰。甚至，再加上那个曾编印过古代性学集大成之作《双梅影闇丛书》、不得终年的叶德辉。他们的罪名，都在于既研究性学，而且又"政治不正确"。

　　也许，真的是他们的思想都比时代先进抑或与时代相左，以至于从先驱变成了先烈？也许，真的是他们的研究态度都有问题，以至于遭到社会的不容（我们为什么不能包容点呢）？也许，无论任何时代，在中国研究性学本来就是一个危险的选择和职业（想想多少人在骂李银河吧），要想远离厄运，就只有逃离？

　　我苦思冥想，在为他们扼腕，为他们焦虑，为他们愤懑，为他们恐慌的同时，只能得出一个结论：

　　——天知道。

（原载《书屋》2010年第9期）

# 杂谈《瓶外卮言》及其他

金 梅

兰陵笑笑生以宋代之事反映明代世态人情的《金瓶梅》一书，自17世纪初年问世以来，由于其行文中带有露骨的淫秽描写，长时间中未能得到公允的评价，且被列朝列代定为禁书。但正如任何有争议的作品一样，非唯禁而不止，越是要封存藏匿，就越会在读者中勾引起一股逆反心理，好像非千方百计地找来阅读一过，人生似有偌大的缺憾一般。这就提醒人们：对于像《金瓶梅》一类作品，一味地禁止阅读，不是解决问题的办法，唯一的、正确的途径是采取实事求是的、科学的分析与批判的方法，以引导阅读的方向。

《金瓶梅》问世后二百多年间，虽说舆论上并非全以"淫书"恶谥之，也有人看到了它的部分价值，但真正给予它客观、全面评价的，还是鲁迅。他在写于20世纪20年代的《中国小说史略》中说：

> 当神魔小说盛行时，记人事者亦突起，其取材犹宋市人小说之"银字儿"，大率为离合悲欢及发迹变态之事，间杂因果报应，而不甚言灵怪，又缘描摹世态，见其炎凉，故或亦谓之"世

情书"也。

诸"世情书"中,《金瓶梅》最有名……作者之于世情,盖诚极洞达,凡所形容,或条畅,或曲折,或刻露而尽相,或幽伏而含讥,或一时并写两面,使之相形,变幻之情,随在显见,同时说部,无以上之……至谓此书之作,专以写市井间淫夫荡妇,则与本文殊不符,缘西门庆故称世家,为搢绅,不惟交通权贵,即士类亦与周旋,著此一家,即骂尽诸色,盖非独描摹下流言行,加以笔伐而已。

故就文辞与意象以观《金瓶梅》,则不外描写世情,尽其情伪,又缘衰世,万事不纲,爰发苦言,每极峻急,然亦时涉隐曲,猥黩者多。后或略其他文,专注此点,因予恶谥,谓之"淫书";而在当时,实亦时尚……风气既变,并及文林,故自方士进用以来,方药盛,妖心兴,而小说亦多神魔之谈,且每叙床笫之事也。

与前二百多年间,诸多文人学者零星的、杂感式的议论比较起来,鲁迅对《金瓶梅》的这番评价,切实得多和中肯得多。可谓切中之论,后世难以突破矣。

或许还是因为社会舆论的偏颇,在鲁迅之后一段时间中,对《金瓶梅》的研究探讨,依然未能充分地展开。读者们整整等待了十年,才有吴晗的《〈金瓶梅〉的著作时代及其社会背景》和郑振铎(笔名郭源新)的《谈〈金瓶梅〉》等有深度有力度的论文出现。吴以史家严谨科学的态度,丰赡渊深的学识,广证博引,反复论证,从《金瓶梅》所写与明代万历年间社会背景的比照中,入情入理地确定了该著的成书年代,并否定了二百多年来几成定论的"王世贞作《金瓶梅》"一说。郑则从小说主人公西门庆由一介乡民和一门破落户演变成豪绅恶霸的过程,剖析了《金瓶梅》的社会内涵和认识价值,进一步纠正了将其视作"淫书"的皮相之见。吴、郑二文,以其坚实充分的论辩和说服力,被学界推崇为《金瓶梅》研究中的权威之作。但吴、郑二位名家之作,仍系单篇论文。就是说,在吴、郑二位先生为文的20世纪30年代,有关《金瓶梅》的研究,在总体上仍未形成一定的规模,也没有出版过一部研究性的专著。直到1940年,才有姚灵犀其人,编纂成《瓶外卮言》一书,由天津书局印行。这是国内出版的第一部研究《金瓶梅》的专著。

《瓶外卮言》的编著者姚灵犀(1899—1963),江苏丹徒人,字衮雪,以号行世。曾主编消闲性刊物《南金》。这个刊名有点儿怪,查《词源》,"南金"一词,系比喻南方优秀杰出之人才。姚灵犀以此词名刊,是自夸自喻,还是指刊物所载文章的作者或指文章多写优秀杰出人物的行谊,由于笔者未见过该刊,就难以确定了。姚灵犀于20世纪30年代前期前往天津,并很快在该地文艺界成名。他是梦碧词社的成员,属于鸳鸯蝴蝶派一类文人。姚还在天津娱乐性小报《天风报》副刊"黑旋风"上主编一专栏,名为"采菲录"。《诗经·邶风·谷风》首章中有句曰:"采葑采菲,无以下体。"意思是说,采葑(葑者,俗称芜菁或蔓菁)采菲(菲者,俗称萝卜)的人,不要因其根茎味苦,连它的叶子也不采。这是说,不能以事物的某一缺点而否定其全体。姚灵犀即取这一诗句的引申义名其主编的专栏为"采菲录"。后更将此专栏所刊文字,加上收集的同类及相关资料,汇编成书,仍以《采菲录》名之,并加副题为"中国妇女缠足史料"。全书包括妇女缠足史料、描写品评缠足的文学作品、禁缠放足运动资料、政府法令、宣传文章、时人心得等等,并附有大量照片及插图。有论者称,姚之所编,是一部"民俗学巨著","是迄今为止整理汇编缠足史料最为齐全","也是空前绝后的一部著作"。姚灵犀以编著此书而名噪一时,也以此编及其他性学著作而被视为大逆不道,以致锒铛入狱。姚在该书续编自序中说:"以'采菲'名此编者,亦以缠足为妇女下体之瑕疵,而劝人勿以一瑕而掩全美,君取节焉可也之义。若以缠足为可取,盍不以'金莲'名吾书耶?"姚虽有此自辩,却仍在长时间中背上了无数恶名。如今视之,姚之背上恶名,恐与其所编《采菲录》等书,仅止于客观地罗列堆砌资料,而缺乏应有的批判性按语点评之类言辞不无关系吧! 姚灵犀编著的《采菲录》是有瑕疵的,以至不能免却恶名,但正如他自己所说,他以"荠"、以"菲"比喻缠足,而不以"金莲"一词赞美之,说明他对缠足是并不赞成的。然而,后世却有不少人,在直接用"金莲"一词称谓中国旧时妇女的缠足。这与姚灵犀比起来,不是反而后退了一步吗?姚灵犀的编述,还有《瑶光秘记》《思无邪小记》《未刻珍品丛书》等著作,而最负盛名的,则是《瓶外卮言》这本研究著名小说《金瓶梅》的参考资料书。

由于《瓶外卮言》是第一部研究《金瓶梅》的专著,又有其独到之处,所以它出版以来,向为学界所看重。1967年,香港华夏出版社将其易名为《〈金瓶梅〉研究集》翻印出版。1989年,天津市古籍书店依据其旧本影印流布。近三十年来,在逐渐将《金瓶梅》研究拓展成为一门显学的过程中,《瓶外卮言》一书更显出其价值与意义了。蔡国梁在其所著《金瓶梅考证与研究》一书(陕西人民出版社1984年7月版)中,认为《瓶外卮言》是一部"阅读《金瓶梅》的工具书"。著名中国古典小说研究家宁宗一教授,在由其审定、陶慕宁校注的《金瓶梅词话》(人民文学出版社2000年10月版"世界文学名著文库"本)的前言中,更将《瓶外卮言》列为《金瓶梅》研究的第一种参考书。在周钧韬编纂的《〈金瓶梅〉资料续编(1919—1949)》(北京大学出版社1991年1月版)中,以166个页码,约占全书五分之二的篇幅摘录了《瓶外卮言》中的资料。

《瓶外卮言》一书,最具开创性和为人称道的,是姚灵犀集录的《金瓶集谚》和姚著《金瓶小札》。在黄霖主编的《金瓶梅大辞典》(巴蜀书社1991年10月版)中,关于《瓶外卮言》,列有两个条目。一条称,该书中的《金瓶集谚》,对研究原著反映的明代社会风貌和中国文化史,均有价值。另一条则称,《金瓶小札》在其多达近1900条涉及名物、行止、习尚等方面所作的考证,在同类著作中堪称力作,常为今人所参阅引用。

关于姚著《金瓶小札》的价值,江东霁月在为其所写的序言中,说得更具体:作者"饱学而多才,尝以《金瓶梅》出于明人之手,而写宋人之事,每当丹铅之暇,举凡明代之礼俗、习尚、名物、方言、与夫涉及考证者,辄一一笔之于书,寝久而成巨帙,均足以资阐明,乃著《瓶外卮言》……抑作《金瓶梅》之注疏,畁读者以南针"。由于时代风尚的隔膜,加上有方言土语等拦路虎,后人面对《金瓶梅》等一类古代作品,往往会遇到某些语言上的障碍。"难得金瓶索解人"(王伯龙《〈瓶外卮言〉题词》中语)。过去的一些诂话解说的成果,可以作为我们查检的工具。姚灵犀在《金瓶小札》中所作的注疏和考证,对我们读通理解《金瓶梅》这部"奇书",确有不少的用处。

《瓶外卮言》并非姚灵犀一人的专著。其中署他个人名字的作品,尚有《金瓶脞语》《金瓶集谚》和《金瓶词曲》,亦由他辑录而成。此外,除编入了以上提及的吴晗和郑振铎二位先生的文章,另有未署名的《金瓶梅版本之异同》和痴云的《金瓶梅与水浒传红楼梦之衍变》,以及阚铎(霍初)的《红楼梦抉微》节录(近70则)。这三篇(组)文章,前后相连,具有一定的内在联系。中间一篇文章中,有"金瓶梅刊成于万历末年,风行一时,争付剞劂,其版本之异同,另有说见前","前人谓红楼梦实脱胎于金瓶梅,言者孔多,阚无冰(引者按:即为阚铎〔霍初〕)即据此语,曾著红楼梦抉微一书"等语,以此推断,前两篇文章,可能也出于姚灵犀之手。是他在有了编著《瓶外卮言》一书的整体设想之后所写。如是他人之作,就不会有这类与全书编纂密切相关前后照应的话语了。(侯忠义、王汝梅编《金瓶梅资料汇编》之六《金瓶梅研究论著篇目索引》,以及东郭先生著《闲话金瓶梅》中,在提到原先未署名的《金瓶梅版本之异同》一文时,就直接标明为姚灵犀所作。)

从《瓶外卮言》的构成情况来看,编纂者姚灵犀,是一个在学术观点和方法上新旧杂陈,科学与伪学兼而有之的人。他既看到了吴晗、郑振铎等人权威之作的价值(遗憾的是,他又忽略了鲁迅的论断),对类似旧红学派奉行的索隐之法,又兴趣不减,照搬照用。姚氏本人以及《红楼梦抉微》等文章的作者,无不极力地推崇着《金瓶梅》一作。为了推崇这部小说,他们都将其与《水浒传》或《红楼梦》加以对照比较,在对照比较中予以臧否。在这中间,有意无意地流露出扬此抑彼,尤其是扬"金"抑"红"的偏向。这是今天的读者们需要加以辨别的。

《水浒传》→《金瓶梅》→《红楼梦》,在中国古典小说的这一发展进程中,《金瓶梅》的出现,起到了承前启后的作用。所谓"承前",是说《金瓶梅》尽管不是对《水浒传》的简单扩展(它是在以宋代之事写明代的生活),但它的故事之契机、主要人物之来历,的确是在《水浒传》几个回目的基础上衍变发展而来。所谓"启后",包含着两方面的意义:一是中国古典小说,自《金瓶梅》开始,才真正将描述的重点,由神魔鬼怪、帝王将相(唐以前小说)和豪侠奇逸之士(唐以后小说),及其与现实社会和下层群众距离较远的生活,转向了市井人物和现实人生。从此,中国小说创作进一步贴近了现实,贴近了生活,现实主义的因素渐渐充沛起来。二是《金瓶梅》选择西门庆这样一个人物,这样一个家庭,以此联系当时社会的各个方面:朝廷、官吏、市井、各行各业、各种人物,这种结构故事和展开描写的方法,开创了中国小说创作的新局面。《金瓶梅》在中国小说史上,确实有其特殊的贡献,它不只创造了一种空前形态的小说,更孕育了一部伟大的小说《红楼梦》。

历来的看法是,《红楼梦》脱胎于《金瓶梅》,甚至说,没有《金瓶梅》,就不会有《红楼梦》。这并非都是过甚之言。任何伟大的作品,都是在借鉴前人经验的基础上创新出来的。从《红楼梦》所写的种种场景中,我们确也看到了《金瓶梅》笔法的影响。但这种影响是就创作方法的总体而言。也是指以上提到的作品与现实生活的关系,以及通过一个人物的生活史和一户家庭的变迁史,来表现某一特定时代的整个社会生活和政治制度(即鲁迅讲的"著此一家,即骂尽诸色"之意)这两个方面来说的。而并不是说,《红楼梦》仅仅是《金瓶梅》的翻版或改作;也不是说,曹雪芹之写作《红楼梦》,只是因为他感到《金瓶梅》中淫秽的文字过于泛滥,《红楼梦》与《金瓶梅》之不同,仅仅在于它减少了后者那类过于露骨的淫秽描写的缘故,其他方面就没有多少区别了。《瓶外卮言》中姚灵犀的《金瓶胜语》等几篇文章以及阚铎(霍初)的《红楼梦抉微》,在赞赏《金瓶梅》之余,恰恰误入了这种扬"金"抑"红"的歧路。这些文章,蹈袭旧红学派索隐抉微、穿凿附会之法,将《红楼梦》中几乎所有人物的品性言行、场景细故,都一一比照等同于《金瓶梅》的所描所绘。这种研究方法的不科学以至荒谬,在今天就显得更为突出了。

诚然,《红楼梦》之于《金瓶梅》,在创作方法上,确有承传延续的关系,但它的伟大空前,更在于其超越与创造。不能说,《红楼梦》与《金瓶梅》的区别,仅仅因为它没有了那些芜秽的描写,语言上显得干净、简练而含蓄。更在于:(一)它在所有的描写中,无不包含着作者或哭或歌的热烈的主观情感;(二)作者在揭露和抨击封建社会末期人情世态的同时,通过对贾宝玉、林黛玉等人物形象的描写,寄希望于那些与封建宗法制社会相抗衡的新生力量。因此,书中尽管也有"好""了"相寻,因果报应的消极因素,但总的来说,其思想艺术境界,《金瓶梅》是不能同日而语了。它的主题思想是积极的,向上的,是热望新的人生和个性的。而《金瓶梅》一书的作者,在整个行文中采取的,却是极端冷静客观,甚至玩世不恭的态度与笔法,他只是一味地在嘲讽和诅咒世态人情与社会制度,而未能敏锐地感觉到一丝新的曙光。(《金瓶梅》的故事因由来源于《水浒传》,但后者所包含的抗争的积极因素,却未能被其吸收过来。)《金瓶梅》在总体上给人的印象是:"一部末世的书,一部绝望的书,一部哀叹的书,一部暴露的书。"(孙犁语)如果不能看到《红楼梦》与《金瓶梅》的本质区别,津津乐道地以索隐附会的方法,硬是要将贾宝玉与西门庆、林黛玉与李瓶儿、薛宝钗与潘金莲等人物形象对号凿枘,合龙同一,这就不仅贬低了《红楼梦》,也歪曲和否定了《金瓶梅》对《红楼梦》,以至对整个中国小说形态发展所起的真正作用。

(本文由磊石协助整理完成)

(原载《文学自由谈》2011年第2期)

# 《瓶外卮言》前言

陶慕宁

《瓶外卮言》是一部研究《金瓶梅》的专著,始由天津书局于1940年梓行（天津古籍书店1989年曾影印出版）。作者姚灵犀（1899—1963），名君素，字乞雪，号灵犀，以号行。江苏丹徒人，20世纪二三十年代蜚声于天津文坛,擅诗古文辞,曾在《天风报》副刊主编《采菲录》专栏,取《诗经·邶风·谷风》"采葑采菲,无以下体"之义,专事探讨女性缠足问题,广搜各类相关文献史料与实物,并陈己见。这些资料1936年至1938年由天津时代公司、天津书局先后编为四集出版,1941年又有《新编》及《精华录》问世,一时沸焉腾议,毁誉并出,姚灵犀亦以"名教罪人"几陷缧绁。时隔70年,今日重观《采菲录》,不仅绝非"有伤风化"之作,洵为中国风俗史、文化史、中国妇女缠足史、性史之珍贵史料,其价值当历久而弥显,其有功于世可毋庸讳言。惜乎,今日坊间已难觅其踪,书商故昂其值,一册高标至5000元矣。至于上海书店出版社1998年所印行之《采菲录》，实乃挂一漏万,不足原书1%篇幅,不堪插架耳。

姚灵犀另编有《思无邪小记》《未刻珍本丛刊》《瑶光秘记》等书,类皆性文学之史料、笔记汇辑,唯《瑶光秘记》为艳情小说,余未之见。据历史学家来新夏教授披露,姚灵犀是"以小职员兼投稿人维生"(《博览群书》2011年第6期),其在当日,既非左翼文人,又非学院派之教授学者,其搜求考校性学史料、操觚命笔,盖纯出于兴趣,虽不免"正人君子"诲淫之讥,且晚景凄凉,郁郁而终,然经岁月之淘洗,风霜之磨砺,其人其书,终渐为世人所知,复为学界所关注。灵犀先生九原有灵,亦当稍感慰藉。

《瓶外卮言》之卮言,即自然随意之言,或为支离破碎之言之意,常用为称自己著作之谦辞。瓶外,即《金瓶梅》之外,亦即围绕《金瓶梅》所做之研究。书中内容,约可别为三类,一是论文,涉及《金瓶梅》的作者考辨,《金瓶梅》的著作年代考订,《金瓶梅》的版本异同,《金瓶梅》所反映的社会背景以及《金瓶梅》与《水浒传》《红楼梦》之关系的研究。收入吴晗、郭源新(郑振铎)、痴云、阚铎、(佚名作者)各一篇论文及姚氏本人一篇文章。二是"金瓶小札",乃著者对《金瓶梅》中语词的注释。《金瓶梅词话》中有大量俗语、方言、隐语、歇后语、江湖切口,在当日不独人多能晓,且富谐趣幽默,生动传神。然时隔400年,语言民俗,迭经嬗替,赓衍之速,实难逆料。今人阅《金瓶梅》,遇此等语若无注释,则不啻读天书矣。纵在当日,妓女郑爱香、李桂姐的一番对话,也竟能使吴月娘听得一头雾水,说道:"你每说了这一日,我不懂,不知说的是那家话。"(《金瓶梅词话》第32回)故姚灵犀广征文献,分条设目,逐一笺释,铢积寸累,实乃筚路褴褛,嘉惠后人之事。"金瓶小札"亦遂成为《瓶外卮言》最重要之内容。三是"金瓶集谚"与"金瓶词曲"，乃作者爬梳纂辑之《金瓶梅》中谚语、歇后语与《金瓶梅》中所出现之词曲，大抵依书中出现之先后次序辑出，利于学人查检。

今日重新整理《瓶外卮言》，即以南开大学图书馆所庋藏之天津书局1940年排印版为底本，重加标点。参校朱一玄师1988年校点本（此本原附于中州古籍出版社1988年印行之魏子云《金瓶梅词话注释》增订本之后），此本删除吴晗、郑振铎两篇论文并删削少量"秽亵字句"。又：《瓶外卮言》所收吴晗《〈金瓶梅〉的著者及其社会背景》一文，于所征引之文献颇有删节，今取吴晗1934年首次发表于北平《文学季刊》创刊号之《〈金瓶梅〉的著作时代及其社会背景》一文置换，复收郭源新（郑振铎）《谈〈金瓶梅词话〉》一文，以存原貌。校点本删削之文字亦皆补足。

"金瓶小札"所考释词语近1800百条，为读者检索方便起见，今在每条之后，特为标示该词语在《金瓶梅》中所出现之回数、页数，例："色系子女——即'绝好'二字拆字格之隐语也，从'黄绢幼妇外孙齑臼'八字而来。（第四回，51）"括号中"第四回"即指《金瓶梅词话》第四回，"51"即指该回第51页。所依据之版本，为人民文学出版社2000年版《金瓶梅词话》陶慕宁校注本，简称"人文版"。个别词语属于奉命删削内容，则依据人民文学出版社1991年影印之明万历丁巳《金瓶梅词话》，简称"词话本"，特注明"删文"，亦标明该词在词话本中之页数。凡人文版与词话本一致之词，而"金瓶小札"不同，则标示"原文作××"。凡经人文版校改而与"金瓶小札"及词话本皆不同之词，均在括号中标明"人文版改"字样。尚有少量词语，不见于"词话本"，而见于明崇祯间刊刻之《新刻绣像批评金瓶梅》，则取三联书店香港有限公司 1990 年齐烟、汝梅会校本为依据,简称"崇本",亦标明回数、页数。

"金瓶集谚"亦据"人文版"标明每句谚语、歇后语在"词话本"中出现的回数、页数。"金瓶词曲"原无标点,仅以省略号区隔句子与词牌、曲牌,今一律改用【】号标识词牌、曲牌,以《》号标识书名、剧名,用便醒目。

"金瓶小札"引书达数百种,然不尽规范,有些只用简称,如《世说》,应为《世说新语》;《野获编》,应为《万历野获编》;《梦华录》应为《东京梦华录》。为尊重原著起见,不做修订,读者知之可也。另有少量引书,书名讹误,如第 187 页《癸辛杂志》,"志"为"识"字之讹。《癸辛杂识》,宋末周密所撰笔记。如第 190 页《避暑录言》,"言"为"话"字之讹。《避暑录话》,宋人叶梦得所著笔记。再如第 176 页《庄岳猥谈》,"猥"字误,应作《庄岳委谈》,是明代学者胡应麟的学术笔记《少室山房笔丛》的一部分,列 40—41 卷的"辛部"。又如第 146 页《李义山杂俎》,当作《义山杂纂》,是李商隐的一部市井琐记。他如第 185 页《王月英月夜留鞋记》,"月夜"当作"元夜",见《元曲选》。第 201 页言及蒲松龄为乾隆时人,显然错谬。蒲氏殁于康熙五十四年(1715),去乾隆尚远。此类错讹,皆径行改正,不出注。

书中引文,亦不尽规范。或羼杂己意,或有节略而未作说明,皆尽量核对原文,重加标点。又,"金瓶小札"有若干解释不确,或标明"待考""不详"之词语,如"秋香亭",见《金瓶梅词话》第 61 回,姚氏云"剧名,待考"。按:《秋香亭》可考,出元代戏曲家白朴之杂剧《韩翠颦御水流红叶》【正宫·端正好】套曲,此剧今佚,尚留残折。《盛世新声》《雍熙乐府》《词林摘艳》均收入,首句即为"我恰才秋香亭上正欢浓"。这类情况,秉承尊重原作者初衷,皆不作修订。

尚有"复东""鼻子""撇扭"等数语未能检得出处。并其他谬误疏漏之处,幸达识通人不吝赐教。

2012年8月20日于南开大学范孙楼

(原载陶慕宁整理《瓶外卮言》,南开大学出版社2013年版)

# 姚灵犀的《金瓶梅》研究

蔡登山

虽然大学问家钱锺书说"假如你吃了个鸡蛋觉得不错,何必认识那下蛋的母鸡呢",那是钱先生为了拒绝太多媒体记者采访的推托之词,我们"读其书,可不识其人"乎?但对姚灵犀而言,他的许多著作都已被湮没了,还需靠从日本再影印回来,关于他的生平资料更是少得可怜,我曾找遍网络所能找到的,就那么一些,而且可信度是存疑的。2013年6月1日,因缘际会我见到台湾广川医院院长柯基生先生,目睹柯医生的收藏,正如写过《缠足——"金莲崇拜"盛极而衰的演变》(Cinderella's Sisters: A Revisionist History of Footbinding)的哥伦比亚大学巴纳德分校历史系教授高彦颐(Dorothy Ko)在书中所说:"关于姚灵犀的资料,柯医生的收藏无人能出其右。"是的,全世界的图书馆似乎都没有全套的姚灵犀的《采菲录》,柯医生居然收藏了原版完整的两套(每套六册),另还有一些残本。当然更让人惊叹的是柯医生收藏大陆各省及台湾的"金莲"数目多达上万双,这在全世界的收藏也是无人能出其右。因此曾经见过姚灵犀的历史学者来新夏教授,曾为文感叹连姚灵犀曾长期生活的天津图书馆都只收藏了一套残本的《采菲录》,而姚灵犀珍藏的"金莲"想必也荡然无存。但隔代有知音,柯医生保有姚灵犀的所有著作及未刊的诗词稿《衮雪斋诗词稿》十册、《春还堂存稿》一册、《小惭集》一册,这十二册诗词都是手稿,身为书法名家的姚灵犀(他常为天津《风月画报》题词)将其以线装的形式装订成册,墨迹纸香如故。

从柯医生提供的资料得知,姚灵犀名训棋(此根据家谱,而网上资料误其名为君素),字君素,号衮雪,笔名灵犀。其父名姚箴,母名卞望德。根据他《六六初度》诗云:"朱颜易改笑华颠,枉说诗才老渐圆。初度斟兼元日酒,前生识遍大罗仙。萧斋饱赏青松雪,检府虚传绿水莲。差喜儿孙有余庆,桑榆难得太平年。"而其中自注云:"予生于清光绪己亥冬月廿九,为一八九九年十二月三十一日。今年周六十六岁,适为一九六五年一月一日也。"而网络数据说他卒于1963年,显系错误。另,高彦颐在前书中说:"根据他(姚灵犀)的朋友徐振五写于一九六一年的一首诗,姚灵犀出生于己亥(1899)十一月三十日。姚灵犀的最后一首诗作,写就于一九五九年。"此皆明显错误,姚灵犀生于1899年阴历十一月二十九日,也就是阳历12月31日。至于他卒于何年,目前尚无资料,至少到1965年元旦他还活着,高彦颐说他最后一首诗作写就于1959年,显系没见到《六六初度》诗。

姚灵犀,江苏丹徒人,从他的《六一生日自述》诗得知他生于贫困之家,三四岁时,家迁到扬州,并人私塾,受业于一位老秀才,也打下了他扎实的国学底子及后来能诗能文的才赋。1917年他迁居天津,并娶妻查凤琳。据天津著名昆曲家陈宗枢说:"(姚灵犀)风流偶俛,擅诗古文辞。才思便捷,流寓津门,在天津文艺界颇负盛名,为梦碧词社成员。"梦碧词社由天津著名词人寇梦碧主持,据说"堪称当代词界最具水平、最有影响的词社"。1922年姚灵犀去东北,他诗中云:"只身去边塞,戎马多苦辛。秋风落关榆,故乡思鲈莼。"而这年年头他的女儿彤光出生,年尾儿子姚齐也出生了。一家四口,使得他为谋生计不断地奔忙,诗云:"年立赋言归,又逐南车尘。白门未期月,道路生荆榛。仓皇过沽水,另作入幕宾。时作或时辍,遭遇多遭迍。"由诗观之,他谋职一直不顺利。1925年秋,他在南京督幕时,有好友"唐菉猗、胡叔磊、毕素波,皆过江来问讯,旧雨重逢,欢言道故……遂创吟秋词社。事未成,而浙师侵境,先后与菉猗、叔磊,航海来京师"。1926年春,他在沈宗畸处认识傅芸子,沈宗畸读了唐菉猗、胡叔磊、毕素波、姚灵犀、傅芸子五人的诗文后,奇之曰:"此五俊也。"后来姚灵犀就直隶省署秘书,偕胡叔磊赴天津,公余之暇,仍以联吟为乐。1927年初夏,姚灵犀集傅、唐、胡、毕等五人,共成南金社。所以取名"南金",盖取晋朝薛兼等入洛,见张司空的故事。《晋书·薛兼传》:"兼清素有器宇,少与同郡纪瞻、广陵闵鸿、吴郡顾荣、会稽贺循齐名,号为'五俊'。初入洛司空张华见而奇之,曰:'皆南金也。'"唐朝元稹《春晚寄杨十二兼呈赵八》诗:"寄之二君子,希见双南金。""南金"是比喻南方的优秀人才。南金社成立后,"久之同社文稿,集有盈帙,亟谋刊布,乃有杂志之辑。芸子介弟惜华,文学优长,戏剧深邃,此编颇多臂助,亦续入发起之列。并推予主其事……"于是姚灵犀为《南金》杂志社社长兼主编。

1927年8月《南金》杂志创刊,姚灵犀担任社长兼主编,编辑有胡叔磊、毕素波、傅惜华等。除总社外,在北京另设分社,分社社长由傅芸子担任。《南金》为32开,每期约80页。诗词、书法、篆刻、书画、随笔、杂文、论文等应有尽有,另配有彩色插页。作为综合性文艺杂志,其自诩"内容文字之古雅,图画之清新,印刷之精美,久为世人所称赞,称其为北方唯一最美之文艺月刊"(《南金》第9期广告)。《南金》前后一共办了十期,据柯医生所收藏的合订本观之,姚灵犀每期均找当时名人或名书法家来题"南金"两字的刊名,先后由郑孝胥、罗振玉、金梁、邵次公、樊增祥、叶恭绰、袁中舟、宝熙、陈宝琛、红豆馆主(溥侗)题写。另据《南金》第10期《戏曲专号》所刊载的《本社特别启事》:"本社社长姚君素以事南归,同人公推胡叔磊为津社社长,傅芸子为平社社长兼总编,一切事务统由胡傅二君负责……"也就是说,姚灵犀在第9期出刊后去了南方。姚灵犀南归后,《南金》停刊了四个月,一直到同年8月才继续出版。《南金》的组织机构因此进行了调整,原主编胡叔磊出任社长,主编一职则由傅芸子接任,而这期也成为《南金》最后的绝响了。

姚灵犀在《南金》杂志除了连载《瑶光秘记》小说(该小说后来在1938年10月由天津书局出版单行本)外,又发表了《非花记》(只登一期,没写完)、《画诃记》(后收入《思无邪小记》一书)、《鉴戒实录》(上下二篇)等文章。而同时他在天津的《坦途》杂志发表了不少诗词作品,分别是:1927年第2期的《金缕曲》、第3期的《金菊对芙蓉》、第4期的《金缕曲》,1928年第5期的《宝鼎现》、第6期的《谢赠宝刀笺代作》,第7期的《百字令》、第8期的《湖月》、第9期的《一萼红》、第11期的《论交》。其中《金菊对芙蓉》是借描写御沟来感怀往事并不如烟,词云:"怨叶流红,残螺涨碧,盈盈自绕宫墙。念良缘无份,好景无常,玉泉一出难回首。想年时,洗象风光,栏干徒倚,有人撅笛,偷谱霓裳。偎暖卅六鸳鸯,记照过眉痕,溯过衣香,更横波阅遍,几度兴亡。荭蔡已冷前朝梦,算朱明,往事凄凉。李花乱起,无情绿水,曾葬红妆。"而《论交》诗云:"承恩不在貌,论交不以利。酒食相征逐,交情安可致。小人率如此,君子重道义。道义日益重,百事无虚伪。小人果敛迹,君子见真谛。试观今之人,谁复知此意。酒食为绍介,势利则谄媚。见而争逢迎,背面即讥议。贤者寒其心,不敢云友谊。貌美有时衰,利尽各猜忌。叔夜久灰心,孝标增愤恚。处之以中庸,先求无怍愧。"谈的是君子与小人及交友之道。由此一诗一词,即可知姚灵犀的诗词造诣了。

提及姚灵犀的名字,最早来自周越然。周越然在写于1944年的读书札记《〈金瓶梅〉与〈续金瓶梅〉》一文中,便提到姚灵犀的《瓶外卮言》一书,他说:"《瓶外卮言》为研究《金瓶梅》者最佳最便之参考书,此书于民国二十九年由天津法租界天津书局出版。书内含(一)著者时代及社会背景,(二)词话,(三)版本之异同,(四)与《水浒传》《红楼梦》之衍变,(五)小札,(六)集谚,(七)词曲等篇,共260页。《小札》系专名或土语之字汇;如盖老(某妇之夫也),色系女子(绝好也),刮刺(勾引也),油水(浸润也),四海(交游广也),眼里火(目中出火,见则心爱也),不听手(不听指使也)等等,无不一一详解之。"《瓶外卮言》在1940年出版,对《金瓶梅》有独好的周越然,马上购得该书,而且写下提要,这或许是该书最早的书评。

之后这部研究《金瓶梅》的开山之作——《瓶外卮言》就一直无人提及,如李田意编的《中国小说研究论著目录》、泽田瑞穗编的《金瓶梅研究资料要览》、魏子云著《金瓶梅探原》,甚至号称相当完备的《金瓶梅研究书目》(宋隆发编)都不见著录该书。一直到1980年3月,旅居美国三十五年,先后任美国劳伦斯大学、耶鲁大学和印第安纳大学中文教授的柳亚子的长公子柳无忌,在台湾的《书评书目》杂志发表《不见著录的一部金瓶梅研究资料》一文,才详细介绍了姚灵犀的《瓶外卮言》。柳无忌教授说:"此书出版于抗战期间早已沦陷的天津,所以一直不为国人所注意,在国内亦未流传。我手头有的那本,为昭和三十七年(1962)日本采华书林重印本,继泽田瑞穗的《金瓶梅研究资料要览》,列为'采华学术丛书'第二号。书前有昭和三十七年采华书林主人的《发刊辞》。""礼失而求诸野",没想到被时代湮没的《瓶外卮言》,却在域外的日本被重印出来。

柳无忌对此书的评价云:"这些文章,不论是转载他人的作品,或作者自撰,其贡献与重要性都次于本书下半部的几篇。尤其是实为洋洋大著的所谓《金瓶小札》(100 至 240 页,共 140 页),凡有关小说中不易解释、隐晦难详的俚言俗语,均'一一拈出,考其所本';此类工作,对于《金瓶梅》的读者极有帮助。不仅此,文中有许多条,亦见于其他小说及剧曲,因此极有参考的价值。此文简直是一部俗语辞典,可以补张相《诗词曲语辞》、陆澹安《小说词语汇释》、傅朝阳《方言词例释》、朱居易《元剧俗语方言例释》书的不足。此外,如最后二篇《金瓶集谚》与《金瓶词曲》的这种编集工作,亦没有前人做过。"如同三四十年前的周越然,柳教授也道出了《金瓶小札》的重要性,称它是解开《金瓶梅》中俚言俗语的一把钥匙,何况它还对这些隐晦难详的俚言俗语考其所本,这非对当时的名物、风俗等等有渊博的涉猎者不能为。而《金瓶集谚》与《金瓶词曲》两文,更有着开创的性质,姚灵犀也意识到了,因此他在《金瓶集谚》后曾有一段话云:"此书方言俗谚,索解甚难。赏奇析疑,殊饶兴趣。先此抛砖引玉,初非贵椟轻珠也。俟有增补订正时,再将《金瓶梅》之批评,前人记述,西门庆、潘金莲之纪事年表,书中人名表,书中时代宋明事故对照表,暨《金瓶写春记》,《词话》本删文补遗等,一并付刊,以成完璧。"只可惜我们不知道他是否完成这些工作,因为没见到有增订本流传下来。

学者施蛰存晚年写有《勉铃》一文,发表在1991年《学术集林》(卷二)。该文释《金瓶梅》的淫具,文字风雅有趣。文章说:"西门庆随身带有一个淫器包儿。这个包儿的内容,属于药物类的有'闺艳声娇''颤声娇',这二者是同物异名。有'封脐膏'。属于淫器类的有'银托子''硫黄圈''相思套''药煮白绫带子''悬玉环''景东人事''勉铃'。一共只有十种,大概作者所知道的已全部开列出来了。"施蛰存关于"勉铃"的考释,是因(《金瓶梅》第十六回中有一首《西江月》云:"号称金面勇先锋,战降功第一,扬名勉子铃。"西门庆释之:"勉铃,南方勉甸国出来的。先把它放入炉内,然后行事,妙不可言。"由此可见,这小玩意儿原为舶来物。施蛰存考据后总结勉铃乃是"一个小铜球,遇热能自跳动"。但他却又不解,"炉"为何物?他认为"用不到放入炉中"。他以为:"缅甸男子以此物嵌于势上,与妇人合欢时使其颤动,以求刺激。""绝不是放入妇人牝内的"。其实施先生把"炉"字理解成炉子的炉,是错的。"炉"字所指的明明是女阴,这在《中国古代房内考》中就有这个解释。我们看一下姚灵犀的解释:

> 勉子铃即缅铃也。《谈荟》及《粤滇杂记》均详言之。淫鸟之精,以金裹之,其形如铃,可助房中术者。见《辞源》"缅铃"条。又《渔矶漫钞》及他书皆谓鹊不停、石锚,均此物也,而各异其名。
>
> 炉,谓女子阴也。亦名曰鼎,皆道家采补之流,巧立之名目也。

而另外施蛰存谈到的几样淫器及春药,我们在姚灵犀的《金瓶小札》中,也都找到了解答。

周越然有篇《西洋的性书与淫书》文中开宗明义即说:"性书与淫书不同。性书是科学,淫书是小说。性书是医学,是心理学;淫书是谎言,是'鼠牛比'(案:吹牛皮)。西洋有性书,又有淫书。我国有淫书,而无性书。我们读了性书,多少总得些智识。我们看了淫书多少总受些恶习。"姚灵犀的一些著作可说是性书,包括他的《思无邪小记》等等,而且是相当有系统地探讨到"性"文化。有人推崇张竞生(1888—1970),1926年他出版《性史》第一集,社会哗然,使他自己身败名裂,甚至被称为"卖春博士"。但若就他的《性史》而观之,是有些"鼠牛比",因此后来译著有《性的教育》和《性的道德》,并翻译了英国蔼理士的《性心理学》等书的潘光旦,在《性心理学》的译者自序中说:"在有一个时候,有一位以'性学家'自居的人,一方面发挥他自己的性的学说,一方面却利用蔼氏作幌子,一面口口声声宣传要翻译蔼氏的六七大本研究录,一面却编印不知从何处张罗来的若干个人的性经验,究属是否真实,谁也不得而知。"潘光旦对张竞生这种"野狐禅"的行为,是有所批评的。他对张竞生出版《性史》更是深表不满。周越然甚至说:"西洋性心理学中,常载许许多多'性史'。'性史'就是个人婚姻前后的实录,心理学家据为研究资料的。首先印行这种数据者,是心理学专家艾理司氏。依科学言,性史全不诲淫。后来张竞生采取了艾氏的意思编《性史》(第一集),为什么大家讥笑他呢?因为张君的著作,确实诲淫。他的那篇董二嫂,是《痴婆子传》的化身,当然不能登大雅之堂。张竞生以后的小册子,效慕张竞生《性史》而作的小册子,我见过的,总在一百五十种以上。这样的多,都因为纸张低下的缘故。现在纸张缺乏,马路上喊卖春宫,喊卖《性史》的瘪三,几乎完全没有了。"时间有时是最好的证明,"搞噱头,耍花招"的把戏,有时只能一时之间哗众取宠,终归要被淘洗掉的。

据陈宗枢说,1944年天津尚在沦陷时期,伪教育局局长何庆元出面在法院状告姚灵犀编印诲淫书籍,法院立案审理,经姚多方奔走请托,此案迁延近年余,至1945年日本投降,不了了之。而据来新夏说:"但当年对此案就有不同传说:有说是传讯,有说是收监。据我父亲说,姚先生被监禁过短时间,但一直没有直接证据。"而据柯医生所藏姚灵犀《出狱后感言》诗云:"……讵知风流罪,忽兴文字狱。蛾眉例见嫉,豺目横加辱。罚锾二百金,拘絷一来复。方知狱吏尊,始知环人酷……"姚灵犀确曾因为编撰《采菲录》《思无邪小记》等性学书籍被视为大逆不道而锒铛下狱。

姚灵犀是一位博涉群籍、很有性格和独到见地的人。来新夏说:"几十年来,很少有人有文论及姚先生和他的著述。我则认为姚先生既非风流罪犯,亦非无行文人,而是一位社会史研究者,文献、文物的收藏家,是一位独具只眼的学者。他是一个小人物,但他做了他认为应该做的事情。他承受了不该承受的苦难,即使他的著述中涉及'性'的问题,他也应被认为是性学研究者,至少应和张竞生、刘达临和李银河等人相比论,给他的研究以应有的肯定。"而柯医生也不无感慨地说:"近代名儒姚灵犀因著《采菲录》,详述缠足助性生活获罪。1944年,当金赛(美国性学研究开拓者)获得企业捐助,专研性学时,姚灵犀因风流罪罚二百金破产,从此东西方性学研究进入消长分水岭。"

今天我们重新点校姚灵犀的著作,并重新出版它,我们觉得他在当时以无比的勇气,开创了很多的"第一":他所编《采菲录》,对有关缠足的史料可谓网罗殆尽,而且是前无古人;他所写的《思无邪小记》,记录有关性文化的数据一时罕有其匹;他的《瓶外卮言》对《金瓶梅》词语的辨析也独一无二,而且称得上是"开山之作"。面对这样的人物、这样的著作,我们似乎不该再让它湮没不彰了。

(原载《书城》2014 年第 2 期)

# 姚灵犀与《红楼梦》

## ——姚灵犀生平叙录

胡文彬

二十多年前,我在竭力搜罗有关《红楼梦》材料时,读到姚灵犀著的《金红脞语》。这本书于1940年8月由天津益世书局出版,内容包括读《金瓶梅》《红楼梦》的一些考证和研究心得。那观点在今日看来自然是有些陈旧,但其中的某些"比较"研究却有一定的启发意义。

其后,我在搜集有关《金瓶梅》的资料时,再次与姚灵犀的著作打交道。他的《瓶外卮言》一书,曾对我读《金瓶梅》解决不少疑难问题提供了帮助。当今许多《金瓶梅》辞典、资料集中关于词语部分,明显暗里都吸收了《瓶外卮言》中的研究、考证成果,有的甚至照抄不误。

或许就因为这两层原因,我对这位姚灵犀先生的生平行踪格外留心,总希望能找到一点有关他的材料。当然,还有另一层原因,那就是不论在《红楼梦大辞典》还是几种《金瓶梅辞典》之类的权威工具书中,读者都查不到有关他的生平资料。这就更促使我去尽力搜寻他的踪迹了。说来也是机缘凑巧,一次在拜访香港著名电影导演李翰祥先生时,他知道我对《金瓶梅》和《红楼梦》都感兴趣,于是送给我三本姚灵犀编的《采菲精华录》和"新编""三集"。这是在《金红脞语》《瓶外卮言》两书之外读到的由姚灵犀手编的书。《采菲精华录》,由天津书局1941年11月初版,精装一册368页,内容完全是研究"莲史"的文章、资料、照片。这是研究中国"缠足史"的重要的资料汇集,其珍贵性是不言自明的。

在《采菲精华录》"莲剩"部分,收入了绮楼的《红楼妇女缠足之商榷》,指出"除却做粗话之鸦(丫)鬟仆妇之外,其余缠足矣。据此书者,皆谓曹雪芹手笔。曹汉军旗人,满初对缠足有禁,自不便加以描写,更无夸美之道……更宜隐绝其词"。书中还收入另一人名叫董雪村的《红楼妇女缠足辨》,他亦指出:"荣宁二府所有之女眷丫鬟等,悉心缠足者,毫不谬也。"以上两文早在20世纪40年代初即指出《红楼梦》中有"缠足"之描写,而今人不察,又提出大脚、小脚问题,且争论不休。其实那部被捧为抄本之完本的庚辰本《石头记》第65回就有如下一段描写:

这尤三姐松松挽着头发,大红裙子半掩半开,露着葱绿抹胸,一痕雪脯。底下绿裤红鞋,一对金莲或翘或并,没半点斯文。

这里已是明明写着"一对金莲"了,难道还不足证明吗?

现在说姚灵犀,根据《采菲精华录》"弁言"所署"丹徒姚灵犀识于天津",可知姚为江苏省丹徒县人,其妻为天津查氏女,名查凤琳。又据"编者附言"中所记,姚先生当年住在"天津英租界孟买道义庆里五十八号",不知今天天津市是否可以找到义庆里58号了。

说到姚灵犀,不能不说与姚先生相友善的一个人,他就是曾经出版过"句读本"《红楼梦》的许啸天。许氏曾于1923年2月在上海群学社排印一百回本《红楼梦》，正文作了修改，1927年再次出版。在姚灵犀的《采菲精华录》中也有许啸天的评点，可见许氏对"莲史"甚有心得。

在中国民俗学和妇女史的研究中，都要涉及中国妇女缠足问题。《红楼梦》时代，缠足遭禁止，但这种民风一直延续到中华人民共和国成立之前才逐渐消失。因此，要研究"缠足史"，就不能不读一读《红楼梦》，还有姚灵犀的《采菲精华录》六种。本文是在提供一点研究线索，或许对于研究"缠足"专家们有一点用处。倘如是，也就达到了目的。

1995年6月3日

（原载胡文彬著《魂牵梦萦红楼情》，中国书店2000年版）

# 性学的精华——《思无邪小记》

吴兴文

最早知道姚灵犀这个名字,是从他写过研究《金瓶梅》最佳最便的参考书《瓶外卮言》这本书得知,当时(1976年)我是大学一年级学生。往后,随着十几次到香港、大陆访书,又陆陆续续看到他出过的一些著作。在此介绍他比较为人知道的一本著作《思无邪小记》,副题为"姚灵犀秘笈之一",又名"艳海",是他集录古今性学的精华。

1925年至1926年间,姚灵犀住在北京。刚开始他在侯疑始主编的《瀚海》,摘录古今香艳小品,或加笺注。取材范围很广,上起经史,下至笔记小说等,并将此书栏命名为"思无邪小记",他的意思是:"郑卫之音不删,而以邪僻之思为戒也。"后来又陆续在傅芸子主编的《北京画报》发表,用《续记》为名,也曾在天津《天风》《风月》两报中刊出,改名为《艳海》,或《髓芳髓》。历经15年的累积,最后于1941年,交给天津法租界天津书局出版。

作者虽然以"思无邪"为名,希望读者不要起贪淫之心,实际上这本书不但保存了,也评鉴了古代性文学的重要著作,并且搜集了许多古今的性习俗,是研究性文化、性社会的参考资料。

在性文学方面,例如他摘录唐朝张垍著的《控鹤监秘记》的精华近两千字,此书至今仍难得一见。它叙述了武则天荒淫的故事,可说是古代皇室的"性史",同时也摘录了《飞燕外传》、秦少游的艳词、《牡丹亭》等,并且品评了古代性文学的著作。他说:"关于白话淫艳说部,《金瓶梅》固尽人所知。此外除《如意君传》《好逑传》等三四种未见外,其余如《耶蒲缘》《杏花天》《龙凤配》《牡丹奇缘》《绣榻野史》《蜃楼志》等不下二三十种,皆曾寓目,率不足登大雅之堂。《野叟曝言》虽较优,亦不足发人美感。仅《绿野仙踪》内数段,虽系描写村姑土娼之动作,而笔下自然入情。"

在性习俗方面,例如他引《两般秋雨庵随笔》:"一身而具二形者,俗呼阴阳人。"《晋书·五行志》谓之"人痴"。《遗教经》谓之"半变"。佛书谓之"博叉牟释迦"。又引近人拙厂的《镜前写真记》:"磨镜之事,作俑者不知谁人。然风行一时,上海最盛。良家妇女被诱而甘自堕落者不知凡几。闻妇女若经一度摩擦后,便不思与男子近。其后竟有人借以牟利,借旅馆为舞台,秘密公开,售票任人观览……"可见女同性恋的风气在民国初年就有,甚至还辟室表演,与今日如此开放的风气比较,也毫不逊色。

此书由于是作者从近千种书籍中编撰出来,而且出书时并没有加以分类编次,虽然近似笔记,杂乱无章,不过本书的内容,实在不是本文所引的几则所能涵盖。在当前一片"情色画"出版的热潮下,本书更应该有它再出版的意义;并且比起坊间一般的同性质著作而言,此书更具有研究的价值。

(原载吴兴文《书痴闲话》,云南人民出版社2002年版)

# 《南金》:北派通俗期刊史上的重要杂志

张元卿

1927年后,北派通俗期刊在经历了十几年探索后,在各类通俗报纸兴盛的时节,进入了萧条期。这一时期一直延续到1939年《三六九画报》的出现。

北伐成功,南京国民政府在表面上统一中国后,当时的社会进入了一个相对和平的时期。这一时期内,北平、天津、上海等大城市呈现出一定的繁荣景象。以北派通俗作家活动中心——天津为例,我们可看到当日的繁荣在文化界,尤其在新闻界的具体表现。北伐成功后,京津的政治趋于稳定。在天津,随着中原公司、劝业场两大百货店的开业,市面日见繁华。表现在新闻业,天津已成为华北的新闻中心,直至抗战,天津新闻界进入极盛期。天津报业在《大公报》《益世报》《庸报》《商报》四分天下后,犹有五十余种报纸存在。仅小报这一类在1927年到1937年间先后有三十余家。大量登载北派通俗作家小说的《新天津晚报》《天风报》《中南报》《评报》等就是在这一时期出现的。尤其当还珠楼主、刘云若的小说在《天风报》

上连载造成轰动后,办小报成为一时的风尚。这种风尚的形成主要基于两种共识:一、小报办起来比较自由,易于把握,容易被读者接受;二、与办刊相比,办小报不必为稿件的搜集、印刷、装帧、销售等环节下大力气。风尚的作用推动了小报的极大繁荣,一时间各类小报涌塞津门。

在这股办小报热潮中,北派通俗作家也不安于旁观,纷纷下海。王受生、吴秋尘、李燃犀等是以编辑身份介入这一潮流的。刘云若则自办《大报》。小报作为与刊物同质异形的一种文学载体在20世纪30年代独受青睐。这一时期出现在北方的通俗小说,如《蜀山剑侠传》《春风回梦记》等都是在小报上与读者见面的。这一时期的历史表明,出版商、作家、读者都忘却了期刊的存在。在报纸,特别是小报兴盛的同时,作为小报的"同类",期刊已濒于销声匿迹。因此,这一时期通俗期刊的数量极少,存在的时间也很短,因而今天还能见到的就更稀少了。在小报繁荣、北派通俗小说兴起的同时,北派通俗期刊反倒在热闹的边缘处于枯寂状态,这在民国通俗小说发展史上是一独特的现象。

在这一时期内,值得一提的是在1927年8月创刊的《南金》。《南金》是萧条期开始时出现的通俗期刊。在以后的十余年间很少有像它那样纯正的通俗期刊出现。但由于时代忘却了通俗期刊,《南金》出版不到一年就因种种原因停刊了。《南金》共出九期。

《南金》的取名来自"南朝金粉"一典,多少透露了其办刊倾向。这便要提及该刊主编姚灵犀。姚灵犀是一位极有特色的北派通俗作家。姚氏是扬州人,久寓津沽,诗词俱佳,善书,喜研究缠足。他的代表作是《采菲录》,该书是其研究历代缠足情况的专集,其中有缠足的考证文章,亦有各地缠足的风俗以及缠足人自述其缠足经历的文字。此外,他还著有《衮雪斋词》,在《南金》上发表过《瑶光秘记》《非花记》《画诃记》等小说。《南金》刊载的小说大都具有顽艳旖旎的倾向,这以《瑶光秘记》为代表。《瑶光秘记》记述一所尼庵的淫乱故事,小说流于顽艳的渲染,在文学上没有鲜明的个性。《南金》在选取顽艳小说时,注意整个刊物的可读性、趣味性,它在每期用精美的插页刊登一些摄影作品、名流书画,并且不时登载一些名人轶闻,比如齐如山的《陈德霖小史》、傅惜华的《刘赶三轶事》。另外,《南金》在北派通俗期刊史上有两点独特意义。首先,该刊注重纸质、装帧,且做到了纸质精良,装帧优美。像《南金》这样纸质、装帧考究的通俗期刊在三四十年代极为少见,可算此中翘楚。这是北派通俗期刊史上第一次出现的纸质、装帧可与南派通俗期刊媲美的刊物。《南金》曾被称为"北方唯一最优美之文艺月刊"。小小的32开本杂志能赢得这么大的赞誉,自然与其纸质、装帧的精美分不开。其次,该刊重视撰稿人的选择,网罗了当时的南北名家作撰述。这使得它的稿件来源、质量得到了保证。它的特约撰述有周瘦鹃、冯小隐、冯武越、何心冷、齐如山、徐凌霄、王小隐、张慧剑、陈蝶仙、严独鹤、张聊止。周瘦鹃、严独鹤加盟北派通俗期刊的建设可能始自《南金》。由于他们的加盟,《南金》上便有了南派作家的作品,比如《南金》曾载有张秋虫的《灵药记》。这是南北通俗作家较早的一次联合办刊行为。

就从上面两点看,似乎《南金》不应过早夭折。但《南金》有致命的缺点。从刊物编辑、撰述人到刊物内容做一考察就可知,《南金》是一个名流办的,办给名流们看的刊物。这种特点决定了它在以市民为期刊主要读者的商业化时代只能是昙花一现。名流们想把"公诸同好"的东西让天下人分享的愿望只能是其一厢情愿。

20世纪30年代的北方都市读者被小报搞得眼花缭乱,已无心旁顾通俗期刊。这样,《南金》被抛弃后,便很少有通俗期刊再引人注意了。30年代的萧条已不可避免。

(本文为张元卿《北派通俗期刊史论》之一节,收入本书时改今名。原载《民国北派通俗小说论丛》,山西古籍出版社2001年版)

# 姚灵犀与"北方唯一最美之文艺月刊"

侯福志

姚灵犀,名君素,字衮雪,号灵犀,以号行世,江苏丹徒人,生于1899年。1927年8月在天津创办《南金》杂志。自1930年开始,在《天风报》副刊"黑旋风"上主编"采菲录"(研究妇女缠足文化史)专栏,并先后分六册结集出版,从而享誉津沽。另著有《瓶外卮言》《思无邪小记》《瑶光秘记》等。

《南金》社址位于"意奥交界32号"(即今河北区建国道),姚灵犀担任社长,胡叔磊任主编,编辑部有毕素波、傅惜华等。除总社外,在北京另设分社,分社长由傅芸子担任。《南金》为32开,每期约80页,诗词、书法、篆刻、书画、随笔、杂文、论文等应有尽有,另配有彩色插页。作为综合性文艺杂志,其"内容文字之古雅,图画之清新,印刷之精美,久为世人所称赞,称其为北方唯一最美之文艺月刊"(《南金》第9期广告)。

笔者收藏的第9期《南金》为1928年4月出版。有17篇文章,包括著名戏剧家齐如山先生的《戏剧之变迁》,著名报人、戏曲家傅芸子先生的《天泰山肉体魔王考》，傅芸子之弟、报人、戏曲家傅惜华的《关汉卿杂剧作品考》以及姚灵犀的《瑶光秘记》等。在《言志栏》，刊有齐白石先生的《画蟹题句》一诗："飘然心已出京师，道出烟台是几时。清福余年如有分，持蟹海外自删诗。"可能因为时代久远，在研究齐白石的专著中，绝少提及此诗。有趣的是，该期杂志还刊有一些名人、名伶照片。如津门学者、书法家、被称为"联圣"的方地山，戏曲理论家齐如山，"上海交际之花"陆小曼（徐志摩之妻），京剧四大名旦之一荀慧生，女老生孟小冬以及程派传人、名伶新艳秋等的照片，其中方地山的生活照片实为罕见。

另据1928年8月31日出版的《南金》第10期（戏曲专号）所刊载的《本社特别启事》："本社社长姚君素以事南归，同人公推胡叔磊为津社社长，傅芸子为平社社长兼总编，一切事务统由胡傅二君负责……"也就是说，姚灵犀在第9期出刊后去了南方（应当是姚的江苏老家），《南金》的组织机构因此进行了调整，原主编胡叔磊出任社长，主编一职则由傅芸子接任。社址也一度迁往法租界大陆大楼201号。

目前人们见到的最后一期《南金》即是刊载这则特别启事的第10期，也就是说，姚灵犀南归后，《南金》停刊了3个月，一直到8月才继续出版。但这是姚灵犀离职后，《南金》出刊的第一期，也可能是最后一期。至于这家高品位的杂志为何仅存在一年有余，至今仍然是个谜。

20世纪40年代末，姚灵犀到北京定居，1963年病逝，享年65岁。由于历史原因，中华人民共和国成立后相当长时间内，姚灵犀的名字几乎被人们遗忘，对其评价也是贬多褒少。如今，姚灵犀在文化史上的贡献已逐渐为人们所认识，沽上著名昆曲名家陈宗枢有诗曰："绮语逋难了，惊才早脱羁。世惟羞故步，君独阐其微。沽水残鸥在，扬州旧梦非。寄声托红豆，意共麝尘飞。"对姚灵犀在学术上摆脱束缚、"独阐其微"的开拓精神大加赞许。

(原载《天津老年时报》2009年12月4日)

# 姚灵犀论刘云若

张元卿

中华人民共和国成立前对刘云若的评价也有言过其实的,比如姚灵犀对他的评价。姚灵犀曾为刘的小说《娼嫚英雄》和《小扬州志》作过序。姚对刘的评价在这两篇序文中有集中展示,不妨一一看来。《娼嫚英雄》序中有言:

> 旷观海内小说作家,所最可钦佩者,莫若吾友刘君云若。称为小说圣手,良非谀词,以云若之手笔,成一巨制,应与兰陵笑笑生、曹雪芹相颉颃,余子不足齿数。

刘云若在20世纪40年代有很好的名声,大家对其褒奖有加,也在情理中。当时《一四七画报》曾刊一读者来信,该读者在信中声明"刘云若可以比美蒲松龄"。姚氏把他比之笑笑生、曹雪芹,读者又拿他比附蒲松龄,这充分说明时人对他的态度。刘被称作"小说圣手",确非谀词,他在民国通俗小说家中的地位也颇显著,但比之如曹、蒲,则言过其实。比附曹、蒲同把他称为"天津张恨水",一样地脱离实际。"天津张恨水"这种评价始于何人已不可考,它点明了刘与张的共性，却置刘的个性于不顾。这种置其个性于不顾的做法，只能导致评价的空泛、简单。姚将刘比之于笑笑生、曹雪芹，说明姚已在为刘氏寻找座次，可惜的是他找到的座位不适合刘氏。但他的评法可引今人去思索，给今人客观排定刘氏的座次提供参考。

姚氏虽无识见把刘的座次排好，但他对于刘的小说也还理解。在这篇序言中，他指出该小说"篇中之事，奇想秾情，不可捉摸，又俱在人情世态之中"，"洵为人情宝鉴，具警世婆心"。这种说法应该说是很中肯妥帖的。姚氏对刘的整体评价不当，但对其个别小说的评论又很精彩，比如在《小扬州志》序中对该小说的评价便有独到处。该序曾云：

> 鼎革以后，小说勃兴，奇而又奇，幻中出幻。余于古之作家如施耐庵、曹雪芹、刘铁云所最钦服者，不可得见，然于今之执笔肆为小说家言者，获交二人，未非幸事也。弱冠时侨居扬州凡十五年，扬州之为小说者首推李涵秋氏。时余方肄业中学，李执教鞭于师范，因任仲敏之介而谒之，半师半友，偶往请益。嗣与其弟结识，遂许为忘年交。李初以《广陵潮》享盛名，即以撰小说为业，同时应上海十数报馆之约，日课数万言，其弟任抄胥，手腕几脱。余偶一效劳，彼口述不辍，余亦手不停挥。民国十六年移家天津，得识刘君云若，忆为王小隐或冯武越所介。君方从事报馆，偶以小说鸣，出手便工，见者叹服。《春风回梦记》刊行，益脍炙人口。盛名所届，京津各报争相罗致，以刊有所著为荣，君即以小说为业。今已执小说坛坫之牛耳，与往日南中李涵秋相伯仲，齐桓晋文，先后称霸。《小扬州志》即君得意著作之一，亦精心结撰之品也。以余视之，且胜于《广陵潮》。两书所长皆显著地方色彩，《广陵潮》描摹广陵人物历历

可指,穷形尽相各具一影,如罗两峰画鬼趣图,非广陵人阅之不知其妙而肖……《小扬州志》所记为天津旧事,其中人物虽不能一一呼之使出,然刻画之工,街头巷尾纷纷滔滔比比者皆是,不必一人呈一影也,如禹鼎象物,使人不逢不若,原属本地风光,却为全中国社会缩景。故《广陵潮》仅足供人把玩,《小扬州志》实资人鉴戒者也……余得于少年游冶,在江南之扬州,得识名小说家李氏涵秋,中年豪放,在冀北之扬州,缔交名小说家刘君云若,二人皆伤心人别有怀抱,有托于小说而遁者……再以《小扬州志》与他著相较,与《广陵潮》相较,更与古人之一切小说相较,始识《小扬州志》实胜人一筹。盖《小扬州志》不独揽社会小说之胜场,更可称官情小说之绝作,论组织有似水浒,论冶宕则似金瓶,论旖旎绝似红楼,兼名家之所长,一炉而熔冶之,成此巨制。

今之论者提及刘云若,都称誉其《春风回梦记》《红杏出墙记》《粉墨筝琶》,而论及《小扬州志》,予以恰当评价者则鲜矣。其实《小扬州志》之价值远在这几部小说之上。姚对《小扬州志》的评价非常精当。刘氏谈及《广陵潮》时,曾言他进入社会后,滔滔皆《广陵潮》中人物。而姚氏谈及《小扬州志》,则云"街头巷尾纷纷滔滔比比皆是"《小扬州志》中人物。这足见《广陵潮》与《小扬州志》的影响。姚氏指出这一点,正是给《小扬州志》一个恰当的历史地位。细究《小扬州志》,虽不能与《红楼梦》《金瓶梅》《水浒传》比肩,但放之于古今小说长河中,自有其独特风采。只要读过该小说第一回前一千字,便可知此小说不类他篇。《小扬州志》足以颉颃《广陵潮》,而代表民国通俗小说的一流水平。

姚氏不仅从"组织""冶宕""旖旎"三方面肯定《小扬州志》,并指出了该小说的深意——"原属本地风光,却为全中国社会缩景",可以说道出了刘氏为文的"别有怀抱"。而后世论者常谈不出这种"怀抱",这种"深意"。这也是为什么《小扬州志》一直没被重视的一个原因。

姚氏在此将刘与李涵秋相比,远比他硬把刘与曹雪芹、笑笑生放在一处要明智。可惜这位不乏明见的批评家,在脱离个别小说的评论而上升到对作家进行评价时,往往因吃不准而脱离实际。

(本文为张元卿《并世友朋的相知》之一节,收入本书时改今名。原载《民国北派通俗小说论丛》,山西古籍出版社2001年版)

# 姚灵犀著述小考

宛 钺

姚灵犀(1899—1963),本名姚君素,字衮雪,号灵犀,以号行世,江苏丹徒人。擅诗古文辞,民国时期成名于天津文艺界,为梦碧词社成员,著述繁多,是少见的和有趣的民俗学家和文化学者,其研究领域丰富多彩,多以性学为主。1927年8月在天津创办《南金》杂志。20世纪30年代,姚君素在天津娱乐小报《天风报》副刊"黑旋风"上,主编了一个专栏——"采菲录",名字取自《诗经·邶风·谷风》"采葑采菲,无以下体",专门刊载与缠足有关的文字。1934年至1941年,他将专栏所载文章和陆续搜集到的新资料编次成帙,汇成一部名为《采菲录》的系列民俗学巨著。1944年,天津尚处在沦陷时期,伪教育局局长何庆元出面,在法院状告姚灵犀编印诲淫书籍。法院当即立案审理,经姚多方奔走请托,此案拖延年余,至1945年日本投降,于是不了了之。姚灵犀除此案之外,应还有入狱之实,但相关资料甚少,因此不得其详。姚灵犀晚年未得儿媳善待,1963年在北京郁郁而终。

《采菲录》初问世,即招来非议无数,姚灵犀在《续编自序》里阐明本意云:"夫缠足之恶俗,不独为妇女一身之害也,其影响于民族健康也亦至巨。然其历史悠远,久经劝禁而未绝者,必有强固之理存乎其间。吾人欲屏斥一事一物,必须穷源竟委以识其真象,而后始能判其是非。如劝人戒毒,非徒托空言者,亦须先知鸦片之来源及其为害之烈,而后能毅然戒除。故欲革除缠足之风,先宜知其史实,予之搜集资料勒为专书,即此意也。"随后,他对指责《采菲录》提倡缠足的论调予以辩驳:"以'采菲'名此编者,亦以缠足为妇女下体之瑕疵,而劝人勿以一瑕而掩全美,君取节焉可也之义。若以缠足为可取,盍不以'金莲'名吾书耶?"虽有如此表白,但这部"纯为研究风俗史者作参考之资"的著作,仍然未能逃脱污名化处理,自诞生以来就担了无数恶名。而与此同时,《采菲录》也确立了其在性学领域的先行者地位,为后世遗存了丰富而宝贵的文献资料。

下面,笔者仅就所知,对姚灵犀的著述进行简单梳理,敬请方家指正。

## 一、《采菲录》

《采菲录》,副题"中国妇女缠足史料",共六册。初编、续编由天津时代公司1936年1月、2月印行,三编、四集由天津书局1936年12月、1938年2月印行,新编、精华录则于1941年问世。《采菲录》搜集缠足史料、品莲文学、禁缠放足运动资料、政府法令、宣传文章、时人心得等内容,并附有大量照片和插图,是迄今为止整理汇编缠足史料最为丰富的著作。当时,南京国民政府虽然已经出台禁止缠足的法令,但社会上对于缠足、禁缠足仍有相当争议:昔日以缠足为文明,今日以缠足为丑恶,如此天翻地覆,且放足一事关涉亿万妇女切身利益,社会舆论交锋的激烈程度可想而知。姚灵犀敢于提倡讨论,收罗资料,更有勇气将其编印成书,留存历史,在惯于道德杀伐的中国,是需要有相当见识与胆识的。1998年,上海书店出版社"民国史料笔记丛刊"收录有《采菲录》节本,对原书进行了大量删减,除却编者新补的"附编",实际内容不到100页,只是原书极少的一部分。

《采菲录初编》,姚灵犀编,天津时代公司,1934年1月初版,1936年1月再版,364页。

《采菲录续编》,姚灵犀编,天津时代公司,1936年初版,343页。

《采菲录第三编》,姚灵犀编,天津书局,1936年12月初版,350页。

《采菲录第四集》,姚灵犀编,天津书局,1938年12月初版,366页。

《采菲新编》,姚灵犀编,天津书局,1941年1月初版。

《采菲精华录》,姚灵犀编,天津书局,1941年11月初版,上卷368页,下卷不详。

《采菲录》,姚灵犀编,民国史料笔记丛刊,上海书店,1998年3月初版,115页。

## 二、小说

《瑶光秘记》,民国出版于天津。全书分上下两记:上记70页,言志昙事;下记180页,言玉清事。志昙与玉清,以佛寺为宴客之所,以禅房为苟合之处,虽不公然卖淫,但亦相差无几,实尼而妓者也。两记所述,难逃旧时老调,即(一)游庵,(二)遇艳,(三)偷情,(四)狂欢,(五)惨死(或成婚)。云昙归绮园主人为外室,成婚者也。玉清则因堕胎流血过多而亡,惨死者也。狂欢之时,或谈笑,或饮酒,或吟诗,或观画,全不顾将来之结局,而结局终无佳者。

《思无邪小记》,又名《艳海》,或又易名《髓芳髓》,曾于天津《天风报》《风月画报》中略见一斑。姚灵犀耗费十五年时间收集种种"獭祭之书籍","古今小品,涉及香艳者,上起经史,下逮说部,选取录若干则,或加笺注",集结成书。其记录有关性文化的资料一时罕有其匹,是难得的研究中国古典性文学、性风俗的专著。

《灵犀秘抄》,此书存疑。书为民国抄本,述艳遇事,计九篇。从行文上看颇似姚灵犀手笔。

《瑶光秘记》,姚灵犀著,天津书局,1938年10月出版。

《思无邪小记》,姚灵犀编撰,天津书局,1941年5月初版,203页。又有日本采华书林印本,1974年2月,203页。

《灵犀秘抄》,疑姚灵犀编撰,民国抄本,86页。

## 三、其他

《瓶外卮言》是颇有影响的《金瓶梅》研究参考资料。在黄霖主编的《金瓶梅大辞典》(巴蜀书社1991年10月版)里,有关此书的两个条目,一称此书中的《金瓶集谚》,搜集原著中的谚语数千则,对研究作品反映的明代社会和中国文化史均有价值;一称此书中的《金瓶小札》,是考证中的力作,常为今人所参阅。在宁宗一审定、陶慕宁校注的《金瓶梅词话》(人民文学出版社2000年10月出版,"世界文学名著文库"本)"前言"里,将《瓶外卮言》列为第一种主要参考书。在周钧韬编的《金瓶梅资料续编(1919—1949)》中,以166面、约占全书2/5的篇幅摘录了《瓶外卮言》中的资料。台湾学者魏子云在其《金瓶梅词话与金瓶梅词话注释(增订本)》(台湾增你智文化事业有限公司1981年版)中附有《瓶外卮言》,大陆中州古籍出版社1988年也出版了该书,但内容有删减。

《未刻珍品丛传》收录姚灵犀藏稿本《闺艳秦声》《塔西随记》《麝尘集》。三书均是首次刊行。《闺艳秦声》得于天津,著者署名古高阳西山樵子,歌房帏燕昵之曲。《塔西随记》著者署名萍迹子,述曲巷狎邪之事。《麝尘集》得来最奇:姚灵犀偶过扬州惜字库,见《盐法志》一册将被投入火中处理,急忙拦下带回,不料竟在书中翻出9页诗稿,记姬侍怨诽之语,应是怨妾遗诗,幸存于世,遂命名为《麝尘集》。

此外,在柯基生(台湾外科医生、金莲文物收藏者)的藏品中,还有姚灵犀先生的自传手稿,以及其出狱后所撰的感想式墨书真迹等。

《瓶外卮言》,姚灵犀编撰,天津书局,1940年版。
《未刻珍品丛传》,姚灵犀编,天津,1936年初版。
《初恋情书一束》,姚灵犀编撰,香港励力出版社出版。
《南金》杂志(共九期),姚灵犀编,天津,1927年8月创刊。

《采菲录》初编封面

《采菲录》续编封面

《采菲录》第三编封面

《采菲新编》封面

《采菲录》第四集封面

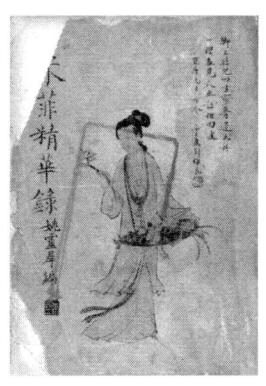
《采菲精华录》封面

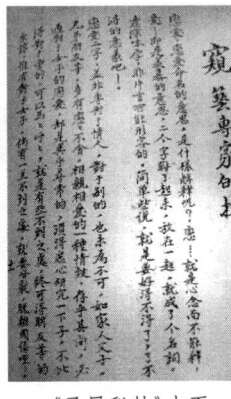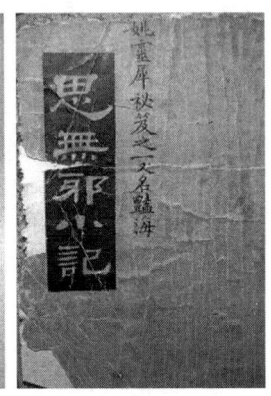

《瑶光秘记》封面　　《灵犀秘抄》内页　　《思无邪小记》封面

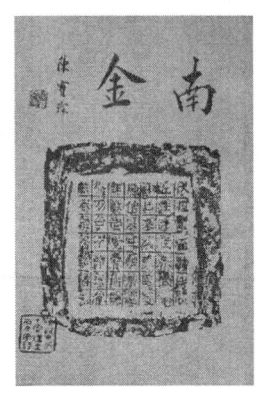

《瓶外卮言》封面　　《未刻珍品丛传》封面　　《南金》封面

# 姚灵犀年表初稿

张元卿

**1899年(清光绪二十五年 己亥) 1岁**

12月31日,出生于江苏丹徒。字君素,号衮雪,笔名灵犀。其父名姚箴,母名卞望德。姚箴为国民共进会会员。见蔡登山《姚灵犀的〈金瓶梅〉研究》。

**1902年(清光绪二十八年 壬寅) 4岁**

"三四岁时,家迁到扬州,并人私塾,受业于一位老秀才。"见蔡登山《姚灵犀的〈金瓶梅〉研究》。

按,据姚灵犀《〈小扬州志〉序》称,在扬州中学肄业后,因任仲敏之介,认识李涵秋,"半师半友"。蔡文所说的"老秀才"应即李涵秋。

**1916年(民国五年 丙辰) 18岁**

是年,有粤桂之行,详见姚氏《思无邪小记》。

### 1917 年(民国六年 丁巳) 19 岁

由扬州迁居天津,并娶妻查凤琳。见蔡登山《姚灵犀的〈金瓶梅〉研究》。

胡文彬《姚灵犀与〈红楼梦〉——姚灵犀生平叙录》(载胡文彬《魂牵梦萦红楼情》,中国书店 2000 年版)亦称其妻为查凤琳。

按,姚灵犀《〈小扬州志〉序》称"弱冠时侨居扬州凡十五年",因此,可知其迁居扬州是在 1902 年。

### 1920 年(民国九年 庚申) 22 岁

11 月 28 日,《西北实业报》(第 409 号)"杂俎"曾刊出姚君素《代启:断肠诗征题》,详见忒莫勒《〈西北实业报〉初探》(载《内蒙古史志》2006 年第 2 期)。

按,当时姚氏在绥远游幕,前后五年,后冯玉祥军进绥远,不合而去。另据其《〈采菲精华录〉编者附言》称,那时他已开始注意妇女缠足的问题,并自言"下走曩筮仕绥垣,亲往乡村,加以劝导"。

### 1922 年(民国十一年 壬戌) 24 岁

是年,去东北谋生。年头女儿姚彤光出生,年尾儿子姚齐出生。

### 1924 年(民国十三年 甲子) 26 岁

是年,杨鹿鸣《兰言四种》出版,书前有姚灵犀题咏。

### 1925 年(民国十四年 乙丑) 27 岁

秋,在南京杨宇霆督办府任幕僚时,与好友胡叔磊、毕素波等创吟秋词社。

10月15日,《鄙人字君素而潇湘馆有妓字素君邂逅之次友人诧为奇遇爰成四绝志之亦章台一段佳话也》刊于《顺天时报》,署名"丹徒姚君素"。

12月16日《金缕曲·观程郎砚秋演文姬归汉》刊于《顺天时报》,署名"丹徒姚君素"。

是年,乔寓北京,因沈宗畸之介,认识侯疑始,遂向其主编的《瀚海》投稿,初为诗词笔记,后作《思无邪小记》。

### 1926年(民国十五年 丙寅) 28岁

2月3日,《换巢鸾凤·二十七岁感怀》刊于《顺天时报》,署名"姚君素"。

2月7日,《潇湘逢故人慢题》刊于《顺天时报》,署名"姚君素"。

是年,任直隶省署秘书。

是年,在沈宗畸处认识傅芸子。《南汉芳华苑铁花盆记》,刊于《北京画报》第一卷第四期。《思无邪小记》刊于《北京画报》第一卷第五期,时姚氏为该画报编辑。

### 1927年(民国十六年 丁卯) 29岁

4月10日,《思无邪小记(续)》开始在《北京画报》连载,从第一卷第六期连载至第二卷第二期。

初夏,与傅芸子、胡叔磊、毕素波等五人成立南金社。

8月,《南金》杂志创刊,姚灵犀担任社长兼主编,编辑有胡叔磊、毕素波、傅惜华等。总社在天津意奥交界32号(即今河北区胜利路),北京设分社,社长由傅芸子担任。

8月10日,《南金社缘起》《双头莲·本意》《浣溪沙·自题造像集定庵句》《查士标画山水题识》《衮雪谈》(署名"素")刊于《南金》第1期。《瑶光秘记》开始在《南金》第1期连载,至1928年第9期结束。

9月10日,《眉黛》,刊于《南金》第2期,署名"素心人"。

11月1日,《蝶恋花》刊于《坦途》(半月刊)第1期。

11月10日,《鉴戒实录》连载刊于《南金》第四期,第5期结束。

11月16日,《金缕曲》刊于《坦途》(半月刊)第2期。

12月1日,《金菊对芙蓉》刊于《坦途》第3期。

12月10日,《浣溪沙·题素君像并纪冬月朔夕间事》《衮雪谈》(署名"素心人")刊于《南金》第5期。

12月15日,《非花记》开始在《北京画报》第2卷第2期连载。

12月16日,《金缕曲(余曩游幕南凡五载)》刊于《坦途》第4期。

是年,移家天津,见姚灵犀《〈小扬州志〉序》记载。

**1928年(民国十七年 戊辰) 30岁**

1月1日,《宝鼎现·题南汉宝鼎拓本》刊于《坦途》第5期。

1月16日,《谢赠宝刀笺(代作)》刊于《坦途》第6期。

2月1日,《百字令·过废寺有感》刊于《坦途》第7期。

3月1日,《湖月·题王孝子归舟遭厄图》刊于《坦途》第8期。

3月16日,《一萼红·自题衮雪斋填词图》刊于《坦途》第9期。

3月30日,《瀛妆四咏》(吴跋其作,绮楼戏笺)、《冬心画跋三则》("素心人")刊于《南金》第8期。

4月30日,《歌台韵语》,刊于《南金》第九期,署名"素心人"。

4月16日,《论交》刊于《坦途》第11期。

8月31日,南归,胡叔磊为南金社津社社长,傅芸子为平社社长兼总编。

### 1931年(民国二十年 辛未) 33岁
5月,在天津《天风报》副刊开办"采菲录"专栏。

5月21日,《如此天津》刊于《北京画报》。

6月18日,《落红轻举护花幡》刊于《北京画报》。

按,据周利成《"保存北平固有文明"的〈北京画报〉》(刊于2010年5月27日《中国档案报》)称,姚灵犀还在该报发表过《王侯故第女胶庠》《天津桥上行方便》《征婚之谜》等文章。

### 1932年(民国二十一年 壬申) 34岁
3月2日,《二根异名录》刊于《天风报》。

3月8日,《采菲录补》开始在《天风报》连载。

3月24日,《踏莎行·嘲疑云》刊于《天风报》

11月29日,《高阳台·咏子宫保温器》刊于《天风报》。

12月1日,《金盏倒垂莲·咏女溺器具》刊于《天风报》。

12月2日,《咏合欢带》刊于《天风报》。

12月4日,《〈采菲录〉辑馀之商榷》刊于《天风报》。

12月10日,《春册滥觞录》刊于《天风报》。

12月16日,《祝英台近·咏生殖自疗器》刊于《天风报》。

12月18日,《浣溪沙·咏橡皮美人》刊于《天风报》。

### 1933年(民国二十二年 癸酉) 35岁
1月,为《风月画报》题词:风流薮,月旦评。见《风月画报》第1

卷第 8 期。

2 月 3 日,《采菲录自序》刊于《天风报》。

2 月 5 日,《房中事物古今注》刊于《风月画报》。

2 月 4 日,凫公(潘伯鹰)在《天风报》发表《采菲录序》。

2 月 20 日,《天风从此添身价》刊于《天风报》。

7 月 16 日,《阳春先泄》刊于《风月画报》。

7 月 30 日,《谈妇女坐浴之卫生》刊于《风月画报》。

8 月 8 日,《〈北洋画报〉"妄谈"作者老宣与瑞德惠女士结婚填词调之》刊于《天风报》。

8 月 13 日,《莺声燕语两难分》刊于《天风报》。

9 月 1 日,《珍海:满江红·戏咏妇子露腿》《谐词》刊于《天津半月刊》第 1 期。

9 月 15 日,《珍海:七夕新辞》《饮水谭》(署名"素")刊于《天津半月刊》第 2 期。

10 月 1 日,老宣《对于〈采菲录〉的我见》连载于《天津半月刊》第 3 期,第 4 期连载结束。

10 月 15 日,《珍海:望江南》刊于《天津半月刊》第 4 期。

11 月 1 日,《珍海:花瓶四咏》刊于《天津半月刊》第 5 期。

11 月 15 日,《珍海:国际棋赛华人连胜感作》(事见《申报》)刊于《天津半月刊》第 6 期。

**1934 年(民国二十三年 甲戌) 36 岁**

1 月 1 日,《诫戌》刊于《天津半月刊》第 2 卷第 1 期。

3 月 1 日,《驻杨杂述》刊于《天津半月刊》第 2 卷第 5 期。

4 月 12 日,《蓦山溪·赠马祥麟即呈子通先生教正》刊于《北洋画报》第 1074 期:"群空冀北,伯乐寻都遍。叱拨儗桃花,锦毯上,伊人婉娈。凤鬟雾鬞,石窟产麒麟。莺娇啭,珠成串,肯许名姬换。盐车局促,栈豆非吾恋。何日得飞黄,趁年少,挥鞭逐电。时兮不利,且往听清歌。珍珠钏,芙蓉面,暂把闲愁遣。"

4 月 15 日,《采菲录》由天津书局出版。

按,关于第一版《采菲录》及后来几种"续编"的情况,高彦颐在其《缠足——"金莲崇拜"盛极而衰的演变》(高彦颐著,苗延威译,江苏人民出版社 2009 版,第 88 页)中有较详细的记载:"《采菲录(初编)》(1934)定价国币一元五角,大约是一般书价的十倍;虽然价格不菲,却相当畅销,并于 1936 年元月再版(再印)。而且,《初编》再版后一个月,《采菲录续编》(1936)即已出版,定价一元五角;接着出版的还有《采菲录第三编》(1936),定价一元二角;《采菲录第四集》(1938),定价一元五角;《采菲新编》(1941),定价三元八角;以及《采菲精华录》(1941),定价三元五角。"陈存仁称那时姚氏住在"天津英租界孟买道(今潼关道)义庆里五十八号,专心编写这几部书,而且是自费付印的,最后一部是在民国三十一年(1942)出版的。价格极昂,但销路极广,看来赚了不少钱,也可以看出当时北方人喜爱缠脚妇女的癖好,还是很广泛的。"(转自陈存仁《被阉割的文明:闲话中国古代缠足与宫刑》,广西师范大学出版社 2008 版)

5 月 20 日,《风月辞笺》刊于《风月画报》。

8 月 8 日,《青楼称谓录》刊于《风月画报》。

8 月 21 日,《天风报》刊登李寿民致姚灵犀短信,称何丹初先生请其代转许指严所撰《雍和宫观阇佛记》。

8 月 26 日,《天风报》刊登李寿民致姚灵犀短信,告知将刊登《圆肤绮语》一事。

12月6、7、8、10、16、17、18、22、23、24日,《花可可庵随笔》在《天风报》连载。

12月13日,《绘图志异》刊于《天风报》发表。

是年,为《风月画报》题词:"大千风月一毫端"。(见《风月画报》第3卷第2期。)

**1935年(民国二十四年 乙亥) 37岁**

7月7日,《花下闲谭》刊于《风月画报》。

11月,作《〈未刻珍品丛传〉弁言》。

12月22日,《瑶光秘记》在《风月画报》连载。

**1936年(民国二十五年 丙子) 38岁**

1月,《采菲录》由天津时代公司出版。

2月,《采菲录续编》由天津时代公司出版。

4月1日,《采菲资料》开始在《天风报》连载。

10月,《一萼红·题赵亦新撰〈画带青丝〉小说》刊于《风月画报》。

11月16日,作《〈采菲录第三编〉弁言》

12月,《采菲录第三编》由天津书局出版。

是年,还校印了《未刻珍品丛传》,收录姚灵犀藏稿本《闺艳秦声》《塔西随记》《麝尘集》。

**1937年(民国二十六年 丁丑) 39岁**

1月9日,《采菲资料》在《天风报》连载结束。

### 1938年(民国二十七年　戊寅)　40岁

2月,《采菲录第四集》由天津书局出版。

5月15日,《金红胜语》开始在天津《银线画报》连载。

10月,《瑶光秘记》由天津书局出版。

### 1939年(民国二十八年　己卯)　41岁

5月17日,《蝶恋花·题画仕女》刊于《新天津画报》:"午浴兰香因倦绣,玉体横陈,鬓薄金钗溜。罗袜一钩春暗逗,较量新月还纤瘦。半晌誊腾调戏久,小小莲枒(吴梅村词,红林□近,春思云,黛眉新月偃,罗袜小莲枒,叶作平声,余亦借用),擎上檀奴手。为掩羞红佯困酒,画中人亦难禁受。"词前有小序:"此图梦庐所藏,长约六寸,宽四寸许,绢本,无款识,勾勒生动,色泽雅洁,仕女图之佳品也。一美妇横卧于床,粉面晕霞,眉端含有春意,弓鞋绣袜,春尖瘦削,闭目凝思,拈巾欲堕,肢懈情慵,想是浴余憩息时也。因题小词,寄示邹英,并乞阅者赐和。"词后有补序:"拙作甚冀阅者赐和,不拘诗词,请用小笺书之,即与原图同付装池,故将图中情景,详记于前云。"

按,同期刊有于莲缔、绮楼、莲庵的和作。

### 1940年(民国二十九年　庚辰)　42岁

6月9日,作《和文信国庚辰五月初二生朝诗》:五更谶梦迹成空,丞相芳流七百春。作正气歌能有几,为真男子又何人。崖山壮志同遗恨,梅岭忠魂属后身。生不逢辰关运数,强胡天假转疑真。

8月,《瓶外卮言》由天津书局出版。

9月,任《新天津画报》主编。

是年,《苍虬老人画展简介》刊于《新天津画报》第10卷第二十二期。

《赵松声先生所绘松谱敬题四绝》刊于《新天津画报》第 12 卷第 27 期:"松雪家传笔一枝,能书能画亦能诗。岁寒写出苍官貌,重见嵩山妖娇姿(先生诗书画俱工,独擅三绝)。""声似秋涛枕上听,毫端□匕入丹青。缭绫万轴传高节,百幅先成祝百龄(余家丹徒有听松阁)。""喜神旧谱问梅花,虬角龙鳞健笔拿。最是瓶笙烹雪候,笑看张璪拂烟霞(张璪画松双管齐下,聊公正与先生同居)。""花史莲经睥睨谈,劳君一檄绩吟龛。栋梁已识难为用,小字传呼辄自惭(余小字阿松,又近以高丽笺乞画)。"

《鹧鸪天》刊于《新天津画报》第 12 卷第 8 期:"几斗醇醪破□寒(是夕大风怒号,出门寒甚,入张公之精舍,读名画,鉴收藏,清谈之顷,斗室生春),双鱼贻我劝加餐(与病侠黛丝赌酒,张公佐以熬鱼,颇快朵颐)。留侯解事师黄石(张公少年游侠,及功成身隐,正似子房),词客多情爱碧山(此双关语,言余爱其盆石)。苔篆绿,似螺鬟,一拳奇秀耐人看。乞来手注天泉养,位置香难砚北间。"词前有小序:"张景山先生于仲冬朔日招饮,饷以鱼脍,因见其几席精雅,多蓄奇石,心焉好之,承赐一拳,縢以乾隆瓷盆,捧归惊喜,亟赋小词谢之。"

### 1941 年(民国三十年 辛巳) 43 岁

1 月,《采菲新编》由天津书局出版。

4 月 5 日,作《〈思无邪小记〉弁言》。

5 月,《思无邪小记》由天津书局出版。

6 月 30 日,为赵亦新《苦乡绮梦录》作序。姚灵犀曾为此书润色文词。

7月,作《〈采菲精华录〉弁言》。

9月27日,《立言画刊》第157期所刊韩世琦《咏韩君青四剧》,录有姚灵犀为韩君青四剧所作绝句。韩全文如下:

> 今岁炎夏之时,去京逗留两月有余,君青曲家每日于授课余暇,必欢聚于绍圃尊府之余生斋中,或话前尘影事,或谈梨园隽闻,每至深夜始散。每当其爱徒冰心、雪彦两名坤伶,暨戏校毕业高材生李金鸿等公演佳剧时,恒约余往观,玉华之《赛韩娥》"梳装"一幕与玉薇之小春香,经乃师亲炙后,演来已窥堂奥;金鸿之《水斗断桥》,除眼神须再稍加研究外,其他可无一不佳,君青得有传人矣。君青之老友徐佛生、张慕良二君亦推许备至,最近孟小冬将挽玉薇合作,皆君青之力也。将来伊三位爱徒,前途实不可限量,堪称师不负徒矣。近得吾津玉澜词社、冷枫诗社社长,文学家姚灵犀学兄,咏赠君青四剧大作,乃借花献佛,以寄君青,灵犀兄为当代诗词名家,著作风行海内,对君青艺事品德,凤最赞许,盖两君神交已久耳。录姚大作于后:

1.《思凡》

含宫嚼羽拟冬郎,往日余音尚绕梁。不向盂兰亲说法,缘何夺婿演瑶光。

2.《借扇》

时事伤心劫后灰,顿忘幻景在歌台。若教赤炎能魔尽,蕉叶何妨借一回。

3.《刺虎》

朱明往事善传神,妙舞清歌自出尘。听到红牙方趁拍,锦靴疑见费宫人。

4.《惊梦》

鸳鸯好梦莫惊残,国色原能斗牡丹。玉茗自怜同落拓,不图菊部竞瞻韩。

11月,《采菲精华录》由天津书局出版。

是年夏,刘维良为姚灵犀画仕女图,并题写了秦观《浣溪沙》词上半阕:"脚上鞋儿四寸罗,唇边朱粉一樱多。见人无语但回波。"此画后印制在了当年出版的《采菲精华录》封面上。

是年,为刘云若小说《小扬州志》作序。自本年开始至1943年,任天津思勤油厂董事会秘书。

## 1942年(民国三十一年 壬午) 44岁

是年重九,为刘云若小说《姹嫇英雄》作序。

## 1943年(民国三十二年 癸未) 45岁

是年,参加天津梦碧词社。

是年,《谢学瑜女画师之简介》刊于《三六九画报》第22卷第17期。

## 1944年(民国三十三年 甲申) 46岁

是年,《绮楼随笔》刊于北京《新光》杂志第7卷第1期。

是年,伪教育局局长何庆元向法院状告姚灵犀编印诲淫书籍,法院立案审理,经姚多方奔走请托,此案迁延年余,至1945年日本投降,不了了之。

**1945 年(民国三十四年 乙酉) 47 岁**
是年,任敌伪产业处理局文书科科长。

**1946 年(民国三十五年 丙戌) 48 岁**
6 月 7 日,作《传砚图记》。
12 月 30 日,《谈甘露寺》刊于《宁波日报》。

**1947 年(民国三十六年 丁亥) 49 岁**
2 月 8 日,《灵犀漫笔》刊于《星期六画报》。
6 月 14 日,在张轮远寓所观石,后作《水龙吟》词纪事。
秋,在天津蓬莱春饭庄参加城南诗社纪念李琴湘的雅集,参加者有孙学曾、刘赓尧、刘云若、寇梦碧、张一桐、李国瑜等。
10 月 12 日,《闺艳秦声·艳阳天》刊于《纪事报》,吴一舸配图。
是年,《寒窗客话》在北平《南北》杂志连载。

**1948 年(民国三十七年 戊子) 50 岁**
是年,在北平《南北》连载"香艳小说"《絮影花光录》。

**1949 年(民国三十八年 己丑) 51 岁**
10 月 19 日,陈邦直得姚灵犀和词。

**1950 年(庚寅) 52 岁**
是年春,在天津黄家花园与寇梦碧、杨轶伦、李石孙等人雅聚。

**1951年(辛卯)至1961年(辛丑) 53岁—63岁**

在北京居住。

**1962年(壬寅) 64岁**

是年,曾致信寇梦碧、陈宗枢,致陈宗枢函中附红豆二颗,《减兰》二首。

**1963年(癸卯) 65岁**

夏,参加稊园后社夏课,作《稊园后社夏历六月廿四日醵饮写呈丛碧社长张夫人潘素所写曹雪芹黄叶村著书图》《浣溪沙·又题曹雪芹黄叶村著书图》《红豆寄意》《红豆》。

是年,陈宗枢误信姚氏已卒,作诗悼之,诗曰:"绮语逋难了,惊才早脱鞿。世惟羞故步,君独阐其微。沽水残鸥在,扬州旧梦非。寄声托红豆,意共麝尘飞。"

按,陈宗枢诗中所言之"红豆",当指姚氏夏间所作《红豆》诗四首:"玲珑骰子赌秋窗,刻骨相思志未降。输予卿卿金约指,嵌将红豆要双双。""击碎珊瑚见几枝,缀成吊朵飐青丝。看伊纤指扶难定,正是盈盈匿笑时。""何物么红却擅名,应多采撷慰平生。由来南国多情种,疑是相思泪结成。""相思抛却结同心,竹下频伽并命禽。红豆打人知有意,收藏自笑到如今。"

**1964年(甲辰) 66岁**

是年秋,为张牧石作《浣溪沙·奉题梦边填词图》:"小篆蟠红印海苔,喜君黄绢有新裁。柳风残月倦眸开。郭璞一枝传彩笔,张先三影属清才。华胥国里乍归来。"

按,此词录自网络图片(见左图),系姚灵犀所作草稿。当时张伯驹、寇梦碧等都曾为《梦边填词图》题词。

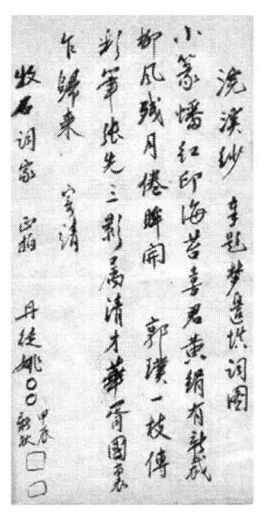

姚灵犀词稿

### 1965年(乙巳) 67岁

元旦,作《六六初度》:"朱颜易改笑华颠,枉说诗才老渐圆。初度斟兼元日酒,前生识遍大罗仙。萧斋饱赏青松雪,检府虚传绿水莲。差喜儿孙有余庆,桑榆难得太平年。"见蔡登山《姚灵犀的〈金瓶梅〉研究》。

按,姚氏卒年待考。

# 下编 《南金》研究

兰翠娟 撰

# 引 言

作为通俗文学作品的重要传播载体,通俗文学期刊不仅具有刊载作品内容丰富、类型多样的特点,它还直观地体现了当时的社会文艺思潮。民国通俗文学期刊是中国通俗文学史上的重要存在,研究民国通俗文学,不可能将通俗文学期刊排除在外。

以北京、天津为中心的通俗文学期刊被称为北派通俗期刊,与以上海为中心的南派通俗期刊并立。北派通俗期刊出现时间晚,发展速度慢,在数量和质量上与南派相差甚远。不过,北派通俗期刊的发展有着自己的特色。北派通俗期刊是当时北方作家创作情况的真实反映,也是当时社会文化环境的客观体现。因此,北派通俗期刊的研究就显得尤为必要。

1927年创刊于天津的《南金》杂志是一份内容丰富、品质精良的通俗文学刊物。被誉为"北方唯一最美之文艺月刊"的《南金》,是20世纪二三十年代北派通俗期刊中不可多得的文艺精品。作为民国北派通俗期刊萧条期诞生的通俗文学刊物,《南金》杂志极具代表性。

本文通过对《南金》杂志的生发时代、办刊历程、传播因素、内容特色、停刊原因等方面进行论述,分析《南金》的个性与特色,并对该杂志在北派通俗期刊史上的地位做出合理界定。本文拟从四章展开论述:

第一章,昙花一现的《南金》。文化产品的产生与其所处的社会文化环境密切相关。《南金》杂志的创刊、发展与夭亡与它的生长土壤、文化氛围和传媒环境都密切相关。该部分通过对杂志的产生背景和办刊历程等方面进行论述,分析其办刊初衷,并对杂志概况进行简要介绍。

第二章,《南金》的传播要素。编辑团队、创作群体和读者群体是刊物重要的传播要素。以士大夫群体为编创队伍和读者群体的《南金》杂志反映了20世纪二三十年代北方地区乃至全国范围内士大夫群体的创作空间和思想倾向。该部分对《南金》杂志的传播要素进行论述,分析杂志的编辑理念和办刊方针。

第三章,《南金》的内容特色。《南金》杂志是一本以旧文学为主要内容的文学期刊,其内容主要包括诗词、笔记、小说、剧评等。这些内容不仅反映了当时旧式文人群体的创作倾向,也是对当时社会环境的侧面展现。该部分主要是对《南金》杂志的内容进行分类梳理,并逐项进行简要分析。通过对其文字和插图的研究,来展现《南金》杂志的文艺特质。

第四章,《南金》的停刊与北派其他通俗期刊。《南金》杂志仅仅出版一年就停刊了。在北派通俗期刊萧条期,受小报风行的影响,通俗文学期刊的停刊实属必然。然而,作为"名流办给名流看的杂志",《南金》与其他通俗文学期刊有所不同。该部分主要是根据前三章的内容探究《南金》停刊的原因,并通过《南金》与《一炉》的比较来分析萧条期北派通俗期刊的发展趋势。

# 绪 论

由于受历史因素的误导,被归于旧文学的民国通俗文学作品长期受新文学作家的批判与抨击。重视新文学,轻视旧文学的倾向在近现代文学研究中一直存在。被视为腐朽与垃圾的民国通俗文学作品几乎成为文学史中"被遗忘的角落"。近年来,作为20世纪中国文学重要组成部分的通俗文学作品越来越受重视,其本身所具有的广阔研究前景吸引着越来越多的研究者。同时,有着文学载体、媒介商品和斗争武器等多重身份的通俗文学期刊也被纳入研究者的视野。

民国通俗文学期刊分为南、北两派。南派以上海为中心,具有起步早、发展快、影响大等诸多特点。与南派相对应的是以北京、天津为中心的北派通俗期刊。与南派相比,北派起步晚、数量少,且散佚较多。尽管北派通俗期刊不如南派繁荣,但在特殊的历史环境下,它有着独特的发展轨迹。按照北派通俗文学研究者张元卿的思路,将北派通俗期刊的发展轨迹分为四个时期:从民初到1927年8

月,是北派通俗期刊的探索期,以《新民小说报》为代表;从1927年8月至1939年,是其萧条期,这个时期存在的刊物极少,《南金》是这个时期的代表刊物;从1939年到1945年,是北派通俗期刊的繁荣期,以《三六九画报》为代表;从1946年到1949年,是其衰退期,以《一四七画报》和《星期六画报》为代表。

20世纪二三十年代,在新文学期刊与各种小报及大报副刊的挤压下,北派通俗期刊的发展极为艰难,很多通俗文学期刊在这一时期停刊。作为该时期代表刊物的杂志《南金》,就显得极为珍贵。该杂志反映了北派通俗期刊萧条时期的刊物特色,同时也反映了当时旧式文人群体的创作空间及文化心态。

《南金》杂志不仅是一本以扬风扢雅为目的的文艺刊物,它还承载着以姚灵犀为代表的文人群体在混沌乱世中的精神梦想。同时,《南金》杂志也是他们在旧文学日趋没落的洪流中逆势而行的挣扎。

《南金》杂志是民国珍贵期刊,存世量少。北派通俗文学研究者张元卿曾对该杂志进行简要论述。本文力图在此基础上,对该杂志的编者、作者、内容、特色等方面进行详细论述,研究其办刊理念的同时分析该杂志停刊的原因,并对萧条期北派通俗期刊的发展趋势做简要论述。

# 第一章 昙花一现的《南金》

## 第一节 《南金》的产生背景

文化产品的产生与其所处的文化生态环境密切相关。受经济、政治、文化、社会等诸多因素的影响,不同的文化产品体现出不同的特色。《南金》作为20世纪二三十年代北方地区的通俗文学期刊,与当时京津地区的文化环境密不可分,其内容与特色也反映了当时北方地区的文化生态。

### 一、生长土壤

"十里渔盐新泽国,二分烟月小扬州。"清人张船山的《过津沽诗》是对早年天津水秀山清的写照。不过,从明朝永乐三年天津城始建开始,经过六百多年的城市化进程,20世纪初的天津已然具备了成为北方大都市的雄厚基础。作为北方地区最早开埠通商的港口城市之一,天津与外埠频繁的交流,极大地带动了经济的发展和商业的繁荣。开放的沿海城市在西方文明的影响下逐渐成为北方地区的经济中心。20世纪二三十年代的天津已经发展成为洋房林立、马路纵横的北方大都会,被誉为"蓟北繁华第一城"。

尽管20世纪初国内持续军阀混战,北方政局极不稳定,但作为租界地的天津并未受到波及,反而成为当时难得的平和之地。得天独厚的地理位置、和平稳定的社会环境、开放的文化氛围以及乱世中的发展机遇吸引了大量外来者。

二十世纪后特别是民国以后的天津成了外地无论是富贵者还是贫困者的理想聚集地,迁居人口大增。当时,乡村富户多寓平、津,咸视租界为乐土,纷纷迁入。一些南方的商人买办为了开发北方市场等原因也寓居天津……民国以后,军阀、官僚、政客和清朝遗老、遗少麇集天津者更是不胜枚举。1921年初北京遭兵乱,富家大族辄逃天津,总统府僚友亦有去者。那些一时离开政界的军阀官僚觉得,天津与北京相距不远,但官气较少,洋化亦不如上海,是退隐后理想的居住之地。①

巨大的人口异质性促进了各种异质文化的交融,得益于中西文化的碰撞、内陆文化的渗透及市民文化的融合,天津城市文化的发展独具特色。稳定的社会环境、繁荣的物质生活和流行的商品文化将近代的天津培育成一个教堂、洋房、商场、报馆、妓院、烟馆、戏园混杂的光怪陆离之地。在此基础上,具有天津特色的通俗文学开始出现并逐步发展起来。市民阶层的不断壮大和世俗文化的发展为通俗文学期刊提供了生存和发展的空间与市场。

## 二、文化生态

1917年1月,《新青年》刊载了胡适的《文学改良刍议》,并提出

---

① 周俊旗:《民国天津社会生活史》,天津社会科学院出版社2004年版,第39页。

"需言之有物,不模仿古人,需讲求文法,不做无病之呻吟,务去滥调套语,不用典,不讲对仗,不避俗字俗语"的八大主张。以"提倡新文学,反对旧文学"为口号的新文化运动在当时的思想文化领域掀起了一场革命热潮。

五四运动兴起后,受新思想的影响,新文学以强势的反传统姿态侵占文学领地,随之而来的是新旧文学的不断交锋。带有新文学性质的文学社团和文学期刊发展迅速,作为全国政治文化中心的北京,迅速成为新文学的大本营。

随着新文学思潮在思想文化界的影响不断加深,新旧文学之间的对立愈发明显。新文学革命对中国文学逐渐进行了全面革新,而与之对立的旧文学发展态势缓慢。

20世纪20年代末,新旧文学之争趋于白热化,带有革命色彩的新文学对以传统样式进行创作的旧文学进行猛烈抨击。在新潮激荡的背景下,旧文学几乎不能抬头。尽管如此,却仍有一些人以文言文和传统文学形式进行创作,他们创办以刊载旧诗文为主要内容的文学期刊与新文学抗衡。

### 三、传媒环境

作为北方重要港口且为北京近邻的天津,在开埠通商后经济迅猛发展,城市地位也迅速上升。1886年,天津出现了第一份由外国人创办的英文报纸——《中国时报》。1897年,第一份由国人自办的报纸《国闻报》在天津出现。20世纪初,随着经济的发展和西方文化的影响,天津的报刊业发展迅速。这一时期创办的报纸有《大公报》《竹园白话报》《民兴报》和《天津白话报》等。

1927年,北伐战争推翻了北洋政府的统治,南京国民政府成立。政治中心的南移以及政局的暂时稳定,一扫京津地区的政治阴霾,在南京国民政府提倡"言论自由"的环境下,天津的传媒业发展迅速。

1927—1937年是天津传媒业发展的极盛时期。据不完全统计,在这一时期"先后创办于天津的各种中文报纸达58种、外文报纸9种、周报2种、画报6种"①。其中比较著名的大报有《大公报》《益世报》《庸报》《商报》等,小报有《天风报》《新天津晚报》《中南报》《评报》等,画报有《北洋画报》《中华画报》等。当时天津的广告社、通讯社的业务也发展迅速。

20世纪二三十年代,天津的通俗文学市场被小报占领,通俗文学期刊的生存空间极为狭窄。再加上新文学思潮的打压,通俗文学期刊的生命力日渐萎靡。在这种情况下,北派通俗期刊开始步入萧条期。

仅小报这一类在1927年到1937年间先后有30余家。大量登载北派通俗作家小说的《新天津晚报》《天风报》《中南报》《评报》等就是在这一时期出现的。尤其当还珠楼主、刘云若的小说在《天风报》上连载造成轰动后,办小报成为一时的风尚……这一时期的历史表明,出版商、作家、读者都忘却了期刊的存在。在报纸,特别是小报兴盛的同时,作为小报的"同类",期刊已濒于销声匿迹。②

《南金》杂志创办于北派通俗期刊的萧条期。它的诞生如暗夜里一颗骤然升起的明星,瞬间璀璨了北派通俗文学期刊的星空。20世纪20年代末,如死水般的北派通俗期刊界,因为《南金》的出现

---

① 俞志厚:《一九二七年至抗战前天津新闻界概况》,《天津文史资料选辑》,转录自罗澍伟主编《近代天津城市史》,中国社会科学出版社1993年版,第610页。
② 张元卿:《民国北派通俗小说论丛》,山西古籍出版社2001年版,第81页。

而不再沉寂。遗憾的是《南金》杂志仅仅出版一年便夭亡了。在通俗期刊凋零的年代,文艺月刊《南金》的横空出世,满足了当时文人雅士扬风扢雅的愿望。尽管是昙花一现,《南金》杂志却充当了旧式文人在新文化思潮侵袭下的精神寄托。

## 第二节 《南金》的创刊

北派通俗文学期刊萧条期,通俗文学期刊一派萎靡。面对文艺日下,风雅不存的局面,以姚灵犀为首的文人群体以提倡风雅为己任,立社求友,成立了南金社,并于1927年夏创办了《南金》杂志。

### 一、创刊历程

关于《南金》的创刊初衷,姚灵犀在《南金社之缘起》一文中言之甚详:

> 乙丑秋,予入秣陵督幕。唐箓猗、胡叔磊、毕素波,皆过江来问讯。旧雨重逢,欢言道故。因予曩游幕南,所成之吟边社,固无恙乎。犹忆吟边。第一集,词题为《桃叶渡》,今竟来游斯地,非偶然也。并曰,君以提倡风雅为己任,盍立社以求友,予唯唯,遂并及吟秋词社,事未成,而浙师侵境。先后与箓猗、叔磊,航海来京师。明年春,识傅芸子于沈南野(宗畸)先生处,各以诗文求益于南野。先是素波由扬州寄文南野请受业,南野读五人之文章,而奇之曰,此五俊也,嗣予就直省署秘席,偕叔磊赴津。公余之暇,仍以联吟为乐。丁卯初夏,予集傅、唐、胡、毕诸子,共成斯社,名之曰南金。盖取晋薛益等人入洛,见张司空故事,非敢标榜自负,实不敢忘南野所期许,力振风雅,以行南野之遗志耳。久之同社文稿,集有盈帙,亟谋刊布,乃

有杂志之辑。芸子介弟惜华,文学优长,戏剧深邃,此编颇资臂助,亦续入发起之列,并推予主其事,予不敏,力辞不获,请轮流编纂,共许之,始觍然应,因撮其崖略,以代弁言,或有以价重南金,以谀杂志者,谨谢之曰,则予岂敢。①

在这篇文章中,姚灵犀详细说明了创办南金社的前因后果。他首先讲述了1925年与唐箓猗、胡叔磊、毕素波等人在南方时便欲立社求友。后又言及北上京师后,诸人求教于沈南野。1927年夏天,姚灵犀与唐箓猗、胡叔磊、毕素波、傅芸子成立社团,取"晋薛益等人入洛,见张司空故事"将社团命名为"南金"。"久之同社文稿,集有盈帙,亟谋刊布",于是有了杂志《南金》。除此之外,姚灵犀还直言成社目的是"力振风雅,以行南野之遗志"。

沈南野成为南金社成立的促成人,实非偶然。沈南野(1857—1926),讳宗畴,辛亥后易名宗畸。字孝耕,一字太侔,号繁霜翁,又号南雅楼主,晚年更号南野。广东番禺人。他是已故扬州知府笔香先生沈锡晋的长子,少时随父进京,师从著名学者郑杲②,并于1889年考中进士,曾在礼部任职。沈南野在北京居住了三十余年,既有吟诗咏词的雅好,又"好为花月冶游",是典型的旧式文人。他与徐凌霄、袁克文、徐半梦并称"京师四大才子"。沈南野极好风雅,且重视国学。据记载:

翁嗜书,尤喜古碑碣及名贤遗墨,残笺断石,不惜多金罗致之……戊甲翁卧病榻,尚组著涒社,刊国学萃编。凡名篇孤本,无不编次梓行。出书数十种。值辛亥国变,社遂解散。乱定,翁又组艺社,

---

①《南金》第1期,第1页。
②郑杲(1851—1900),字东甫,直隶迁安人。光绪进士,曾主讲于滦源书院。

名流多依之……①

沈南野的才气与名望及其对国学的热情使他的处所成为京师名流文士的雅集之地，当时来自全国各地的众多文士都曾求教于沈南野。而且此人乐善好施，常接济远游至京城的落魄文士。姚灵犀等人进京后，亦是通过沈南野结识京津文艺界人士。在姚灵犀与京津地区志同道合之士的共同努力下，南金社于1927年成立，同年8月创办杂志《南金》。

**二、《南金》概况**

1927年8月，《南金》第一期出版，1928年8月停刊。该杂志前后共出版10期，其中第10期为戏剧专号。《南金》每月一刊，由志成印书馆印刷，南金杂志社发行。《南金》杂志为32开本，每期60页左右。每册售价为大洋二角五分，全年为二元八角。其总社位于天津意奥交界32号，分社位于北京齐内北豆芽胡同43号。

被誉为"北方唯一最美之文艺月刊"的《南金》杂志，内容优良、文字香艳、图画清新、印刷典雅、装帧精美，是民国时期不可多得的文艺精品。其内容范围涉及较广，有诗

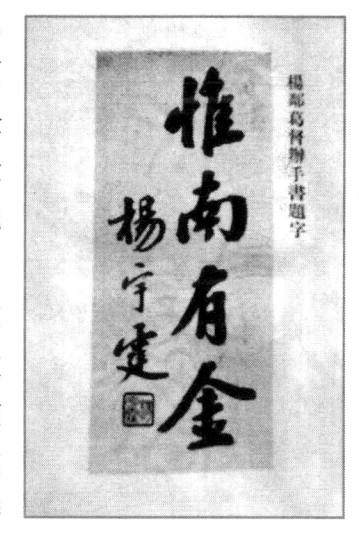

杨宇霆为《南金》题字

---

① 张次溪：《京华耆宿录——沈南野》，《文字同盟》第5期，文字同盟社1928年版，第14页。

词、笔记、小说、剧话、剧评等作品,也有译作、论文等其他形式。《南金》所采用的语言皆为文言文,并注重香艳及隽永的小品文。

《南金》杂志以文字为经,图画为纬,所刊文字务求精警,而图画更求清新。杂志在插图方面也极具特色,杂志每期精选古今名人书画、金石拓片、中外名胜、男女名伶、明星及名妓等摄影作品,给古典气质浓厚的《南金》增添了不少摩登气息。《南金》为当时读者打造了极具审美享受的阅读盛宴,也为后世研究者提供了极为珍贵的研究文献。

该杂志用洋宣纸彩色精印,纸质精良,且每期文字内容的颜色不同。除用铜版纸彩印图片外,文中亦有插图。这些插图都用铜版纸彩色精印,排列极为美观。另外,杂志装帧也极其考究,封面是由海外名书家题字,并刊载汉瓦当精品拓片,每期更换,均为蓝色佳纸银色精印,极为古雅。

"党派性期刊、商业性期刊与文学性期刊,是现代文学期刊的三种模式。"[1]《南金》杂志并无明显的政治色彩,且不以商业盈利为目的,是典型的文学性期刊。作为南金社同人创作阵地的同时,《南金》杂志也是京津地区乃至全国各地的文人雅士沟通交流的平台。在它的周围,凝聚了一批高层次的文艺志士,他们通过《南金》这个平台表达自己的个性,发出自己的声音。只可惜 1928 年 8 月,在戏剧专号出版之后,《南金》杂志便销声匿迹了。有着"北方唯一最美之文艺月刊"之雅号的《南金》无疑是北派通俗期刊史上的一个奇迹,它是北派通俗文学期刊史上重要的里程碑。而且,杂志始终如一的办刊品质更是难能可贵。

---

[1] 刘增人:《中国现代文学期刊史论》,新华出版社 2005 年版,第 20 页。

# 第二章 《南金》的传播要素

## 第一节 社长姚灵犀

作为《南金》杂志的创办人,社长兼主编姚灵犀的个性无疑会影响到《南金》的风格。姚灵犀(1899—1963),名君素,字衮雪,号灵犀,以号行世,江苏丹徒人,民国时期成名于天津文艺界。他饱学多才,擅长古诗文辞,是梦碧词社①成员。1924年,姚灵犀北上京师后一直活跃于京津文艺界。1927年,他于天津创办《南金》杂志。20世纪三四十年代,以给报刊供稿为生。其晚年生活极为窘迫,于1963年病逝于北京。姚灵犀一生著述颇丰,编著作品有《采菲录》《瓶外卮言》《思无邪小记》《未刻珍品丛传》《瑶光秘记》《衮雪斋词》等。

---

① 梦碧词社,成立于天津,位于天津东门外南斜街,由寇泰逢发起并主持。社友先后达八十余人,历时六年,共出版社刊十期(1943—1948)。

### 一、津沽名士

姚灵犀与京津文艺界关系密切,其作品也多于京津地区的报刊上发表。1941年,姚灵犀在《思无邪小记》一书的《序言》中记录了他侨居北京时为报刊供稿的情况:

> 岁在乙丑、丙寅间,余侨寓燕京,得与都人士相接,因沈丈南野之介,缔交侯疑始君①。时侯主编《瀚海》,每晤时辄索稿于余。初以诗词笔记应之,后难以为继,乃搜集古今小品,涉及香艳者,上起经史,下逮说部,选取录若干则,或加笺注,投刊《瀚海》,题曰《思无邪小记》……及傅君芸子主编《北京画报》索稿一册去,排日刊登,时或亦自撰,而以续记为名。闻嗜痂者众,刊此以餍所望,后又名之曰《艳海》,或易名为《髓芳髓》,曾于天津之《天风》《风月》两报中略见一斑……②

民国著名报人魏病侠③在为《瓶外卮言》所作的序言中也曾提到:"余昔年主《风月画报》笔政时,君曾撰《金瓶写春记》刊于《风画》,甚为当时读者所乐道。嗣余编辑《天风报》,适君之《金瓶札朴》以时寄刊。"④

主编的声名和号召力在很大程度上决定了杂志内容的创作水准。姚灵犀与京津文艺界人士的交往,使他在短时间内拥有了丰富的人脉资源,这为《南金》杂志创作群体的建立提供了便利。

---

① 侯疑始,名毅,字雪农,号疑始。江苏无锡人。
② 姚灵犀:《思无邪小记》,天津书局,1941年版,第1页。
③ 魏病侠,曾任《风月画报》《天风报》的主笔。
④ 姚灵犀:《瓶外卮言》,天津古籍书店1989年影印版,第2页。

## 二、绮言丽语

姚灵犀是著名的香艳大家,同时也是资料搜集大家,其作品带有明显的香艳色彩。其中,《瓶外卮言》是《金瓶梅》研究专著,《思无邪小记》是古今香艳小品集合。由他编撰的《未刻珍品丛传》所收录的《塔西随记》是关于旧京南城砖塔胡同以西二十多家妓院的随笔记录;《闺艳秦声》是他在天津游历时意外所得,以艳闻琐事为主要内容。《采菲录》则是研究妇女缠足文化的专著。

姚灵犀小像

姚灵犀在《南金》杂志上发表过多篇作品,包括《瑶光秘记》《非花记》《鉴戒实录》和《画诃记》等。这些作品大都言语旖旎,情节香艳。受姚灵犀个人喜好和创作倾向的影响,《南金》杂志中不乏香艳之作。这些反映了旧式文人眠花宿柳之生活情态的作品在赋予杂志浓郁的传统特色的同时,也成为《南金》杂志最大的卖点。

## 三、穷源识真

侯疑始评价姚灵犀,其作品绝艳,"然恐不免为铁秀所呵矣"[1]。少居津门的藏书家姜德明在其书话集《书摊梦寻》中评价姚灵犀的《瓶外卮言》及《采菲录》是表现性变态的低俗读物。民国时期天津著名刊物《三六九画报》第17卷第3期中曾刊载署名津生的《拾津录·采菲》一文。这篇文章记述了《采菲录》的出版及被禁之事。同

---

[1] 姚灵犀:《思无邪小记》,天津书局1941年版,第3页。

时,也对姚灵犀的著书用意提出质疑。对于身前身后的众多非议,姚灵犀大约早有预料,否则他也不会在作品出版时多作口舌之辩。对于《采菲录》,姚灵犀解释:

> 夫缠足之恶俗,不独为妇女一身之害也,其影响于民族健康也亦至巨。然其历史悠远,久经劝禁而未绝者,必有强固之理存乎其间。吾人欲屏斥一事一物,必须穷源竟委以识其真相,而后始能判其是非。①

姚灵犀编写《采菲录》并非如同世人所谓的变态恶趣味,他还曾公然回答编纂香艳作品的原因——志不朽。"宇宙之间,文人众矣,抑郁不自得,乃寄情于艳闻琐事,以冀其言之无罪,而闻之者好之者可传也。然而,传不传无定也"②。世间此类文字,散佚摧烧者,曷可胜数,对于那些作品而言,能经姚灵犀之手得以传世,亦可谓是不幸中之万幸。

不得不说,姚灵犀是倔强的。他的倔强表现在他对作品和对历史的态度上。正因如此,《南金》才有了其包罗万象的广阔和独立于世的风姿。姚灵犀去世后,沽上著名昆曲名家陈宗枢③曾作诗悼念,"绮语遽难了,惊才早脱羁。世惟羞故步,君独阐其微。沽水残鸥在,扬州旧梦非。寄声托红豆,意共麝尘飞"。这不仅是对姚灵犀一生的真切描摹,也是对其创作的精准评价。

## 第二节 《南金》的编辑团队

编辑工作是传播链条中的重要一环,在整个传播过程起着至

---

①姚灵犀:《采菲录》,上海书店出版社 1998 年版,第 3 页。
②姚灵犀:《未刻珍品丛传》,天津书局 1936 年版,第 1 页。
③陈宗枢(1917—2006),字机峰,天津著名词家,与寇梦碧、张牧石并称津门三大词家。

关重要的作用。编者的文学观念、思想倾向、审美标准和风格特色往往决定着刊物的个性，同时也起着引领社会文化风尚的作用。南金社成员都具备深厚的旧学修养，并且对旧文学都抱有期待。《南金》杂志的编者并非纯粹的杂志编辑，在做编辑工作的同时，他们也参与内容创作。

### 一、编者介绍

《南金》杂志编辑部从事编辑工作的主要有6人，其中姚灵犀任社长兼主编，傅芸子任北京分社社长，编辑主要有胡叔磊、唐菉猗、毕素波和傅惜华四人。另外，《南金》的名誉社长兼法律顾问由北洋要人万兆芝①担任。杂志第7期主编为唐菉猗，第8期和第9期主编为胡叔磊，第10期主编为傅芸子。从第10期开始，姚灵犀辞去南金社长一职，由胡叔磊接任。

《南金》的编辑团队中，胡叔磊、唐菉猗、毕素波三人的生平资料较少，但据姚灵犀的《南金社之缘起》不难看出，几人应都为南方籍，且或有同乡之谊。胡叔磊是《南金》杂志的主要编辑之一，在后期曾接任姚灵犀的职务。他在《南金》上发表过多篇文学作品，以笔记、小说为主。除此之外，20世纪30年代天津、上海等地的报刊杂志上亦可见其作品。毕素波和唐菉猗两人，生平不详，作品极少。毕素波曾有两篇作品发表于《南金》，而唐菉猗的作品却不得见，或有其他笔名也未可知。

傅芸子与傅惜华为兄弟，满族，北京人。傅芸子（1902—1948），

---

①万兆芝（1890—？），字元甫，江西南昌人。清贡生，早年留学美国，获哈佛大学硕士学位。回国后曾担任约法会秘书长、北京大学教授、司法部秘书、国务院代理秘书长等职务。

姓富察氏，原名傅宝堃，字芸子，又字韫之，号餐英，别署餐英子，室名餐英庐，又别号竹醉生。他曾创办《北京画报》《南金》《国剧画报》等刊物，还曾担任《国闻周报》《京报》《益世报》等报刊的撰述。1932年，傅芸子任教于日本京都大学及东方文化研究所，教授中国语言文学。作为精通北京风俗的掌故大家，傅芸子在《南金》杂志上发表的作品以词话、掌故为主。

傅惜华（1907—1970），原名傅宝泉，一字仲涵，号涵庐、曲莽（庵）等，别署寒山，室名碧蕖馆，又号碧蕖馆主。另有笔名傅大兴、蒲泉等。他不仅是著名戏曲理论家、藏书家，还是曲艺、小说等领域的研究专家。1923年，傅惜华与李文荪等人创办了昆曲研究社团——醉韶社。1931年，与梅兰芳、余叔岩等人共同创办北平国剧学会。1933年，与刘夏、郑振铎等人创办昆弋学会。他还曾任教于北京大学，教授中国戏曲与古典小说，中华人民共和国成立后任中国戏曲研究院院长兼图书馆馆长。傅惜华曾担任《北京画报》《南金》《民言报·副刊》《国剧画报》等刊物的编辑，还曾主编《戏剧丛刊》《大公报·剧坛版》《晨报》和《剧学周刊》等刊物。其著述包括《六朝志怪小说之存佚》《中国小说史料补编》《缀玉轩藏曲志》《中国古典戏曲总录》等。傅惜华在《南金》杂志上发表的作品多与戏剧相关。

**二、编辑方针**

编辑方针是刊物编者在时代大背景下，审视文化氛围、结合自身思想、针对读者市场而确定的办刊方针。《南金》是由一群有着旧学修养的文人雅士在旧文学日渐衰退的环境下创办的。其办刊宗旨、内容选材和刊物水准能更好地体现当时以旧文学为主要内容的通俗文学期刊的定位与发展。

1. 办刊宗旨

20世纪20年代,新潮激荡,旧学备受打压。带有新文学性质的社团和革命文学期刊大量出现,旧文学生存空间越来越窄。在这种社会环境下,"国粹飘零,因而谋倡"成为《南金》编者们最真诚的心声。

《南金》曾专门发表"启事",表明其身份与立场:"本社为少数文艺同志之结合,本志则为大多数作家发表文艺作品之公共机关,意重切磋,旨在公开。"①尽管姚灵犀在《南金创刊之缘起》中言明创刊初衷是"振兴风雅",但其编辑宗旨却不局限于此:"本社素主张打破少数文丐垄断文艺界之恶习,而为一般无名英雄谋一发表其心血结晶之机会,其旨趣不徒在扬风挖雅。"②

由此可以看出,《南金》杂志并无强烈的市场观念,而是作为一个交流学习的平台存在。尽管该杂志是"大多数作家"发表作品的公共机关,但并未忽略对其他作者的培养。

2. 选材范围

诗句则庾清鲍俊,文章则宋艳班香,滴粉搓酥,骋妍抽秘,或顾曲乘周郎之兴,或寻芳遣杜牧之愁,或同干宝搜神,或类东坡说鬼,不拘一格。③

征求内外蒙(盟旗在内)、前后藏(土司川边在内)、新疆、青海、云南、贵州等处,或全部的(即一省区),或一部的(即一县治)风俗记(或游记类,而兼有历史的,或现在的风格);征求兵匪下的人民生活之写实;征求□祸中奇闻趣事;征求意大利棒喝团(黑手党)对

---
①南金社,《特别启事》,《南金》第8期,第1页。
②南金社,《特别启事》,《南金》第8期,第1页。
③南金社,《南金征文启》,《南金》第1期,第1页。

付共产党之轶事;征求海外艺术及科学上有兴趣之译者;征求华侨在海外,经营事业之成功信史,及现在侨胞之状况;征求各考古学会,或考古旅行家记载,及所发现之古物相片。①

无论何人以作品见寄,只要言之有物,非欧化语文,无不乐为发表,如有特别佳作,本社同人并避宝路,仅先发表。②

《南金》杂志对文字内容的选材要求,可从南金社的"征文启事"中窥得一斑。通过这三则启事可以得出《南金》文字内容的选材范围在不断扩大的结论。从最初不拘一格地选取诗词歌曲、艳闻笔记,到第2期较有针对性地将范围扩大到边远地区风俗记、战乱下人民的生活情状、国外轶闻、翻译作品及考古内容等,再到后来,只需言之有物,非欧化语文即可。这个趋势在使《南金》的文字内容逐渐丰富的同时,也反映出当时旧文学创作题材的局限。虽然杂志编者一直在拓宽内容选材的范围,但是杂志前后内容的差别并不是特别明显。

文学虽具茹涵之乐,画图能补造化之功。图片内容亦是《南金》杂志的重要组成部分。

所望海内画师技工,淑女才媛,文事之余,绣工之暇,调脂弄粉,或雅擅写生,弓影酬形,或术娴造像,各怀一技,冕寿千秋,墨妙笔精,江山助于腕下,诗情画理,丘壑著于胸中,即如名区胜境,异卉奇葩。民情托于豳风,殊俗采于职贡,襄鄂之英姿飒爽,女郎之格调亭匀。楚馆秦楼,写梦中之女神;歌台舞榭,描院里之伶官。皆请笔底留痕,镜中印爪,藉充篇幅,勿吝帧缣。③

---

①南金社,《南金社征稿暨画》,《南金》第2期,第1页。
②南金社,《特别启事》,《南金》第8期,第1页。
③南金社:《南金征画启》,《南金》第1期,第2页。

除以上所说的图片内容外,《南金》还征求有历史价值的图片:已故名伶的照片,或者能代表一派的当代名伶照片,以及新旧名伶书画、脸谱等作品。这些插图在丰富杂志内容的同时,也彰显出该杂志的文艺特色。

3. 刊物水准

《南金》杂志对语言文字有极为细致的限定,"限于文言,请自标题(不雅驯者,本社可酌改),须结构警峭,而记载翔实,篇幅不拘,句读自断"①。对来稿的选择,南金社以"清新、精警、古雅、香艳"八个字作为标准,并且要求稿件以叙事为主。除此之外,《南金》杂志还"打破历来投稿按千字计酬,及海上一切选稿之恶习,只论文体优劣,不问字数多寡"②。

《南金》杂志内容丰富,包罗万象,但它并无明确的栏目设置,每期刊载内容虽大体相同,但并不固定。刊物每期的内容选取很大程度上取决于来稿,因此设置比较随机。在版面设计上,《南金》沿袭了我国近代早期的版式,即使用通栏竖排,且字号单一,版面元素也较为单一。

## 第三节 《南金》的创作群体

《南金》编者将刊物定位为大多数作家发表作品的公共机关,即为社会中上层知识分子进行沟通交流的平台。因此,《南金》杂志对作者的选取有着较高的标准。《南金》杂志创刊号封面上刊载

---

①南金社:《投稿章程》,《南金》第 2 期,第 2 页。
②南金社:《南金社征稿暨画》,《南金》第 2 期,第 1 页。

了杂志所罗致的一批"特约撰述""特约画家"和"特约摄影"。这些特约创作人组成了《南金》杂志的创作团队，他们不仅是杂志的"名片"，同时也树立了杂志内容创作的标杆。

**表 1：特约撰述**

| 姓名 | 所在地 | 姓名 | 所在地 |
|---|---|---|---|
| 于幻荪 | 京 | 于菊人 | 奉 |
| 王小隐 | 津 | 王希哲 | 奉 |
| 田大文 | 津 | 辻听花 | 京 |
| 朱絛秋 | 京 | 江绍原 | 宁 |
| 李绍彭 | 津 | 李志道 | 津 |
| 李野愚 | 京 | 何心冷 | 津 |
| 吴絮厂 | 京 | 吴眉孙 | 津 |
| 周公旦 | 京 | 周瘦鹃 | 沪 |
| 周拜花 | 杭 | 宗澹云 | 京 |
| 查次豪 | 沪 | 查咸伯 | 扬 |
| 侯疑始 | 宁 | 徐振五 | 津 |
| 徐凌霄 | 京 | 陈蝶仙 | 沪 |
| 陈小蝶 | 沪 | 陈翠娜 | 沪 |
| 马申叔 | 京 | 张次溪 | 京 |
| 张慧剑 | 宁 | 张謬子 | 津 |
| 张羽屏 | 扬 | 曹梦鱼 | 苏 |
| 梅健民 | 津 | 孙洁鸿 | 京 |
| 许守白 | 京 | 杨新九 | 京 |
| 曾毅公 | 京 | 冯小隐 | 京 |
| 宁南屏 | 京 | 蔡巨川 | 扬 |
| 赵松樵 | 京 | 赵木猿 | 津 |
| 郑小耘 | 京 | 齐如山 | 京 |
| 刘瘦侬 | 兴 | 戴筑公 | 扬 |
| 戴晓泉 | 京 | 桥川醉轩 | 京 |
| 颜旨微 | 津 | 顾红叶 | 京 |
| 严独鹤 | 沪 | | |

**表2：特约画家**

| 姓名 | 所在地 | 姓名 | 所在地 |
|---|---|---|---|
| 于鸳涛 | 奉 | 王拜言 | 京 |
| 林风眠 | 京 | 林雨苍 | 京 |
| 陈小蝶 | 沪 | 徐干如 | 津 |
| 秦梦九 | 京 | 夏贞叔 | 津 |
| 蔡巨川 | 扬 | 汤定之 | 京 |
| 寿石工 | 京 | 管平湖 | 京 |
| 齐白石 | 京 | 萧谦中 | 京 |
| 沈掌奇女士 | 京 | 陈翠娜女士 | 沪 |

**表3：特约摄影**

| 姓名 | 所在地 | 姓名 | 所在地 |
|---|---|---|---|
| 朱家麟 | 沪 | 李子英 | 津 |
| 金简斋 | 京 | 耿幼山 | 京 |
| 黄梅生 | 沪 | 管平湖 | 京 |

表1所列的51位特约撰述人分布在北京、天津、上海、沈阳、扬州、南京、苏州等地。这些人中包括著名报人、名票友、剧评家、名医、小说名家和外国学者等。尽管这些人身份各异，所在地不同，但均为当时的社会名流。表2所列的特约画家中，林风眠、齐白石、陈小蝶、徐干如、管平湖、萧谦中、秦梦九、汤定之等人皆为当时著名画家，林雨苍、蔡巨川及寿石工乃为当时著名篆刻家。由此可以看出《南金》杂志创作群体的地域分布及涵盖范围。这些特约创作人也反映了《南金》杂志对于作者的选择标准与倾向。

《南金》杂志的实际执笔者与特约撰述名单并不完全一致。据统计，参与文字创作的实际执笔者（笔名作者）有八十余人。其中主要包括戏剧理论家齐如山、傅惜华、徐凌霄、张豂子、陈墨香，诗人杨云史、邵次公、向迪琮、陈翠娜，掌故大家徐一士、张次溪、傅芸子，考古学家曾毅公，报人王小隐，书法家徐半梦，画家鲍娄光、马鸥盟,学者戴友荪、胡适、崔适,作家姚灵犀、宗澹云、张秋虫、张慧剑、刘瘦侬、陈小蝶,京剧表演艺术家赵松樵和戏曲音乐家曹心泉等人。

作为联系有着相同志趣的文人名士的纽带,《南金》杂志周围聚集了一群创作风格类似的撰述人。他们的创作在受《南金》杂志约束的同时,其个性特色和创作风格也影响着杂志的内容。

《南金》杂志的布局是大手笔的,无论是特约撰述,还是特约画家,在南北两地,乃至后世都颇负盛名。单从如此豪华的创作阵容来看,《南金》就已经具有引人眼球的足够资本。与此同时,名人效应也增加了《南金》的知名度与影响力。其次,从特约作者的所在地来看,都分布在以京、津和上海为中心的南北两地。作为南北两地文人名士联合打造的文艺精品,《南金》的含金量不容小觑。

## 第四节 《南金》的读者群体

### 一、目标读者

《南金》杂志的编者将《南金》打造成京津文艺界乃至全国文人雅士相互交流和切磋的平台,其对目标读者的定位不言而喻。杂志编者通过对内容的选材限定了读者的范围,有着深厚旧学修养和较高文化水平的群体成为《南金》杂志编者的目标读者。不过,虽然《南金》杂志的特约创作群体多为社会名流,但并没有阻碍为"无名英雄"发表"心血结晶"的途径。当然,在一定程度上,刊物的售价及其刊载的广告也能反映出刊物所针对的读者群体。

1. 刊载广告

《南金》杂志所刊载的广告主要有两类。一类是书报杂志广告,比如"全国第一铜锌版画报"《北洋画报》、"北京唯一之月刊画报"《北京画报》、"中日文合璧之月刊"《文字同盟》《丙寅》杂志、《坦途》《渤海日报》等。这类广告在《南金》所刊载的广告中所占比例较大。

这些刊物与《南金》关系密切:《北京画报》的主编傅芸子任《南金》北京分社的社长,《文字同盟》的主编桥川醉轩为《南金》的特约撰述人。《北京画报》在其第2卷第3期中所列的执笔者有君素、芸子、惜华、灵犀、澹云、餐英、叔磊、晶华、秋心、滁秋、步堂、絜厂、南屏松樵、如山、非厂、垂云阁主、秋虫、慧剑、雁声等人。

《坦途》创刊号载有徐彬彬的《无冠皇帝罪己诏》,王小隐的《王万叶》,凌霄汉阁谈戏之《程长庚之研究》、徐一士谈文,适盫谈掌故,傅芸子考地理,秣陵生、吴秋尘的小说;文苑栏目有樊增祥、傅岳棻、姚君素之诗文词;封面"坦途",徐济甫书,冯武越画意,插图有傅惜华孔庙与长城之美术的摄影,王一之夫人昭实女士花卉,袁寒云夫人梅真女士自书诗句,陈仁先生山水画。①

这些刊物与《南金》杂志不仅内容相近,且撰述人几乎相同。这类高品质的通俗文学刊物对读者群体的要求也有较高的门槛,阅读这些刊物的人不仅具有一定的审美眼光,还要有一定水平的旧学修养。

另一类广告主要为生活类信息。其中包括商品广告,比如天津广大罐头食品有限公司和华北制绒厂的广告;除此之外还包括服务广告,比如律师、医生以及储蓄银行和照相馆等。这类信息针对的读者群体都是具有一定的经济能力的。

---

① 《南金》第3期,封底。

## 2. 刊物售价

1927年,南京国民政府成立之初,全国物价水平较稳定。在经历了华北灾荒和战乱后,天津的经济也开始逐渐繁荣。《南金》杂志在当时的售价是每册大洋两角五分,全年售价两元八角。据1927年至1929年的调查材料显示,当时社会中下层家庭平均每月消费17元[①]左右。而知识分子属于社会上层,收入水平较高:

1927年6月公布了《大学教员资格条例》20条及《大学教员薪俸表》规定:教授一级月俸国币500银圆,二级教授450圆,三级教授月俸400圆。副教授一级月俸340银圆,二级副教授320圆,三级副教授300圆。讲师一级月俸260圆,二级讲师240圆,三级讲师220圆。助教一级月俸180银圆,二级助教月俸160圆,三级助教月俸140圆。[②]

以此推断,《南金》杂志在当时的售价并不高,对于当时的社会中上层而言,购买《南金》杂志对他们根本不会构成经济压力。同时也说明《南金》杂志的创办者并没有太强烈的市场观念。

关于《南金》杂志的发行状况,尽管没有关于杂志每期发行量的具体数据,但还是能从杂志中寻得一丝线索。在《南金》第4期曾发表有南金社的启事,内容是南金社对各地文友发信问询未曾收到刊物的情况所做的解释。由此可见,《南金》杂志的发行不仅局限于京津地区,而是面向全国。

**二、读者反馈**

读者反馈是传播链条中的重要环节,有了读者的反馈信息,才

---

[①]此处的"元"为银元。
[②]陈明远:《文化人的经济生活》,山西人民出版社2010年版,第173页。

是完整的传播流程。《南金》杂志并没有设置专门与读者进行交流沟通的诸如"读者信箱"之类栏目,读者反馈这一环节极为薄弱。作为一种商品,《南金》对读者的忽视反映了其市场性的薄弱。

《南金》杂志上唯一的一篇读者反馈是由施涵宇所作。施涵宇(1873—1955),名景琛,字涵宇,号泉山老人,福建长乐人。曾任北洋政府国务院秘书等职务。著有《泉州古物编》《鲲瀛日记》《京华残梦录》等作品。他的《读〈南金〉第一集题后》发表于《南金》第2期:

蝇头铅椠集琳琅,盥手蔷薇蓺瓣香。压卷宣和留御笔,傅家王氏检青箱。

记如干宝搜神妙,志比张华博物详。别有倾心歌舞地,南朝金粉斗时妆。

三郎檀板付梨园,天上霓裳不忍论。馨竹波澜书宧海,拈花色相证灵源。

菁华荟萃侯鲭集,文献搜求父癸尊。万岁瓦当传吉语。岂如凡鸟漫题门。

一卷文章海内惊,源流厘订石经精。卢沟桥下潮声壮,云汉图中暑气清。

商女宫词愁写恨,公孙剑器老关情。辍耕消夏零星录,残泪金台百感生。

金石应搜阙与残,还须书画蔚奇观。塚中古籀知周简,座右新铭辨武盘。

古玉图稽苍珮合,逸篇文认尚书删。千秋事业今为盛,如此鸿篇敢等闲。①

---

① 《南金》第2期,第10页。

尽管这篇作品可以看作读者的反馈信息，但并不是纯粹意义上编者与读者之间的互动，《读〈南金〉第一集题后》更像一篇读后感。作者对《南金》第一期中的文字及图片内容进行了评析，而且多为溢美之词。施涵宇既是《南金》的读者，也参与了《南金》的创作，《南金》杂志刊有他的《仿制古代礼乐器之管见》等作品。这种既为读者又有作者身份的人在当时不在少数，读者反馈意见的缺乏使《南金》杂志的发展潜力不足。

**三、读者群体**

20世纪初期文学刊物的读者群体对刊物内容的创作有一定的制约性，作为刊物内容创作预设对象的读者群体很大程度上限制着刊物的个性与特色。通过对杂志广告及目标读者的分析可以得出，《南金》的读者群体应属于社会中上层。

按照王玉琦的《近现代之交中国文学传播模式转换研究1902—1927》一书对近现代之交的文学报刊读者群体的分类，将其分为士大夫读者群、普通市民读者群和新青年读者群三大类。其中士大夫读者群体的基本面貌是："有过较为正统的'传统教育背景'，相当一部分还有进士、举人等功名；出身中上层家庭；生活比较优裕；政治上倾向于改良而非革命。"[1]这个群体对文学作品的选择具有休闲性、典雅性、传统性等特点，而《南金》杂志就是一份倡导风雅，遵从传统的旧文学性质的文艺期刊，无论是编者对目标读者的定位，还是刊物本身对实际读者的限定，无一不表明士大夫群体是《南金》杂志的主要读者群。

---

[1] 王玉琦：《近现代之交中国文学传播模式转换研究（1902—1927）》，江西人民出版社2005年版，第178页。

# 第三章 《南金》的主要内容

## 第一节 文学作品

《南金》是一本通俗文学刊物,刊载的文章不论长短,都是文艺精品。《南金》延续了近代早期文艺期刊的特色,以刊载传统题材的文艺作品为主。但其内容却极为丰富,除小说、笔记、诗词外,剧评、剧谈、戏剧理论研究以及学术论文也占较大比重。

### 一、小说

清末民初,随着近代传媒业的兴起,职业创作团队开始形成,以市民阶层为读者对象的通俗文学作品逐渐成为文坛上的主流。刊载通俗文学作品是通俗文学期刊的主要特色,《南金》亦不例外。《南金》刊载的小说大都香艳绮丽,并且它曾在《文字同盟》的广告上主打"香艳"。《南金》也因此被称为"小报丛中的香艳之刊"。

## 1. 香艳作品

《南金》杂志刊有不少香艳作品,这类作品多以妓女为创作主题,而且语言红软,情节香艳。如《瑶光秘记》《非花记》《禅房欢喜录》《记媚珠》和《悼红记》等。

姚灵犀的《瑶光秘记》为长篇小说,其主要内容是关于南中女尼的风流艳史。胡叔磊的短篇小说《禅房欢喜录》与《瑶光秘记》类似,亦为关于禅房秘事的

《南金》所刊名伶名妓小像

香艳之作,其主要内容是写长生寺僧人在禅门中的污秽之事。姚灵犀的另外一篇香艳作品《非花记》以都门暗娼秘事为主要内容,据作者介绍,该篇主角为其本人与一金姓夜度娘[①]。刘瘦侬所作的《记媚珠》则讲述的是丽水名妓媚珠与昭阳王京谏的爱情故事。毕素波的短篇小说《悼红记》写的是玉箫生与妓女惜红之间的爱情。除此之外,还有胡叔磊写娼女玉娘的《酒浅愁深录》和惜春御史所编的写美人花可吟的《风流薮》。

鲁迅在《中国小说史略》中将以优伶、妓女为创作题材的小说归为狭邪小说。尽管《南金》中所刊载的小说与狭邪小说主题相似,但若按照"以妓优士绅为主人公,选取妓院、梨园为主要表现空间,且采用章回体为其文体形式"[②]的标准来判断,这些小说并不能算严格意义上的狭邪小说,但又与民国时流行的倡门小说稍有不同,

---

① 夜度娘:指妓女,因妓女陪客度夜,故称。
② 仇昉:《近代狭邪小说艺术史论》,扬州大学博士学位论文,2008 年。

暂且称之为香艳作品。

2.《瑶光秘记》

《南金》杂志所收录的作品中,最香艳的莫过于姚灵犀的长篇小说《瑶光秘记》。《瑶光秘记》曾于《南金》连载7期,后因杂志停刊而中断。直至1938年10月,经由天津书局出版,才得以重现于世。《瑶光秘记》是姚灵犀根据见闻所录。此书分为上、下两记,上记写尼姑志昙,共70页;下记写尼姑玉清,共180页。因内容是关于佛门清静之地的淫闻秘事,所以有人评价其"文字甚佳,只可惜所言均是荡检逾闲之事"。[1]

……起看天色,已作鱼肚白,遂不能成眠,悄然下床,轻启朱门,禅堂寂谧,不闻人声,只金井碧梧,鸦鸣雀乱,因思昨日诵毕《法华经》,未加锦帕,惧师见而呵责,欲往后堂收拾,偶经某兄房下过,忽闻鼾齁如雷,不类女子。屏气偷窥,则见案有杯盘肴核,而架上搭长衫,窗前卸方履,想当然是男子,此时小鹿撞心,红潮上脸,不觉垒息,遂舍之而去。又一日睡至酣熟,疑有唤我者,时已午夜,自揣不应有人呼唤,摩挲睡眼,侧目而听,觉声在师房,喁喁若两人细语。转念师未睡耶?欲茶饮耶?拨关而出,则红灯照窗楹,黯淡不类往日,语音低微,疑我自耳鸣,或师睡而魇语,不敢扬声惊动别院。潜赴东窗下,穴窥之,见师横陈于床,裸体莹白,一人俯伏于上,如□其舌者,亦裸体,不能见庐山面目,但闻娇喘,不辨声自谁发也。帐痕微动,若风吹水皱,玉钩下缨络纵琤细鸣。再视案上洋灯,罩以绿纸,其光明不啻往日也,余悄退。[2]

---

[1] 周越然:《书与回忆》,辽宁教育出版社1997年版,第127页。
[2] 姚灵犀:《瑶光秘记》,《南金》第1期,第47页。

对于这本书的创作，姚灵犀自始至终都处于矛盾状态。创作《瑶光秘记》的初始，姚灵犀坦言其顾虑——因恐作此书会污其笔，总是欲书又止。然而，作者又念及比丘尼乃世间可怜之人，于是终将禅房秘事曝光于世。或许姚灵犀始终觉得此书的存在不甚妥当，即使成书后，复又建议读者将其付祖龙之炬。当然，姚灵犀的担心不无理由，《瑶光秘记》出版后，社会上曾有政府将禁售此书的传言，其香艳程度可想而知。

3. 创作动机

对于这类作品的创作，其动机不外乎三种：

一是受传统题材小说创作影响。狭邪小说由来已久，"唐人登科之后，多作冶游，习俗相沿，以为佳话，故伎家故事，文人间亦著之篇章……自明及清，作者尤多"[1]。而且作为近代小说的重要流派之一，狭邪小说近代以来极为风行，如《风月梦》《品花宝鉴》《九尾龟》《海上花列传》等。

二是对当时狎妓冶游之风的真实记录。近代以来，狎妓冶游开始变得公开化、普遍化。

光绪中叶以后，官民狎妓之风空前炽烈起来。在北京前门外的韩家潭、百顺胡同、石头胡同、小李帽胡同、朱家胡同等处，艳炽高张，香车络绎，呼酒送客之声，彻夜震耳。[2]

受京师冶游风气的影响，冶游之事在天津也极为风行。清人张焘的《津门杂记》中的"妓馆"一节对清末天津的娼妓行业进行了描述：

---

[1] 鲁迅：《中国小说史略》，上海古籍出版社2006年版，第184页。
[2] 徐永志：《恣肆的欲情——晚清狎妓之风与色情业的兴衰》，《文史精华》，1997年第11期。

天津女闾自称曰店。北门外侯家后一带为妓馆丛集之处。其龟鸨曰掌柜。假母曰领家,领家住处曰艮房。指引桃源之人曰跑洋河者……每当客到,男仆相迎,让客归座,即高挑帘拢,大呼见客。随见花枝招展,燕瘦环肥,姗姗而来者几目不暇给矣。①

在这种社会环境的影响下,色情文化的兴起毋庸置疑。同时,这类作品的创作,也是对当时读者口味的迎合。

三是作者抱着将秘闻传世的想法进行创作。诚如姚灵犀所言,"禅房事秘,人莫能知,非有过来人言,及个中人语,虽百计不能侦详。外间蜚短流长,殊难尽信,而从来记籍所不载。故能知其中秘事者甚少"②。不难看出,对于此中秘闻,姚灵犀有着极强的兴趣。同样,读者们对于秘事奇闻亦有极强的猎奇心理。

**二、诗词**

从近代最早的文学期刊《瀛寰琐记》开始,诗词一直是近代文艺期刊的重要内容。对于以古雅标榜自身的《南金》而言,诗词作为古老的文学样式之一,是杂志中不可缺少的内容。

1. 原创诗词

诗集《言志集》曾于《南金》上刊载九期,其中共有诗歌二十余首,作者包括陈弢厂、袁寒云、曹缦衡、姚茫父、王逸塘、郭啸麓、齐白石、叶遐庵、李释堪、黄秋岳等;《倚声集》为词集,共刊载五期,包括作品二十余首,作者有姚灵犀、向迪琮、邓北堂、施涵宇、王越庄、张篁溪等。其中不乏唱和之作。

---

①张焘:《津门杂记》,天津古籍出版社,1986年,第95页。
②姚灵犀:《瑶光秘记》,《南金》第1期,第41页。

除了《言志集》和《倚声集》,《南金》亦载有多篇独立的诗词作品。这些作品内容丰富,题材多样。比如吴拔其所作的《瀛妆四咏》,是以七言诗的形式,从髻、袋、裙、屐四方面写日本服饰;素心人的《歌台韵语》和鲍娄先的《观吕美秋演嫦娥奔月》则是以诗歌的形式记录其观剧感受:

娥月娟娟夜色凉,六街清影白如霜。却从绮阁停宵宴,便逐轻车入戏场。

聒耳笙歌凝竹肉,忽然变作霓裳曲。百盏明灯照靓妆,当筵捧出人如玉。

疑是赵飞燕,惊看张丽华。前身讬明月,堕影落倡家。

倡家惯作游仙梦,美人娇小桐花凤。手把花枝出洞房,清歌一曲黄莺弄。

清歌妙舞姿回环,人影花光月一弯。不是人间比天上,却疑天上逊人间。

……①

《南金》杂志刊载的诗词作品中,不乏名家之作。《长平公主曲》是杨云史的作品。杨云史(1875—1941)名圻,原名朝庆,字云史,一字野王,曾名鉴莹,斋名江山万里楼,江苏常熟人,为李鸿章长孙女婿,有"江东才子"之称。擅长七古长篇及五言组诗,著有《江山万里楼诗词钞》等。该篇作于1925年除夕。作者在诗中赞叹清廷待先朝盛德,感叹北洋政府待清之苛刻,写出了作者对兴废的感念和对离乱的哀叹。

张剑秋所作《金婚诗》是为纪念与徐夫人结婚四十年所作,该

---

① 《南金》第3期,第9页。

篇共有五言诗20首,大多写其与夫人相处四十年来之点滴:"记得儿时事,分明在眼前。闻声各惊走,望影已生怜。绿玉堆丫髻,红丝绕散辫。有时强同饭,草草不终筵。"[1]诗歌内容朴实,情感真切,几近白话诗文。另有陈翠娜[2]女士的《书所见》两首。翠娜女士独好易安,曾有"何当分作东西宅,各领名山五百年"之句,颇得同仁赞赏。

2. 词话作品

除了诗词作品,《南金》中的词话类作品也很丰富。其中包括向迪琮的《柳溪词话》,徐半梦为好友冬青的"国变之吟"所作的《海桑词序》,以及宗澹云的《一夜庵说词》等。

傅芸子的《无题诗与香奁诗之界说》写的是由李义山与韩冬郎的作品来区分"无题诗"与"香奁诗"。他的《新读曲歌》是关于《吴声歌曲》中《读曲歌》的演变,又录近人叶中冷[3]所作之新读曲歌一首,赞其"于古音铿锵中,翻出新意,尤可爱也",特录此为例:

愁难解,开门见白山,开镜见红海。郎居喜望峰,妾居多瑙河。侬心不能称,自去探北极。万里一冰蚕,情丝又如织。蒲冠簇绘花,飐以鹭丝毛。临水忽见影,荡子心摇摇。赠侬鲛绡衣,低头不愿着。持底拂欢情,为渠太轻薄。[4]

除去这些有明确标识的词话类作品,《南金》杂志中刊载多则与诗词相关的赏析之作,这些作品字数较少,多载于杂志留白处,或为版面补缺之作。如徐半梦的《理学家诗有仙气》;宗澹云赏析元后曲圣梁辰鱼之《浣溪沙》;傅芸子论唐人刘梦得的《梦丝瀑》,论苏

---

[1]《南金》第7期,第18页。
[2]陈翠娜,陈蝶仙之女,著名女诗人,画家。
[3]叶中冷,名玉森,字荭渔,号中冷,江苏镇江人,著有《枫园画友录》。
[4]《南金》第5期,第16页。

东坡的《苏诗以红花象征美人怒色》《记张玉田词警句》《踏春歌》等作品。这些作品若信手拈来,极为随意。

3. 诗钟楹联

诗钟出现于嘉道年间,是一种为培养儿童学习对联创作的教育活动。"诗钟只限以七言诗一联、或分咏两物、或嵌二字,取绝不相类者,错综其体,牵连成之。"①共有分咏格、嵌字格、蝉联格、魁斗格、鸿爪格、双钩格、碎锦格、碎流格、卷帘格、辘轳格十种格式。近代以来,诗钟作为诗酒酬唱的一种形式,风靡全国。北京的文人雅士还专门成立潇鸣社和寒山社,以进行诗钟活动。

某社诗钟,题为寒春。亦明有句云:梅影寒于名士骨,桃花春入美人心。又有琴北二字,涵秋有句云:琴心诱妇狂司马,北面迎师病伯牛。又味秋二字,有某应课云:事尽称心翻寡味,天如无恨不应秋。各臻妙境。②

《南金》杂志中亦刊载多篇与诗钟相关的作品。尤其常见于文章间隙或杂志空白处。这些作品包括《戊辰灯社诗钟选之羽柴二唱》,傅芸子的《于菊人诗钟》以及傅芸子关于诗钟创作的理论性文章《芸簃钟话》,谈及当时盛行的诗钟风格:

年来诗钟,以典实派最为盛行,盖因白句诗钟,易流于浅率空疏,当夫写景言情,皆黄矛白苇,弥望相同。典实派遂起而代之,试观寒山、稊园二社诗钟,即可知制钟之趋势也。③

楹联最早始于五代,格式严谨,对仗工整,声韵优美,极具文化韵味。作为我国传统的文艺形式之一,楹联也是《南金》的常见内

---

① 李醴泉:《李醴泉诗联集》,国际文化出版社1998年版,第37页。
② 《南金》第4期,第23页。
③ 《南金》第5期,第26页。

容。其中包括楹联作品,如邵茗生的《琼琯集联》等。

沈佺期赠妓梅云联云:梅柳渡江,压倒春风桃李;云霞出海,烘成初日芙蓉。王可庄赠妓银珠联云:银烛高烧,只恐夜深花睡去;珠帘暮卷,似曾相识燕归来。①

吴絜厂的《楹联志感》,则是对祝荫庭先生[2]所作楹联的品评作品:

煤市街致美楼饭庄楹联,多出自先生手笔。内有二联,颇堪寻味,兹以录之,以见先生愤世嫉俗之一斑。北楼下一联云:斗筲之人何足算,肉食者鄙未能谋。西楼明柱一联云:鱼肉刀俎,择肥而噬;弦歌酒宴,不醉无归。因忆四十年前,常至大栅栏东升堂饭庄,记其门联云:东道恒为主,陞阶豫作宾。是联不但中嵌二卦名,对仗尤觉工稳,适合饭庄身份,更见当年彬彬有礼。③

《南金》中还有关于楹联的理论文章,如徐凌霄的《楹联提要引词》。该作品是对其著作《楹联提要》的介绍,意在说明楹联原理,教人辨析体类,分别美丑。

### 三、小品文

小品文类作品大量出现于明代中后期,并盛行于清代。民国初期,一般篇幅短小的抒情散文都被称为小品文。20世纪二三十年代的小品文为美文、随笔、杂感等短文的统称。《南金》杂志在其创刊号所列的"文字之特色"中,明确表明"注重香艳及隽永之小品文字"。《南金》杂志刊载的小品文内容包括游记、杂感、随笔等。

---

①《南金》第4期,第62页。
②祝椿年:字荫庭,大兴人。清光绪二十九年(1903)癸卯进士。书学松禅,颇有声誉。
③《南金》第1期,第32页。

《媚莲》是由西海所作的小品文,主要写名妓媚莲的表演:

名妓媚莲,眉宇英艳,乍见如宝剑耀目。西海自三岛归,燕集海上,有同游者招之来。时天雪,媚莲红装,即席弹琵琶,酣歌一曲,声情激越。如在绝塞大雪时,甲帐红烛,闻胡姬按伊凉也。①

西海的另一篇小品《舞子夕饮》是一则游记,该篇用寥寥数语,书写其在日本舞子的见闻感受:

舞子,在日本神户西海滨,多碧松白石。民国纪元三年,余重赴日本,道经其地,离市微远,有女子张幕市酒待行客。余与日有某,纵饮至六七壶,不觉大醉,因酣卧幕下,既卧遂梦。梦偕鸾鹄飞去,上极九天,甚觉高寒。至日暮乃醒,急起乘车归神户,回视海滨诸松,皆伛偻欲入海,而暝色苍茫中,小舟白帆,时时隐见。②

王小隐的《四厢花影怒如潮》,用简洁精练的文笔,随意描摹出其读诗时的美妙想象。而姚灵犀的《画诃记》写的是作者在京城友人家,看到以五彩丝绣在红绸夹兜上的秘戏图,以此为内容进行记述。俪麟女士的《红闺嚼琐》以清灵的笔触记录其闺中生活。朱涤秋的《绾情家之画》主要内容是写作者寻芳时所见。

这些作品形式灵活,文字精练,清雅隽永,韵味悠长。往往以漫不经心的态度,描写出作者的细腻情思。

## 第二节 笔记史料

笔记是"一种以随笔形式记录见闻杂感的文体的统称,同时也

---

① 《南金》第 1 期,第 10 页。
② 《南金》第 1 期,第 16 页。

被视为一种著述的体式,即指由一条条相对独立的札记汇编组合而成的著作"①。其形式灵活多样,不拘体例。"历来许多文学家都写笔记,它的取材,很多是道听途说,遗闻逸事,补正史及方志的缺漏,或纠正某些记载的谬误。"①作为一种传统的文体形式,笔记经常在近代以来的通俗文学期刊上出现。按照刘叶秋在《历代笔记概述》中所论,将笔记作品大致分为三类:第一是小说故事类笔记,包括志怪、轶事类作品;第二类是历史琐闻类笔记,包括野史、掌故、文献杂录等;第三类是考据辩证类笔记。

## 一、笔记故事

故事类笔记由来已久,这类作品一般篇幅较小,有的已经具有短篇小说的规模,如干宝的《搜神记》、刘义庆的《世说新语》,纪晓岚的《阅微草堂笔记》等。《南金》杂志刊载的这类作品继承传统故事类笔记的特色,内容主要以志怪、传奇及轶闻为主。

《秦厂笔记》是由毕素波所作,其中包括两则笔记。一则是关于海州盗魁李真廷受奇人指点,改邪归正的故事。另一则讲的是僧人所蓄之猫:

某僧蓄一猫,每于梵课之暇,以之自娱。僧茹素,猫亦茹素。僧诵经,猫亦呜呜然如宣佛号。僧常异视之,以为有佛性者也。僧徒某,固无赖,一日窃其猫售于典肆。僧顿失良伴,朝夕寻觅,迄无踪影。如是三载,而寻猫之念终不息。

初猫之入典肆也,主人以鲜鱼饲之,不食。若以蔬菜,则食。终

---

① 陶敏:《"笔记小说"与笔记研究》,《文学遗产》,2003年第2期。
① 郑逸梅:《民国旧派小说史》,《鸳鸯蝴蝶派研究资料》,上海文艺出版社1984年版,第353页。

日呜呜然。典中固多鼠,而猫不能捕。于是跳梁翻瓦之辈,大肆猖獗,主人亦稍稍厌之矣。一日,适僧过典门,见其猫,遂踞门击木鱼诵佛而募化焉。主人舍以币,不受。施以米,不受。问将何所欲,僧曰,化猫耳。主人遂以猫授之,曰,此猫不能称厥职,上人得之何益?僧合十谢抚猫曰,善哉善哉。三年中汝固未破戒耶,然汝受新主人三载豢养之恩,宣谋有以报之。猫点头若通其语,遂纵猫绕其屋三匝,然后随僧去,厥后典中竟无鼠迹。①

这两则作品情节离奇,篇幅短小,与清代的志怪小说类似。庐山的《庐山随笔》中《食人》篇,讲的是闽省张将军之母食人脑的故事,亦颇具志怪意味。

南涧所作的《无闷小记》中有《奸尸案》和《戏无益》两则笔记。《奸尸案》讲的是清末时的一桩奇案:宣统二年(1910),某省刘村兰若寺师馆内诸生倾慕邻居刘家小姐,后来刘家小姐染时疫病亡。诸生因贪其颜色,将其尸体盗出并奸污,后将尸体藏于师馆内。几日之后,诸生因盗尸被捕。在公堂上,仵作验尸时竟发现刘家小姐因诸生淫行而复活。该案件离奇曲折,其篇幅及内容可与唐时传奇相比拟。与之相同的还有胡叔磊的《雄飞记》,这篇笔记是写光绪庚寅年间,如皋周家小姐周子固女扮男装的故事。

《南金》刊载的故事类笔记除了带有民间传说的特点,还颇具现实性,有些作品还带有讽刺意味。胡叔磊的《汉皋新语》共包括《浥浴》和《逼奸》两则笔记。《浥浴》先写一名叫徐莲芬的女子与男子打赌进男浴池,后又详细记述了一个自称娘子军的女子进男浴池与众男子共浴的情状。《逼奸》则讲述的是汉皋某娘子军乘职务

---

①《南金》第1期,第57页。

之便,逼迫男子满足其私欲的故事。庐山的笔记作品《官场》是以某局文书科长为例,讽当时官场乱象——"以书法名者不过书记,以文学明者不过秘书,惟胸无点墨者,乃可大富大贵"。

这类作品叙事周至严密,而且文笔较好。以胡叔磊的《桐花小志》为例,其语言清丽,韵味悠长,极具美感:

> 故里歌者桐花,其名色绝伦。筑别馆于城北,与红叶山庄为邻。其地风景殊佳,而游人鲜迹,以其荒僻也。自山后观之,层峦叠嶂,莫知边际。瘦西湖中,不乏选胜寻幽之辈,而此不合时宜之一撮土山,遂如美人名士,一例飘零。翩翩者流,邀彼一履其地,亦有所不欲,更安望其登峰造极耶?而不谓鸾飘凤泊之桐花,竟与山灵同住,使遏云之曲,绕梁之音,不鸣于楚馆秦楼,而鸣于荒山穷谷,与松涛之澎湃,泉声之琤琮,相和相应,鸣其哀怨,诉其不平。松耶?泉耶?彼山之灵耶?汝亦何幸得此红颜翠袖?顾盼其间,彼虽自赏孤芳,遂使湖山生色,从此天涯芳草,亦成空谷幽兰矣![1]

《南金》中的故事类笔记作品数量较多,除以上所述的作品外,还包括戴友荪记英国女王伊莉莎白一世诸事的《驱环恨》、霁虹的《村师趣史之逃匠》、姚灵犀的《鉴戒实录》、张慧剑的《诡证记》等。

### 二、历史琐闻

历史琐闻类笔记作品涵盖范围广,包括历史风俗、政治制度、名胜古迹、名人轶闻、读书随笔等诸多内容。按照其篇幅的长短和文章的系统性将这类笔记作品分为杂录和掌故。

---

[1]《南金》第1期,第33页。

1. 杂录

杂录类笔记作品大多是随手记录的一些零星材料。其篇幅短小,内容精悍,往往一篇作品收录多则记录,如《逸园瘗语》《贝锦记》《玉蝉花馆碎金》和《复斋偶笔》等作品。这些作品每篇都有数则笔记,其内容以历史风俗、民间传说、读书笔记、名人轶闻等为主。

旧式浴堂门外例悬纸灯笼,上下锐而腹大,不知其所取义,读吴会能《改斋漫录》,乃知此为壶之遗像。

《猗觉寮杂记》云:世号赘婿为布袋,多不晓其义。顷附舟入浙,有一同舟者号李布袋,篙人问其徒云,如何入舍婿谓之布袋?众无语。忽一人曰,语讹也,谓之补代。人家有女无子,恐世代自此绝,不肯嫁出,招婿以补其世代尔。此言极有理。《潜居录》言冯布袋少时绝有才干,赘于孙氏,共外父有烦琐事,辄曰俾布代之。至今吴中谓倩为布代,斯则牵强附会,恐不足信。①

(《逸园瘗语》元奕)

来凤为鄂边之一县,与蜀湘之界毗连,余之桑梓乡也,县志开辟甚迟。有清乾隆年间,始改土归流,故风俗朴野,民情浑厚,然文士之刁刻者,代不乏其人。光绪二十八年,旗人恩润来宰是邑,有酷吏风,县绅有劝其为善者,率不只听。适其诞日,邑中四民合送万民伞,为使君寿,另附高脚牌四方。缎面绣字,文为某附生所拟。一曰共沐恩膏。二曰同沾润泽。三曰大化蛮夷。四曰小试牛刀。颂扬得体,恩甚喜之。幕宾某翁,积学士也,解之曰,此讥词也。恩大诧异,问幕何以言之。某曰,君将每牌之第三字连缀读之,适成何语,盖恩润蛮牛四字。安得不谓之讥乎?恩乃大怒,捉刀之人卒出

---

① 《南金》第2期,第61页。

逃,始免于祸。①

(《贝锦记》周公旦)

看《近思录》,至邵尧夫解"他山之石可以攻玉"一节,颇有省。君子处拂逆之事,所谓玉女于成,不如此无以至圣贤之域。若愤悒无聊,则不见其益,反见其损,是自弃也。②

(《复斋偶笔》郑小耘)

李复堂,兴化人,与郑板桥同时,擅画名,幼聪慧过人,其父常社染肆,李常嬉戏于缸侧。一日,误将账簿落于缸内,举家大惊。李曰无碍,乃背诵一字不讹。由是家人皆惊异之。③

(《玉蝉花馆碎金》严媿庵)

《讷汉随笔》,是由张瞿先所作。张瞿先,名鋆衡,字瞿先,徐水人。《讷汉随笔》共三册,由张瞿先口述,张次溪记录完成,内容以记述清代光宣年间的朝野轶闻为主。在《南金》上发表了其中数则笔记,内容包括对《王华买父》一剧的考证、皇太后"哀家"称谓之由来、关于妇女称"奴"的最早记载以及瑟谱等。

除了以上几类,还有周公旦的以旧京见闻及闲谈为主要内容的《春明旧谈》,素心人的《哀雪谈》,孙际鸿的《塞上异闻》,姚灵犀的《鞘室杂记》和《诡证记》以及王小隐《弓影杂记》等笔记作品。

2. 掌故

"掌故,'故'者故事也。后来就一直泛指上起朝章国故,下至乡里旧闻,上下古今无所不包的一种记事为'掌故'。一直到清代后期,才逐渐有了一种较为明确的概念。笔记小说中谈考订、论诗文,

---

①《南金》第1期,第17页。
②《南金》第1期,第22页。
③《南金》第7期,第50页。

这些内容都被排除在外,只留下有关政治风俗史的部分。"[1]后来,其范围扩大到名人轶事、朝野轶闻以及民间传说等。这类作品篇幅较长,文章内容具有系统性,以此区别于杂录类笔记作品。《南金》杂志中的掌故作品主要分为旧京风物、梨园掌故和其他掌故三大类。

①旧京风物

傅芸子是著名的旧京掌故大家,他精通北京风土,著有多篇谈及旧京风物的掌故作品。他的《旧京闲话》曾载于《北京画报》,《北京戏园写真》和《春明杂记》刊载于《春明画报》,在当时极为风行。《南金》杂志上曾连载傅芸子的《春明鳞爪录》,其中包括《戒台寺》《吗噶喇庙》《陶然亭及香塚》以及《乾嘉时代之天桥酒楼》,都是对旧京历史变迁的记述:

都门天桥一带,地址宏敞,贾人趁墟之货,每日云集,其市集由来最古。而桥侧附近,在乾嘉时代,酒楼犹盛,胜朝文士多于此燕游。盖其地风景绝佳,有江南村店风味,迥非今日之尘嚣枯燥可比。吾人尚能于乾嘉诗人集中,想象得之。孙尔准《泰云堂词集》中,有小寒食宿雨初霁,踏青至天桥酒楼小饮,檋柳清波,漪空皱绿,渺渺余怀,如在江南村店矣。[2]

与之相近的作品还有张次溪的《夕照寺记》和《万柳堂记》。张次溪(1909—1968),名涵锐、仲锐,字次溪,号江裁,别署肇演、燕归来主人、双肇楼主等。广东东莞人。少时随父母进京,师从沈南野等人。曾任《丙寅》杂志编辑、《民国日报》副刊编辑等职务,是著名的

---

[1] 陈惠芬编:《黄裳散文选集》,百花文艺出版社2009年版,第371页。
[2] 《南金》第8期,第64页。

京剧史论研究者。其掌故作品以详实的内容记载了北京各处的历史变迁和文化内涵等内容。除此之外还有朱涤秋的《北京戏园之变迁》等。这些作品详细记录了旧京风貌,为研究旧京风俗史提供了重要史料。

②梨园掌故

在《南金》杂志的创作群体中,很多人与梨园行当往来密切。《南金》亦刊载有不少梨园掌故,其中主要包括《刘赶三轶事》《罗百岁轶事》《陈德霖小史》《故宫霓裳录》和《戏剧之变迁》等。

傅惜华是近代著名戏曲理论家,傅氏兄弟还曾与梅兰芳、余叔岩、齐如山等人共同发起成立国剧学会。他的《刘赶三轶事》主要是记述清末天津京剧丑行演员刘赶三[①],《罗百岁轶事》则主要记述的是刘赶三的徒弟罗百岁[②]。在文中,傅惜华对伶人的生平及剧演等情况做了简要概述。除了伶人轶事,《南金》杂志还刊有他的《故宫霓裳录》,这篇作品是关于清朝内廷剧演的掌故:

> 内廷演剧,例有定期,每月朔望,则演两次。新春正月及万寿佳节,则自初一日起,半月为期。此外年节及喜庆事,或临时传差,则每月亦有数次。初宫中各寺庙,每年之元旦日、佛诞日及八月初十日,十二月十五日,亦例皆办戏娱神。至道光二年十月,宣宗始谕停止。凡演剧日,例由辰刻开锣,酉刻止戏。每戏皆有定时,不得增减,此内廷中戏期之概略也。[③]

《故宫霓裳录》对内廷剧演的戏班、伶人、剧种、时间、地点、剧

---

[①] 刘赶三(1816—1894),名宝山,字韵卿,天津人。清末京剧丑行演员,擅长演"丑婆"。
[②] 罗百岁(1859—1912),又名罗寿山,原名树德,字朗臣,乳名百岁。幼时入"德春堂"杨贵庆门下,初习老生,后改文丑。曾师从华福山,后拜刘赶三为师。
[③]《南金》第1期,第26页。

本曲谱和剧演的步骤以及帝后观戏礼仪等都做出了详细的介绍。

齐如山(1877—1962),名宗康,字如山,著名戏剧理论家,河北高阳人。早年曾留学国外,对欧美诸国戏剧有所涉猎,辛亥革命后回国。归国后与梅兰芳合作,曾为梅兰芳编写剧本四十余种,并发表与京剧艺术相关的多种论著。他的《陈德霖小史》是关于著名京剧演员陈德霖①生平及剧演的介绍:

陈德霖,字漱云,九岁入全福科班。班为恭亲王所成,其主事者有周阿长、徐阿呢、杜阿五、陈寿彭、陈寿图,皆南人。恭亲王因云南省案被参,全福散。遂改入四喜班,时梅慧仙主四喜,约一年因咸丰国丧,四喜散。改入三庆班,又因后丧,班复散。重入四喜,在文昌馆清唱。②

齐如山的《戏剧之变迁》是对堂会、戏园、剧目、戏班、服装等发展变迁的记录,亦是对清末民初四五十年来的戏剧故实进行梳理。黄秋岳③君称此书:"如探源星宿,虽错综千门,而有条不紊。凡京剧之根本,一一爬梳呈露,尤妙者无疑粉饰语,无一模棱语。"

③其他掌故

徐凌霄(1988—1961),清末民初著名记者、教授,近代著名戏剧大家,也是民国掌故第一人,他与其兄徐一士并称为"晚近掌故史料之巨擘",曾著有《旧都百话》《古城返照记》等掌故作品。《南金》曾刊载了徐凌霄的掌故作品《齐州稽古录》。该篇的主要内容是

---

①陈德霖,清代光绪以来青衣演员的代表人物。
②《南金》第 1 期,第 15 页。
③黄秋岳(1891—1937),名濬,字秋岳,室名"花随人圣庵",福建闽侯人。著有《壶舟笔记》《花随人圣庵摭忆》等。

徐凌霄根据当地收藏家的记录所作的记述：

> 运使有园曰也可园，园围铜盘二，相传齐相管夷吾用以煮盐者，口径四尺二寸，高三寸，重二百二十斤。一完整如新，一则略有罅隙。旧在东莱属掖县西繇场盐大使署灶房。清嘉庆初场使汪德润运至省垣运司署。西繇场原有铜制盐锅二十余，至乾隆中仅存其二，盖土人不知珍惜，毁弃者屡矣。底平而色绿，式如盘通志以《史记·平准书》为证，曰因官器作煮盐，官与牢盆，即煮盐之盆，即此物云。至民国四年，犹存运署，今则杳如黄鹤，闻已为人窃售于矮人矣，可叹息也。①

《濮蛮志略序》和《濮蛮民族史》是沈壶公在领事缅甸期间搜集材料著作而成。作品根据缅甸新旧史志记载、民族文化渊源、政府各种报告等内容，分析其治理方法及发展速度和效果，除了记录当地历史和新政外，还包括当地掌故、民俗以及我国侨民的生活状况等内容。

除此之外，《南金》还刊载了由傅芸子校录的《至治新刊全相平话三国志卷》，该作品是由日本内阁文库影印而来；清史馆抄本的《国难睹记》是关于甲申国变的历史文献；另外有胡叔磊根据常州人张佩忍口述所写的《赭匪祸常纪往》，是关于太平天国历史的掌故。王朝佑的《日本卖淫制度考察》，是根据日本史籍记录，叙述其产生变化的途径，"卖淫考者，即一夜妻之史论"。胡叔磊《蛰龙琐闻》是关于末代帝王溥仪居住在津门张园时的情况。

这些作品都以一定的史事为基础，经过文学加工，成为集新闻性、文学性及历史性为一体的笔记作品。

---

①《南金》第3期，第19页。

### 三、考据辨证

乾嘉时期,考据学开始形成,随之而起的考据辨证类笔记创作亦于清代大兴。清末民初以来,考证的范围逐渐扩大,学者们开始致力于多方面的考辨研究。因此,考据辨证笔记的内容不断丰富。《南金》中的考据辨证类笔记作品数量多,且内容繁杂。根据考据辨证类笔记的内容,将其分成以下几类进行研究。

1. 人物考证

这类作品中包括对典籍记载内容的总结论述,如玉文女士的《祝英台考证》;有对历史人物生平的论述,如傅芸子的《云郎考》和周公旦的《官场现形记之作者》;也有对前人观点的辨析,如邵次公的《子莫考》和傅芸子的《天泰山肉体魔王考》。傅的这篇作品就是对前人关于"天泰山肉体魔王为清顺治帝"的传闻进行考辨,最终得出京西天泰山慈善寺中所供奉肉身魔王像为明景泰皇帝前身的结论。

2. 文字训诂

训诂作为一门做学问的方法,在我国由来已久。"训诂,就是从众多的训诂体式名称中标举'训'与'诂'两体之名,以少概全,作为一个词语看,概指各种有关注解工作。"[①]通俗来讲,训诂就是对字义或词义进行解释。《南金》杂志中的这类作品也比较丰富。

曾毅公,生平不详。著名金石学家,甲骨文研究专家,敦煌学家,著有《甲骨地名通检》《甲骨缀存》《石刻考工录》等作品。他在《南金》上发表的文字训诂类笔记有《释龙》和《释也》,其中《释也》

---

[①] 冯浩菲:《中国训诂学》,山东大学出版社1995年版,第5页。

是对男女阴处名称的考证。

戴友苏《说文漫谈》则是对字音字义的辨析：

> 攴部败字,说解曰,毁也。从攴贝,贼败皆从贝,案攴贝下夺一声字。贼败皆从贝五字。是俗佥所加,必非许书原文,应删去。盖败字贼字皆非取义于贝,一以攴为义以贝为声,一以戈为义以则为声。①

除此之外,还包括戴友苏的《雀生鹡解》和邵次公《驺虞异义》,以及元奕所作的金文研究文章《金文偶拾》等作品。

3. 经典考辨

这类作品内容涵盖范围较广,其内容以考辨经史典籍、金石文学、文艺美术等为主,主要作品包括邵次公的《毛诗大序疏证》《先天八卦》,张受佶的《历代经石考略》,曹心泉的《论乐》等。

邵次公(1888—1937),名瑞彭,一名寿钱,字次公,一字次珊,别名梧丘,浙江淳安人。曾任政府议员、北京大学、河南大学教授。著有《扬荷集》《山禽余响》《一切经音义校勘记》等作品。他的《毛诗大序疏证》是对《诗经·大序》的作者进行考证,辨析诗序的真伪。其作品《先天八卦》是对宋人先天八卦图的分析研究。由他所作的《五官异义》是对五官与五行之间关系的论述——各典籍所记载的五官与五脏、五行相对应的说法并不完备,作者将这些内容分类列表,进行分析。

这类作品中还包括对古代礼乐的考辩,如曹心泉的《论乐》、陈蝶生研究历代帝王服饰的《古十二章图说考》和施涵宇的《仿制古代礼乐器之管见》等作品。

---

①《南金》第5期,第7页。

夏四牺鼎

曹心泉(约1864—1938),近代著名戏曲音乐家,出身梨园世家。安徽怀宁人。精通笛、月琴、古筝等多种民族乐器,擅长昆曲,晚年曾教授昆曲,在梨园界享有盛誉。其作品《论乐》就是在"古乐沦亡久矣,后世言乐者,各执其说以为据,意见纷纭,茫然无定论,徒为之上音律已也。盖秦火之后,乐经失传,已成绝学"①的情况下,对古乐的研究论述。

《仿制古代礼乐器之管见》的主要内容是对历代制礼乐器进行简要论述,并对仿制提出意见:

> 今欲编订礼制,应仿宋政和元大德先例,由礼制馆仿制三代礼器,颁给境内外文武圣庙,一体遵用。其专祠家庙祀典,如愿遵用古礼乐器者,亦可按照文武官阶,酌量分配。惟铸造礼器之费用,由京内外自行筹备,交礼制馆铸造,以昭一律。②

石经、鼎文以及美术等研究类文章也是这类作品的重要内容之一。比如张受佶的《历代经石考略》,这篇文章是针对汉、魏、唐蜀、南北两宋及清等朝代石经,根据史氏与诸家记载,将其分为刊石年代、经数、石数、书石姓氏等方面,对其进行考证论述。戴友荪的《毛公鼎漫谈》则是对毛公鼎鼎文的分析论述。

以美术研究为主要内容的文章有马欧盟的《画兰论》和傅芸子的《龙与中国美术》等。马欧盟,近代著名画家,师法郑板桥,以画兰

---

① 《南金》第10期,第32页。
② 《南金》第3期,第8页。

闻名。其作品《画兰论》是对历代画兰技法的论述文章。傅芸子的《龙与中国美术》从绘画上之龙、石刻上之龙、雕金上之龙、建筑上之龙、瓷器上之龙、玉器上之龙、珐琅器上之龙、织绣品上之龙、雕漆上之龙九个方面对龙与中国美术的关系及特点进行了论述。

除以上内容外,《南金》杂志还刊有素心人的《眉黛》。这篇作品是从眉形、眉笔等方面来研究历代女人的眉妆:

> 唐明皇令画工画眉图:一曰鸳鸯眉;二曰小山眉;三月五岳眉;四曰三峰眉;五曰垂珠眉;六曰月棱眉;七曰分稍眉;八曰涵烟眉;九曰拂云眉,又曰横烟眉;十曰倒晕眉。①

《南金》杂志中的考证辨析类笔记作品不仅涉及门类广,而且专业性极强。这些作品从多角度对传统文化进行研究,在丰富《南金》杂志文化内涵的同时,也体现了杂志的文艺特色。

## 第三节 梨园风尚

京剧,又称京戏,源于清乾隆年间,形成于道光年间。京剧是我国影响最大的戏曲剧种,因其雅俗共赏的特点,深受人们喜爱。20世纪二三十年代,随着天津城市文化的迅速发展,市民的消闲生活亦丰富起来。作为消闲生活的重要形式之一,京剧在这一时期极为风行。

### 一、津沽剧演

天津是北京的近邻,北京的著名戏班都曾到天津演出。除在戏

---

①《南金》第2期,第16页。

外国男女票友合摄之《琴挑》

园进行演出外,居住在天津的官僚、遗老、商人、军阀以及买办等,每逢节庆日,都会请戏班演堂会。另外,当时一些慈善组织经常会邀请名伶进行慈善演出。

自清末到民国初年,天津是华北第一商埠,许多著名京剧艺术家常到天津演出,如谭鑫培、刘鸿升、杨小楼、王瑶卿、陈德霖、梅兰芳、尚小云等,常驻天津的尚和玉、薛凤池、高福安、李吉瑞、刘永奎等。当时天津剧场很多,常上演京剧的有下天仙、东天仙、昇平茶园、丹桂茶园、鼓楼北等。二十年代以来,又增设天华景戏院、中原公司五楼妙舞台、北洋戏院、春和戏院、中国戏院等。剧场多,演员多,爱听戏的人也越来越多。在观众中除大部分以看戏消遣和应酬外,也有不少人潜心研究,争相效仿,成为京剧爱好者——票友。①

京剧在天津的兴盛还与天津有大量的票友有关。"票友在天津的出现始于清末,二三十年代风行一时。天津的票友人数之多,普及之广,实力之雄厚,在全国首屈一指。"②尤其是社会中上层的票友,在当时的影响极大。以社会中上阶层为读者对象的杂志《南金》也刊载了很多与京剧相关的文字与图片。杂志刊载的这类题材作品包括剧评、剧话、剧本、戏剧理论、伶人小史及梨园轶闻等。其中

---

① 从鸿逵:《二十世纪天津京剧的一鳞半爪》,《天津文史丛刊》第7期,第136页。
② 罗澍伟:《近代天津城市史》,中国社会科学出版社1993年版,第619页。

伶人小史及梨园轶闻归于历史琐闻类笔记的掌故部分,此处不再赘述。

**二、剧演评论**

这类作品包括朱涤秋的《留香纪痕》、吴絜厂的《开明聆剧记》和新玖的《澜园剧话》等。

朱涤秋,著名报人,号秋籁阁主,笔名婆娑生。与张涤俗、崔涤褒并称"三涤",曾著有《梨苑谈往》《剧坛琐话》《长安看花记》等作品。《留香①纪痕》是朱涤秋就十年来所观荀慧生的剧演情况摘述而成:

> 顾宅堂戏,慧生与拴子演放牛。二年未见,进境可惊。此剧身段台步,最为吃力,不易讨好,而踩跷尤难,因此唱愈觉费力,时下已无能者矣。汪子健家寿戏,特邀侯俊山与拴子演此,洵乎此曲人间不易闻,除侯而外,独慧生擅此。貌既秀丽,白口亦清脆,步伐参差有条,娇喘妩媚,痴态灵活,极合无猜之村女,娓娓动人。②

《开明聆剧记》是由吴絜厂所作,内容是记录作者某日在开明剧馆观看王瑶卿弟子程玉菁等人表演,并对《空城计》《霓虹关》等剧演作出评论。新玖的《澜园剧话》共有四则,主要内容是剧演评论。如对余叔岩表演的《空城计》,俞振庭表演的《金钱豹》等剧演进行评赏,篇幅较短小:

> 某年,俞振庭在第一舞台演金钱豹,以刘凤奎去悟空,接杖时例摔壳子,精神饱满,无懈可击。台下彩声雷动,振庭亦觉兴曾飙

---

① 留香:小留香馆,京剧名伶荀慧生的寓所。
②《南金》第 2 期,第 58 页。

举。临时因祝凤奎多演数次,凤奎以摔壳子极为吃力,请没摔一次,加钱六吊。虽多卖力,亦所不恤。于是酣战许久,额外摔壳子至四十次,多开戏份八十余吊云。[1]

民国初年,有人将名伶与"唐宋八大家"相比拟——以谭鑫培为韩愈、孙菊仙为柳宗元、刘鸿声为欧阳修、张毓庭为苏轼、王凤卿为苏洵、金丝红为王安石、贯大元为曾巩,徐一士的《名伶与八家》就是对此所作的评论。

除了这些剧评作品之外,《南金》杂志还刊载了王小隐的《策评剧》。在这篇文章中,王小隐根据当时剧评写作现状,从四方面如何写剧评进行了论述:

一,剧评所涵,应为伶工知识所不及,研究诸端而示以经路,若一名一器之微,译并假充内行,必至捉襟见肘,贻讥于世,而剧评之价值堕矣。

二,就艺术本身,社会需要着眼,成立有力量之批评,不为掉翻书袋,卖弄家私之作,如张口自谓听过大老板,闭口合谁同过席,皆"隔壁铭旌"之类,与剧何涉。

三,宜有科学精神,能从客观方面观察,以条理方法表现,终于服从真理,而勇于抛弃假说。

四,努力整理事业,亦剧评应有之义。中国剧学,向无记录,尤少说明,就反对派认为可疑可除诸点,加之解释,就音乐表示各端,施之论列,较之某老板吃几碗饭,某老板吸几筒烟为有意味也。[2]

---

[1]《南金》第1期,第40页。
[2]《南金》第10期,第38页。

### 三、剧本研究

这类作品中不仅包括剧本,如齐如山的《新顶砖》,还有玉文女士的剧本内容评论文章的《雷峰塔戏文漫谈》。除此之外还包括对剧本的考证。如傅惜华的《关汉卿杂剧作品考》,其主要内容是对关汉卿的杂剧作品进行考证,并列出现存及已佚作品表;傅芸子的《大头和尚斗柳翠考》和《元吴昌龄西游记杂剧之研究》(上)等。

还有对剧本来源进行研究的文章,如徐一士的《宦海潮本事》。徐一士(1890—1971),原名仁钰,字相甫,号蹇斋,自号亦佳庐主人,笔名一士。北京宛平人。近代掌故大家。徐一士的《宦海潮本事》写的是十年前他在广和楼观富连成社演《宦海潮》一剧,并对该剧来源进行考证。

陈小蝶(1897—?),名蘧,字小蝶,别署醉灵生、醉灵轩主人,晚年改名定山。浙江杭州人,著名作家陈蝶仙之子。陈小蝶工于诗词,擅长书画,小说戏曲俱佳,著有《醉灵轩诗集》《武林旧思录》《香草美人》等作品。他的《醉灵轩谈剧》是对《铡美案》一剧的由来及内容进行研究。他的另一篇作品《粉墨闲谈》是对《击鼓骂曹》一剧的音乐进行评论,以及对《珠帘寨》和《李陵碑》等剧的评析。

另外还有傅惜华的《思凡之作者及演者》,该篇介绍了《思凡》一剧的由来,并对演出《思凡》的伶人进行介绍。

### 四、角色研究

这类作品是对剧中的角色进行分析研究。如李公木的《说弋腔之角色各有专攻》,周公旦评论花老旦、青衣角色以及旧剧中

梅兰芳饰演之《黛玉葬花》

"跷工"①的《快恩仇馆剧话》，以及《昆曲与乱弹》和《思志诚画像记》等作品。其中著名剧评专家张谬子的《昆曲与乱弹》主要是从昆曲戏中的正配角及龙套的演出来谈昆曲严谨整饬之处，并以《挑华车》与《昭君出塞》等剧为例进行分析。《思志诚②画像记》是由傅惜华所作，该篇内容是对沈荣甫作品《思志诚画像》中的人物所作的详细介绍。

除此之外，还包括徐凌霄的《旦角之一部分的进步》以及陈墨香的《说旦》。陈墨香（1884—1943），著名京剧作家，曾与荀慧生等京剧大家合作，改编创作剧本一百多部。代表作品有《墨香剧话》《活人大戏》和《梨园岁时记》等。他的《说旦》主要写"旦"的由来、旦角的分类等内容，并以具体剧目及表演者对花旦、老旦、武旦进行分析论述。另外，他还在《南金》杂志上发起关于"青旦扮相是否可存"的讨论。

---

①跷工：戏曲、舞蹈演员踩着高跷训练步法的基本功。
②思志诚：京剧中一随意插科打诨之趣剧，演贾志诚至妓院冶游之事，脱胎于明代沈练川之《四节记传奇》中的"嫖院"一折。较原剧情节稍复杂，科白亦无定，得任意增删，但仍为昆曲。近世梨园已无能演者。该画藏于梅兰芳缀玉轩。

**五、今昔变迁**

这类作品以戏剧的发展变化为主要内容,从唱腔、音乐、装扮等方面对戏剧的改革与发展进行评述。比如吴絜厂的《孝义节之今昔》从唱腔、服装、乐器等方面论述《孝义节》一剧的变迁。曲厂的《戏班》主要写的是戏班的历史。而齐如山的《大轴子①》就是对"大轴子"的由来及历代剧演所作的评述:

……整本戏名曰轴子者,何也?盖北京历来演戏之情形、时代,各有不同。元明两朝,及清初演戏,多系整本。每日至少演一本戏,少则半本,无零出、整本之分。如《桃花扇》中《侦戏》一折,及"可怜一曲《长生殿》,断送功名到白头"一案,种种情形,难以尽述。要可断言曰,所演皆系整本。此《百种曲》《六十种曲》等书之所以纂辑也。至乾隆、嘉庆时代,则大半各脚自于各传奇中,择一二折演之,如《燕兰小谱》《品花宝鉴》所云,其角长于某戏,此《缀白裘》等书之所以纂辑也。道、咸之间,专演零出,台下渐渐生厌,于是又竟排整本之戏。盖整本之戏,多系群戏,而好角有时不与合演,仍单演零出……②

20世纪二三十年代,戏剧改良运动兴起。著名的剧评家垂云阁主的《歌台新语》对皮黄的改革、京调的唱腔、皮黄的装束、南北伶人的服装、旦角的行头以及歌曲文风等方面进行论述研究。其《顾曲偶缀》以京剧的发展现状及原因为主要内容,对在戏剧改革的背景下旧戏的特色以及与新旧剧差异进行了论述。

除以上所列的作品外,《南金》还刊有翻译作品。从《瀛环志略》

---

①大轴子:一次演出的若干戏曲节目排在最末的一出戏,也叫大轴。
②《南金》第5期,第17页。

开始,翻译小说屡屡在大报副刊、小报及文学杂志上出现。《南金》杂志中的翻译作品数量较少,仅有两篇,出现于后期。其一是戴友苏翻译的由美国人 W. Irving 写的小说《鬼新郎》,另一篇是由听鹂主人翻译的域外轶闻,即《西王母再战红孩儿》。该篇主要内容是德国废皇威廉二世之妹,61 岁的维多利亚公主与一个 27 岁的俄国男学生订婚之事。

## 第四节 图画作品

插图作为杂志内容的一种重要形式,不仅增添了阅读的趣味性,还为读者增加不少审美享受。丰富的插图内容是《南金》杂志的一大特色。《南金》中的插图主要分为三大类:人物照片、纪实图片和书画金石。

### 一、人物照片

尽管清末民初在报刊杂志上进行京剧和伶人的宣传已经十分流行,但《南金》杂志对于京剧及伶人的宣传有着一定的限制。《南金》杂志在题材选取时曾明确表明拒绝"捧角"类的文章。同样,杂志图片选用的伶人,亦非为了伶人的一时宣传,而是选取当时名家,如"四大名旦"梅兰芳、尚小云、程砚秋、荀慧生等人。这些人的照片在这类插图中占有较大的比重,像《梅兰芳之西施》《尚小云能仁寺摄影》《荀慧生之盘丝洞》《程砚秋、尚小云之惊梦》《梅尚程三名伶合摄之佳期戏影》《梅兰芳之黛玉葬花》等。除此之外,《南金》杂志还刊载有韩世昌、谭鑫培、于素文、倚鸾娇、胡碧兰等名伶照片。

近代天津的影剧业在当时比较发达，早在光绪三十二年（1906），天津就出现了首家由外国人经营的电影院。20世纪20年代的天津，早已是影院林立。有光明、丹桂、大光明、天津、北洋、华安、明星、春和、国光、上权仙等影院。这些影院在当时都极为火爆，除了在影院上映影片之外，影院还提供外出放映的服务。初期以播放西方影片为主，20世纪20年代，国产剧开始风行。

电影明星的插图反映了当时电影事业的发展和天津的时代特色，也是《南金》摩登气质的体现。这些插图中除本土明星如王汉伦、胡蝶、黎明晖等人的照片，还有外国明星的身影，如外国著名之中国女明星黄阿媚、日本电影女明星和美国著名电影女明星海伦·柯克丝等。

民国时期，报刊杂志刊载名妓照片也是当时风尚。《南金》杂志亦用名妓照片作为插图，但数量较少。如名妓素姝、京津名妓美君和来福，以及19世纪60年代上海名妓照片。除此之外，其他人物照片也较丰富，比如京城名媛陆小曼、民国"联圣"方地山、戏剧大家齐如山以及《南金》主编姚灵犀等。

**二、书画金石**

书画金石类插图在《南金》中占比例最大，其中包括名人画作、书法真迹和古董文物三部分内容。

名人画作可分为两类，一类是古人真迹。比如唐代吴道子的《白衣大士渡海像》，南宋郑思肖绘制的《云龙图》，元代画家倪云林的山水画，明末书画大家查士标的山水画，明代画家李龙眠所绘的《十六应真挚一》，清康熙时的宫廷画家郎世宁绘制的壁画，清代著名戏画家沈荣甫所绘的《思志诚画像》，清代画家石涛所绘的竹石

萧谦中绘山水图卷

等;另一类是近人画作。如清朝末代帝王御笔赐王廷桢都统的《三秋图》,中华民国第五任大总统曹锟画的梅花,名伶王瑶卿画的梅,梅兰芳画的牡丹及其临摹的明代龙王脸谱,民国女画家杨令茀的《卞玉京入山图》,黄山寿绘制的扇面,萧谦中的山水画,石冥山人的花卉和吴待秋的山水等。

书法真迹类作品包括名人题"南金"字、名人书法及近人手稿三类。其中题"南金"字的作品共有 11 幅。题字的名人有著名学者罗振玉,传奇人物金息侯,学者邵次公,诗人樊樊山,军人杨邻葛,名士宝瑞臣,"民国四公子"之一的红豆馆主①,中华民国总统黎宋卿,著名学者陈弢庵及袁中舟,由此足以可知《南金》在当时的巨大影响力。

名人书法作品中包括翁同龢、梁启超、王凤卿、叶遐庵、易宝甫、冯小隐、郑苏堪等人的书法作品。除此之外,还有大量近人手书诗词作品,其中包括陈弢厂、沈南野、章行严、姚茫父、邵次公、胡适之、袁寒云、曹纕衡、刘瘦侬等人的真迹。

19 世纪末 20 世纪初,随着近代考古学传入中国,考古活动盛行,在这一时期出土了不少历史文物。《南金》杂志中文物古董类插

---

①红豆馆主(1871—1952),爱新觉罗·溥侗,字后斋,号西园,京剧名票,民国四公子之一。

图也较丰富,如汉笔雀铜瓦、汉鹿石刻、明代之铜欢喜佛像、高句丽好大王陵砖、周特钟、新疆出土之古印、秦双鹿铜瓦、龙纹瓦当、有虞氏泰尊、夏四牺鼎、汉匈奴印、唐多宝塔砖象、唐小忽雷、北戴河汉故城新出土之汉瓦当等照片。

### 三、纪实图片

《南金》杂志刊载的纪实图片种类较多,占比例较大。其中包括风景名胜照片:如《宁寿宫畅音阁戏台》《陶然亭之香塚及鹦鹉塚》《庐山瀑布》《蓟门烟树残迹》《景福宫之连理柏》《印度恒河旁之回教礼拜寺》《敦煌画壁》《北平精忠庙喜神殿之壁画》等。另外,还有一些国外的纪实照片,比如《三国电影之一幕》《巴黎之裸舞》《美之处女》《美国 Detroit 艺术陈列所摄影》等。除此之外,还有两幅新闻图片,其一是《天津新落成之万国铁桥》,另一个是《通化大刀会匪之就戮》。尽管这些图片具有纪实特点,但主题内容多与艺术相关,表现了杂志本身的文艺特性。

# 第四章 《南金》的停刊与其他期刊

诞生于北派通俗期刊萧条期,且以旧文学为主要内容的《南金》杂志,可以说是20世纪二三十年代的特殊存在。它的内容丰富,品质精良,堪称当时北派通俗期刊的里程碑。尽管《南金》杂志仅出版十期便销声匿迹了,但它所具有的代表意义,仍然不可忽视。

## 第一节 《南金》的停刊

尽管《南金》杂志在当时获得了极大的赞誉,被称为"北方唯一最美之文艺月刊",然而其存活时间也不过短短一年,从创办到停刊,如昙花一现,便淹没于历史长河。内容优良,出版精致的《南金》杂志缘何夭折,是我们必须思考的问题。

### 一、不通俗的通俗期刊

在分析《南金》停刊的原因之前,应先明确杂志的定位:《南金》

杂志是以清末民初的士大夫群体为主要编创团队,并且以士大夫群体为读者群体来定位的。因此,以宣扬风雅旨趣为目标的《南金》杂志,与同时期的大报、小报及其他通俗期刊相比,无论是内容上还是表现风格上,它的通俗性都较差。可以说,《南金》杂志是一份并不通俗的通俗期刊。

20世纪二三十年代是报纸期刊盛行的年代,也是民国通俗文学获得大发展的时期。随着经济和城市的发展,市民阶层逐渐发展壮大,市民群体逐渐成为通俗文学的阅读主体。作为一种在城市中流行的商业产品,通俗期刊的生产必须遵循商品经济的规律。对市场风向的把握和对消费者群体的定位,是通俗期刊赖以生存的关键。"作家在此环境中创作,是为了生活、为了金钱,而不单纯是为了艺术。"①然而,通过对《南金》杂志的编辑理念、读者群体以及主要内容的研究可以发现,在世俗化文学市场中,《南金》杂志并没有像南派通俗期刊那样,顺应历史发展的潮流,以反映市民阶层的价值观和美学观为办刊倾向。

只有市场意识强烈,且将读者视为刊物生命的杂志才能在那个众声喧哗的年代立足。很显然,《南金》对市场并不敏感。尽管它拥有了风格较为统一的编创队伍,但并没有形成以市民阶层为主体的较为稳定的读者群。正如北派通俗文学研究者张元卿所说:"《南金》有致命的缺点。从刊物编辑、撰述人到刊物内容做一考察就可知,《南金》是一个名流办的,办给名流们看的刊物。这种特点决定了它在以市民为期刊主要读者的商业化时代只能是昙花一现。名流们想把'公诸同好'的东西让天下人分享的愿望只能是一

---

① 孟兆臣:《近代通俗文学研究几个值得思考的问题》,《天中学刊》,2008年第1期。

厢情愿。"①

### 二、必然中的偶然因素

20世纪二三十年代的北派通俗期刊在通俗文学市场中逐渐被边缘化,甚至趋于枯寂。在以办小报为流行风尚的天津,通俗文学期刊的发展举步维艰。《南金》杂志能在小报繁荣、期刊凋零的大背景下逆流而上,实属艰难。在那个时代,以旧文学为主要内容的通俗文学期刊注定要被时代的洪流吞噬。但不可否认的是,在当时通俗文学以小报形式为主流的环境下,《南金》杂志也有其独特优势。

"从社会学视角来看,都市文化是阶级文化,正因为此,它们反映了消费这些文化的社会群体的价值、态度和资源。"②以士大夫群体为主要编创团队和读者群体的《南金》杂志,反映的是当时京津地区乃至全国中上层社会的文化。它以高层次的文化内涵展现了中上层知识分子群体的文化品位与价值观。

"不同类型的文化产品与不同的社会阶层联系在一起。社会学在讨论文化偏好与社会阶级之间的关系时往往断定,不同社会阶级的特征决定了这些阶级的文化偏好。公众根据自己的价值观念和受教育的程度在一系列可能性之中进行选择。"③《南金》杂志与当时北方的小报及南方的通俗期刊并不相同,它作为针对精英群体的文化产品与当时的士大夫阶层紧密相连。虽然这一阶层与市民阶层和新青年读者群体相比,并不庞大,但当时的京津地区,乃

---

①张元卿:《民国北派通俗小说论丛》,第80页。
②[美]戴安娜·克兰,赵新国译:《文化生产:媒体与都市艺术》,译林出版社2001年版,第112页。
③[美]戴安娜·克兰:《文化生产:媒体与都市艺术》,第34页。

至全国范围内,仍是极有分量的存在。

因此,在20世纪二三十年代,尽管以市民群体为目标读者的小报在当时极为风行,但作为名流刊物的《南金》并没有与小报抢夺市场份额的压力。这就说明了在以市民阶层为期刊主要读者群体的商业化时代,《南金》杂志有适合其生存和发展的空间。

《南金》杂志的停刊极为突然。很多连载的作品因其突然停刊而被腰斩,而且后面几期杂志在内容、广告、发行等方面并未显出任何衰落迹象。在《南金》杂志第10期的戏剧专号上,南金社发表过一则"特别启事":"本社社长姚君素,以事南归,同人公推胡叔磊为津社社长,傅芸子为平社社长兼主编,一切事务统由胡、傅二君负责进行,至于姚君前经手之事概由姚君自行负责,特此声明。"[1]由此声明可知,社长姚灵犀的南归,给《南金》杂志编辑部带来了人事变动。在这之后,《南金》杂志既无停刊声明,也再无新刊出版。姚灵犀的南归,或为《南金》杂志突然停刊的最直接原因。

## 第二节 《南金》与《一炉》

尽管在旧文学凋零的趋势下,仅出版一年便停刊的《南金》杂志并没有做到力挽狂澜,但作为北派通俗期刊萧条期的代表刊物,《南金》杂志在一定程度上反映了北派通俗期刊在当时的最高水准,同时也是对当时京津地区文化生态的最好体现。创刊于天津的半月刊《一炉》,是继《南金》之后,又一诞生于北派通俗期刊萧条期的通俗文学刊物。它的特色代表了《南金》停刊后北派通俗期刊的

---

[1]《南金》第10期,封底。

发展趋势。

《一炉》创刊于1930年4月1日,与《南金》同属于北派通俗期刊萧条期的产物。《一炉》由吴秋尘[①]主编,由天津《一炉》杂志社出版,前后共出版六期。该杂志为半月刊,小32开本,铜版纸插图,竖排版印刷,每期170页左右,每册售价二角。尽管《一炉》与《南金》在某些方面有着极大的相似度,但不可否认的是,它们之间有着实质性的不同。这些异同在反映20世纪20年代末30年代初通俗文学刊物特色的同时,也体现出北派通俗期刊的发展趋势。

《一炉》的创刊目的很简单,其主编吴秋尘在《一炉》的发刊词中这样解释其办刊原因:"只有一个最简单的理由:就是爱办,喜欢办。因为爱和喜欢的缘故,就时时刻刻的想办。"这个理由表面看似随意,但联系"深感天津文艺界的枯窘"这一背景,《一炉》与《南金》在创刊目的上就有了一致性。但它们毕竟还是有所不同:

> 文艺两个字,本来不大容易谈,我们只能说,本刊是偏重研究文艺的一种试办的出版物。除去一大部分的文艺稿以外,还想附带着登载些关于文学、艺术和科学的常识和理论,并注重介绍文学美术各团体有系统的调查和纪事,以符合我们"调剂生活"的主旨。[②]

与《南金》扬风扢雅的主旨及其文艺特质相比,《一炉》似乎有所妥协,只是将刊物定位成"偏重研究文艺的一种试办的出版物"。这在一定程度上扩大了内容选材的范围,以"征稿启事"为例:"本刊征求各种文学作品、艺术影片以及科学常识、社会调查,不限门类"。[③]这在丰富刊物内容的同时,也拓宽了刊物的生存空间;而"调

---

[①] 吴秋尘,民国时天津著名报人,曾主编《益世报》《北洋画报》等著名报刊。
[②] 吴秋尘:《生火》,《一炉》第1期,第1页。
[③] 《一炉》第1期,第1页。

剂生活"的主旨,则表示这时的通俗文学刊物早已卸下了《南金》编创团队所谓"振兴风雅"的重担,开始融入世俗一流。

《一炉》杂志与《南金》相同,并没有明确的栏目设置,但每期都刊载吴秋尘的两个固定栏目——"炉畔零话"和"编后短记"。很明显,在栏目的编排上,北派通俗期刊仍旧落后于南派。《一炉》的通俗性具体表现在杂志的内容上,以表 4 为例:

表 4:《一炉》第 1 期目录

| 作品 | 作者 | 备注 | 语言 |
|---|---|---|---|
| 生火 | 吴秋尘 | 序言 | 白话文 |
| 炉畔零话 | 吴秋尘 | 随笔 | 白话文 |
| 不是邻猫生子的问题 | 王小隐 | 随笔 | 白话文 |
| 雍和里读书记 | 桂 缘 | 笔记 | 文言文 |
| 女人随笔 | 韦而弗来作,施厚冰翻译 | 随笔 | 白话文 |
| 不可思求 | 吴云心 | 笔记 | 白话文 |
| 围炉零语 | 吴秋尘 | 随笔 | 白话文 |
| 清清溪水、水上鸭、过农场 | 徐 芳 | 现代诗歌 | 白话文 |
| 一炉创刊题祝即简秋尘吾兄 | 陈季父 | 诗歌 | 文言文 |
| 老寀阁诗草 | 忏 葊 | 诗歌 | 文言文 |
| 真实 | 一 蝶 | 新剧剧本 | 白话文 |
| 愤怒 | 微 晒 | 随笔 | 白话文 |
| 不饮寄仲梅 | 玉 笙 | 诗歌 | 文言文 |
| 读书随笔 | 吴云心 | 随笔 | 文言文 |
| 俛仰簃诗屑 | 季 父 | 笔记 | 文言文 |
| 乞浆记 | 唐立庵 | 笔记 | 文言文 |
| 夜雨怀李仲梅 | 玉 笙 | 诗歌 | 文言文 |
| 爱痕 | 鲁露西 | 随笔 | 白话文 |
| 写给幽 | 夜 深 | 现代诗歌 | 白话文 |
| 杜鹃 | [美]Missj.Marks 作,曾铁忱翻译 | 剧本 | 白话文 |
| 包袱皮 | 斐 然 | 小说 | 白话文 |
| 华县长 | 徐凌影 | 小说 | 白话文 |
| 忆亡师丁伊真先生 | 斐 然 | 随笔 | 文言文 |
| 长安柳 | 吴秋尘 | 随笔 | 白话文 |
| 编者后记 | 吴秋尘 | 后记 | 白话文 |

通过表4所可以发现,《一炉》杂志中的文言文内容比例明显少于白话文,文言作品内容仅限于笔记和诗歌,而且翻译作品的数量和内容都有所扩展。可见,20世纪30年代,尽管文言文没有退出历史舞台,但白话文的使用已经成为大势所趋。而且作为北派通俗文学期刊,《一炉》的过渡性质十分明显。

在杂志的创作群体方面,尽管《一炉》也网罗了不少作家名士,如徐凌霄、张聊止、吴云心、陈向元、曾铁忱等人,但与《南金》相比,差距仍然很大。可以说《南金》停刊后,如此豪华阵容的南北作家大联合再没有出现过。

在用纸和装帧方面,相较于精致优良的《南金》而言,《一炉》的用纸稍显低劣,印刷比较粗糙。不过其封面与插图都为铜版纸印刷,与《南金》相差无几。它的封面由冯武越先生设计,画面固定,且每期采用不同的颜色印刷。其插图内容与《南金》几乎无差,都是以山水风景、名人书画、金石古物、社交名媛以及其他摄影作品为主要内容,但数量较《南金》要少很多。在杂志内容的排版上,《一炉》的版面较灵活,版面语言也较丰富,虽然不能与南派期刊相提并论,但比《南金》的现代气息浓厚。

《一炉》从创刊到停刊,前后共历经了三个月。尽管《南金》与《一炉》都不长寿,但它们的办刊内容与特色是20世纪二三十年代天津通俗期刊发展变化的写照。通过对通俗文学期刊的不断摸索与尝试,北派通俗期刊在30年代末终于迎来了发展的春天。

# 结　语

对于20世纪中国文学史而言，民国通俗文学期刊是一座巨大的宝藏。数目繁多的通俗文学期刊不仅蕴藏了大量不为人知的通俗文学作品，还折射出了社会生活的方方面面。作为一片尚未被大量开垦的文学净土，越来越多的研究者将目光投向了这片神秘领地。与方兴未艾的南派通俗期刊研究相比，北派通俗文学期刊研究显得势单力孤。在发行数量少，且较多散佚的情况下，对北派通俗文学期刊的研究就愈发艰难。然而，正因如此，这项研究才显得更有意义。

《南金》杂志是1927年创办于天津的北派通俗期刊。它创刊时，正值北派通俗期刊凋零没落之期。在北方小报风行、新文学思潮打压的环境下，《南金》杂志逆流而上，成为北派通俗期刊史上萧条期的里程碑。

在国粹凋零的背景下，《南金》杂志提倡风雅的办刊目的或多或少带有些斗争气势。然而，在那样一个浑浊乱世里，这样一本既不具有政治性,亦不具有商业性的文艺刊物,注定只能成为社会中上层知识分子的消遣之物。他们一边在租界的"安乐窝"里,享受着"现世安稳,岁月静好",一边在《南金》上谈风论雅,吟风弄月。

当然,装帧精致、印刷精美的《南金》杂志,并不是徒有其表。在《南金》中留有痕迹的不仅是南北两地的作家,还有享誉各界的社会名流。《南金》以至高的含金量和独特的艺术魅力赢得了士大夫群体的欢迎。

时代迎来了新的思想与文学,《南金》杂志终被湮没于历史尘埃。然而,《南金》杂志的意义却是不朽的。作为早期南北作家联合办刊的典范,《南金》杂志涵盖了南北两地的文学作品,也融合了两地的文艺特色。被视为文艺精品的《南金》,停刊后十年间,仍然无一刊可望其项背。

说《南金》杂志是一群旧式文人的自娱盛宴也好,说它是对新文学思潮侵袭所作的反抗也罢,这都改变不了20世纪二三十年代旧文学的命运。《南金》杂志更像是一首为传承千古的旧文学所奏响的末世挽歌。这群有着深厚旧学修养的文人名士因《南金》而汇聚一堂,曲终人散后,被掀起的波涛又归于沉寂。

# 参考文献

1. 姚灵犀著. 思无邪小记[M]. 天津:天津书局,1941
2. 姚灵犀著. 瓶外卮言[M]. 天津:天津古籍书店影印出版,1989
3. 姚灵犀著. 采菲录[M]. 上海:上海书店出版社,1998
4. 姚灵犀编. 未刻珍品丛传[M]. 天津:天津书局,1936
5. 张焘(清)著. 津门杂记[M]. 天津:天津古籍出版社,1986
6. 张元卿著. 民国北派通俗小说论丛[M]. 太原:山西古籍出版社,2001
7. 魏绍昌主编. 鸳鸯蝴蝶派研究资料[M]. 上海:上海文艺出版社,1962
8. 范伯群主编. 中国近现代通俗文学史[M]. 南京:江苏教育出版社,1999
9. 范伯群、孔庆东主编. 通俗文学十五讲[M]. 北京:北京大学出版社,2003
10. 陈平原著. 文学的周边[M]. 北京:新世界出版社,2004

11. 鲁迅著. 中国小说史略[M]. 上海:上海古籍出版社,2006
12. 天津市文史研究馆编. 天津文史丛刊[J]. 天津:天津市文史资料馆第2—11期. 1984—1989
13. 萧乾主编. 中央文史馆编. 津门史缀[M]. 北京:中华书局,2005
14. [美]费正清主编. 剑桥中华民国史(1912—1949)(上,下)[M]. 北京:中国社会科学出版社,1994
15. 罗澍伟著. 近代天津城市史[M]. 北京:中国社会科学出版社,1993
16. 周俊旗主编. 民国天津社会生活史[M]. 天津:天津社会科学院,2002
17. 侯福志著. 天津民国的那些书报刊[M]. 上海:上海远东出版社,2009
18. 天津市政协文史资料研究委员会主编. 天津文史资料选辑[J]. 天津:天津人民出版社,2015
19. 刘增人等著. 中国现代文学期刊史论[M]. 北京:新华出版社,2005
20. 应国靖. 现代文学期刊漫话[M]. 广州:花城出版社,1986
21. 宋应离主编. 中国期刊发展史[M]. 郑州:河南大学出版社,2000
22. 孟兆臣著. 中国近代小报史[M]. 北京:社会科学文献出版社,2005
23. 鲍国华主编. 二十世纪天津文学期刊史论[M]. 济南:山东画报出版社,2012
24. 蒋晓丽著. 中国近代大众传媒与中国近代文学[M]. 成都:巴

蜀书社,2005
25. 王玉琦著.近现代之交中国文学传播模式转换研究(1902—1927)[M].南昌:江西人民出版社,2005
26.[美]戴安娜·克兰著,赵国新译.文化生产:媒体与都市艺术[M].南京:译林出版社,2001
27.陈明远著.文化人的经济生活[M].太原:山西人民出版社,2010
28.李醴泉著.李醴泉诗联集[M].北京:国际文化出版社,1998
29.周越然著.书与回忆[M].沈阳:辽宁教育出版社,1997
30.陈惠芬编.黄裳散文选集[M].天津:百花文艺出版社,2009
31.冯浩菲著.中国训诂学[M].济南:山东大学出版社,1995
32.桥川醉轩主编. 文字同盟[M].北京:文字同盟社,1928
33.姚灵犀主编. 南金[M].天津:南金社,1927—1928
34.吴秋尘主编. 一炉[M].天津:一炉社,1930
35.仇昉. 近代狭邪小说艺术史论[D].博士学位论文.扬州大学,2008
36.徐永志.恣肆的欲情——晚清狎妓之风与色情业的兴衰[J].文史精华,1997(11)
37.陶敏."笔记小说"与笔记研究[J].文学遗产,2003(2)
38.孟兆臣.近代通俗文学研究几个值得思考的问题[J].天中学刊,2008(1)

# 后 记

一月霞初,二月花潮。清明前,春分后,本是棠梨木兰的季节。然而,这座位于北方以北的城市,因路途遥远,来不及赴这花开之约。江南杨柳醉春烟时,这里依然衰草满地。这七年里,我曾不止一次地抱怨这里漫长的寒冬,甚至几乎绝望于看不见尽头的枯寂。然而,此时此刻,我看着路边日渐消融的积雪,想着即将到来的别离,丝毫没有解脱的雀跃与欢喜。

我总以为置身戏外,便能成冷眼看客。我总以为满腹凉薄,就不会为情愁牵扯。我怕爱恋过深,成为执念,更怕无论去往,皆为虚妄。于是,便时刻想着逃离。可到了不得不走的时候,却又恨不得备上浓酒几壶,灌醉了光阴,将她留住。

两年前我与《南金》偶遇,选题时几经思索,还是没能将它放下,于是有了这篇论文。尽管很早之前就开始了相关资料的搜集与阅读,但对于论文的写作,我却迟迟不愿动笔。甚至有时任性地觉得,只要不写毕业论文,就可以将毕业抛掷脑后。可是这一天终究还是来了,避无可避。

七年岁月,说短不短,说长也不长。

感激命运厚待与上天垂青,让我在这七年里,读自己喜欢的书,学自己喜欢的东西,过自己喜欢的日子。感谢我的导师孟兆臣先生,是他带我走进那段被人遗忘的红尘乱世,是他让我看到那堆被岁月掩埋的残页碎纸,是他教会我如何将书尘慢扫轻拂……感谢导师对我的信任与厚爱,让我在这三年里拥有足够的自由,去做自己喜欢的事。感谢古代文学教研室的其他老师,他们的教诲会让我受益终身。感谢2010级古代文学专业的兄弟姐妹,因为有他们的陪伴,这段路途才不孤独。

于吉大而言,我只是一个匆匆过客;于我而言,吉大则是最美的青春年华。犹记当年初来此处,还是未及双十的稚嫩面孔,如今却又要打点行囊,准备踏上新的旅途。回首来路,往事已远。唯有向前,努力做最好的自己。

兰翠娟

2013年3月26日于吉大南苑

# 附录一：《南金》主要作者作品表

| 序号 | 作者 | 作品 |
|---|---|---|
| 1 | 张受佶 | 历代经石考略、贝锦记 |
| 2 | 周公旦 | 《官场现形记》之作者、快恩仇馆剧话、春明旧谈、鄂西之民间戏剧 |
| 3 | 西海 | 媚莲、舞子夕饮 |
| 4 | 齐如山 | 陈德霖小史、大轴子、戏剧之变迁、越剧脚本《新顶砖》 |
| 5 | 朱滌秋 | 留香纪痕、绾情家之画、北京戏园之变迁 |
| 7 | 郑小耘 | 复斋偶笔 |
| 8 | 傅惜华 | 故宫霓裳录、思志诚画像记、刘赶三轶事、《思凡》之作者及演者、罗百岁轶事、关汉卿杂剧作品考、元吴昌龄西游记杂剧之研究 |
| 9 | 素心人 | 哀雪谈、眉黛、歌台韵语 |
| 10 | 陈翠娜 | 书所见 |
| 11 | 吴絮厂 | 楹联志感、开明聆剧记、《孝义节》之今昔 |
| 12 | 胡叔磊 | 桐花小志、汉皋新语、禅房欢喜录、侠妓、赭匪祸常纪往、蛰龙琐闻、酒浅愁深录、雄飞记 |
| 13 | 新玩 | 澜园剧话 |
| 14 | 姚灵犀 | 瑶光秘记、非花记、鉴戒实录、画诃记 |
| 15 | 傅芸子 | 云郎考、春明鳞爪录、名流趣话、芸移钟话、记张玉田警句、龙与中国美术、次公归稿记、乾嘉时代之天桥酒楼、天泰山肉体魔王考、大头和尚斗柳翠考 |

| 序号 | 作者 | 作品 |
|---|---|---|
| 16 | 张次溪 | 万柳堂记、夕照寺记 |
| 17 | 毕素波 | 秦厂笔记、悼红记 |
| 18 | 施涵宇 | 读《南金》第一集题后、仿制古代礼乐器之管见 |
| 19 | 徐凌霄 | 楹联提要引词、齐州稽古录、旦角之一部分的进步 |
| 20 | 张霁子 | 昆曲与乱弹 |
| 21 | 曾毅公 | 释也、释龙 |
| 22 | 垂云阁主 | 歌台新语、顾曲偶缀 |
| 23 | 王小隐 | 四厢花影怒如潮、达、爱与死、弓影杂记、策评剧 |
| 24 | 元 奕 | 逸园癫语、金文偶拾 |
| 25 | 邵次公 | 毛诗大序疏证、五官异义、邵次公近作、先天八卦、子莫考、驺虞异义 |
| 26 | 徐半梦 | 海桑词序、理学家诗有仙气 |
| 27 | 鲍娄先 | 观吕美秋演嫦娥奔月 |
| 28 | 张瞿先 | 讷汉随笔 |
| 29 | 戴友荪 | 毛公鼎漫谈、雀生鹨解、说文漫谈、驱环恨、鬼新郎(译) |
| 30 | 徐一士 | 《宦海潮》本事、名伶与八家 |
| 31 | 玉 文 | 祝英台考证、雷峰塔戏文漫谈 |
| 32 | 庐 山 | 庐山随笔 |
| 33 | 胡 适 | 墨子 |
| 34 | 南 涧 | 无闷小记 |
| 35 | 惜春御史(编) | 风流薮 |
| 36 | 宗澹云 | 一叶庵说词、昆剧之笑与哭 |
| 37 | 霁 虹 | 村师趣史 |
| 38 | 向迪琮 | 柳溪词话 |
| 39 | 马鸥盟 | 画兰论 |
| 40 | 王越庄 | 蜗庐印存序、古双藤记 |
| 41 | 邵茗生 | 琼琯集联 |
| 42 | 雄 剑 | 鞘室杂记 |
| 43 | 张慧剑 | 诡证记 |
| 44 | 崔 适 | 龙师龙名说 |
| 45 | 刘瘦侬 | 记媚珠 |
| 46 | 俪 麟 | 红闺嚼琐 |
| 47 | 赵松樵 | 国产影片之悲观 |
| 48 | 张秋虫 | 灵药记 |
| 49 | 张剑秋 | 金婚诗 |
| 50 | 严魄庵 | 玉蝉花馆碎金 |

| 序号 | 作者 | 作品 |
|---|---|---|
| 51 | 听鹏主人(译) | 西王母再战红孩儿 |
| 52 | 孙际鸿 | 塞上异闻 |
| 53 | 吴拔其 | 瀛妆四咏 |
| 54 | 陈小蝶 | 粉墨闲谈、醉灵轩谈剧 |
| 55 | 沈壶公 | 濮蛮志略序、濮蛮民族史 |
| 56 | 陈蝶生 | 古十二章图说考 |
| 57 | 邵倬庵 | 春明景物词 |
| 58 | 王朝佑 | 日本卖淫制度之考察 |
| 59 | 李木公 | 说弋腔角色各有专工 |
| 60 | 陈墨香 | 说旦 |
| 61 | 曹心泉 | 论乐 |
| 62 | 张鼎乾 | 东狱庙系神殿碑记 |

# 附录二:今生有幸识《南金》

兰翠娟

石家庄刚下完这个冬天的第一场雪,地上早已没了任何痕迹。天空并不明朗,倒是像极了长春,勾起了许多往事。

2012年3月,关内已是早春风光,关外的冬天尚未结束。我踩着积了一冬的雪去找导师孟兆臣先生商量毕业论文选题。他问是否已经有了想法,我说打算做《南金》杂志研究。

当时在孟老师看来,民国北派通俗文学期刊研究资料相对较少,在资料搜集方面可能会有难度,但我依然决定要试一试。

初识《南金》,源于张元卿先生的《民国北派通俗小说论丛》。张元卿先生在书中曾对《南金》做过简要的论述,那句"北方唯一最美之文艺月刊"曾勾起我的无限好奇。所以,当我无意间在吉林大学图书馆里偶遇《南金》时,惊喜已不足以表达我的内心。

从1927年到2011年,从天津到长春,精致的铜版纸上并没有留下太多岁月的痕迹,保存完好的书册也看不出它是否有过颠沛流离的过往。然而我却能清楚地感受到《南金》本身所具有的历史的厚重。

从翻开《南金》的第一页开始,每翻一页,对它的着迷便多一重。于是,迫不及待地想了解它更多。然而随着了解的不断深入,内心却越来越不安,越来越惶恐。甚至害怕自己的无知与浅薄,枉费了这一场相遇。然而,却又被她的魅力所吸引而欲罢不能。

《南金》从创刊到停刊,尽管只出版了十期,但其含金量极高。其丰富的内容、独特的艺术魅力与其精美的印刷相得益彰,堪称旧文学期刊的巅峰之作,不枉"北方唯一最美之文艺月刊"的称号。

然而,难以想象,曾经有那么一群人,他们见证了历史,创造了历史,成为了历史,最终又湮没于历史。作为民国时期北派通俗文学的文艺精品,《南金》及其背后的编创者们,已经被世人遗忘太久了。

其实,若不是偶遇《南金》,我大概至今都不会知晓姚灵犀这个名字。若不是姚灵犀,我大概也不会对《南金》如此执着。作为《南金》杂志社的社长,这位成名于天津文艺界的鸳鸯蝴蝶派文人,一直很少为专业人士所提及。也正因如此,才愈发让人好奇。

《南金》杂志,就像一把开启民国时期京津文艺界"朋友圈"的钥匙,将人带入一片全新的江湖。它不仅有一个有着深厚旧学修养的编创团队,还网罗了南北两地的文人雅士,而且不乏各界名流。也正是这群人,一直活跃在民国时期通俗文学的舞台上,编织出一部不容忽视的民国通俗文学史。

在论文写作的过程中,我曾一度陷入纠结与彷徨。尽管《南金》只有十期,可似乎每个作者、每部作品都有着一个说不完的故事。很多时候,面对这本旧文学的"绝唱之作",我几乎不敢言语,唯有静下心来,小心翼翼地抽丝剥茧,努力地透过那些文字与照片,去感受和触摸八十多年前的世界。

做《南金》杂志研究，除去对历史事实应有的尊重，抛开所谓的学术收获，更多的还是骨子里的那份热爱。因为热爱，所以见不得"北方唯一最美之文艺月刊"只是文学史上的只言片语；因为热爱，所以无法忍受那些人和作品被湮没于尘埃。所以坚定地想为他们做些什么。纵然年代久远，万幸还能从寻到的蛛丝马迹里挖出历史的碎片，拼凑着并不完整的曾经。万幸，我曾遇见《南金》。

2015 年 1 月 25 日

# 走近姚灵犀

本书关注的姚灵犀,虽非什么大人物,但却是一位奇人,也是一位趣人——他由于大胆编印缠足史料以至官司累身,也因为敢于披露性灵而活出人生味道。姚灵犀除了经历上传奇坎坷,个性上更是特立独行。他脱离大众的审美活法,造就的自然容易是悲剧。而这种悲剧舞台上的人物,只有极少可能成为历史要角,绝大多数真的就以悲剧收场了。

姚灵犀是天津文化史上的"失踪者",20世纪90年代以来,随着社会的发展和思想的开放,才逐渐受到学人的关注。姚灵犀也可算是幸运者之一,他毕竟已经被逐渐打捞上岸,而更多的奇人和趣人,或许会永久地失踪下去。

历史的选择是残酷的,永久地失踪并不意味着水平差和无意义,而是掺杂了太多必然和偶然,一如这些"失踪者"被发现。千年的文字会说话,姚灵犀幸有《采菲录》在,有《南金》杂志在,还有大量的散逸文稿在。

关于姚灵犀,最著者无疑是《采菲录》系列文本,以及由此引发的曲折官司。同样的姚灵犀,经过历史的翻云覆雨,终于从"诲淫"的下流文人,变成了"存史"的莘莘学者。客观并没有发生变化,评价却已有天壤之殊。

姚灵犀本来生走向开化的年代,但仍就造成了其个人的悲剧。社会总是需要先醒者,更是需要先行者。姚灵犀先醒了,也先行了。先醒还不要紧,要么继续装睡,不去打搅别人;要么勉强忍着,不敢打搅别人。先行就不一样了,他一而再和再而三地弄出来的"采菲录",着实扰乱了别人的"好梦"。甚至,津门走出的著名藏书家姜德明先生,也把《采菲录》视作"表现性变态的低俗读物",为此遭到读者(极可能是姚氏后人)强烈反弹发文驳斥。直到1998年,上海书店重印《采菲录》时,仍进行着大刀阔斧的"扫黄"处理,所收内容未及原编的十分之一。打入地狱很容易,只要人人都踏上一只脚就可以了,而消除偏见却难于上青天。因此,我们不能不佩服姚灵犀当年的勇气。

姚灵犀除了学者、编辑的身份,还身兼诗词家。他参与过梦碧词社的不少活动。可惜,其诗词作品的零篇断简,大多还沉睡于手稿之中。

因关注通俗文学和天津文化,有幸识得姚灵犀和他的"采菲录",也有幸与元卿兄合编这本集子,既非惊世专著,更非集聚大成,本来不成体统,只是给人们了解姚灵犀提供了一种契机。本书的最终编成,尤其要感谢兰翠娟女士,没有其论文的加盟,以一册书的形态"走近"姚氏,恐怕只能停留在空想之境。

最后需要说明的是,本书有多篇文章作者,编者迄今难以取得联系,希望见到本书后能惠赐地址,以便我们奉寄样书。联系邮箱:

baoduyu@sina.com。

  书册即将付梓之际,谨述心中些须感触,前言抑或不搭后语,权作我们对姚氏不成功的推介。

王振良 2019 年 1 月 19 日于恐高轩

# 《问津文库》已出书目

(总计 86+3 种)

## ◎ 天津记忆

| | |
|---|---|
| 沽帆远影　刘景周著 | 59.00 元 |
| 荏苒芳华：洋楼背后的故事　王振良著 | 49.00 元 |
| 津门书肆记　雷梦辰原著/曹式哲整理 | 49.00 元 |
| 故纸温暖：老天津的广告　由国庆著 | 28.00 元 |
| 沽上文谭　章用秀著 | 38.00 元 |
| 百年留踪：解放桥的前世今生　方博著 | 39.00 元 |
| 南市沧桑　林学奇著 | 79.00 元 |
| 津沽漫记：日本人笔下的天津　万鲁建编译 | 39.00 元 |
| 忆弢盦：来新夏先生纪念文集　焦静宜编 | 92.00 元 |
| 与山河同在：天津抗日杀奸团回忆录　阎伯群编 | 38.00 元 |
| 楮墨留芳：天津文化名人档案　周利成著 | 30.00 元 |
| 布衣大师：允文允武的艺术名家阎道生　阎伯群著 | 30.00 元 |
| 口述津沽：民间语境下的堤头与铃铛阁　张建著 | 28.00 元 |

| | |
|---|---|
| 大地史书：地质史上的天津　侯福志著 | 29.00元 |
| 丹青碎影：严智开与天津市立美术馆　齐珏著 | 28.00元 |
| 立宪领袖：孙洪伊其人其事　葛培林著 | 30.00元 |
| 津门开岁：徐天瑞日记解读　王勇则著 | 58.00元 |
| 水产教育家张元第　张绍祖编著 | 36.00元 |
| 八年梦魇：抗战时期天津人的生活　郭文杰著 | 28.00元 |
| 沽文化诠真　尹树鹏著 | 48.00元 |
| 圈外谈艺录　姜维群著 | 38.00元 |
| 记忆的碎片：津沽文化研究的杂述与琐思　王振良著 | 38.00元 |
| 水产教育家张元第集　张绍祖编 | 58.00元 |
| 应得的荣誉：女医生里昂罗拉·霍华德·金的故事 | |
| 　　[加]玛格丽特著/胡妍译 | 38.00元 |
| 海河巡盐：国博藏所谓《潞河督运图》天津风物考 | |
| 　　高伟编著 | 58.00元 |
| 析津联话　章用秀著 | 58.00元 |
| 顶上功夫：宝坻剃头匠的历史记忆　甄建波著 | 68.00元 |
| 四当明霞：藏书目里的章钰及其交游　李炳德著 | 68.00元 |
| 津沽旧事　郭凤岐著 | 198.00元 |

◎通俗文学研究集刊

| | |
|---|---|
| 望云谈屑　张元卿著 | 39.00元 |
| 还珠楼主前传　倪斯霆著 | 38.00元 |
| 品报学丛．第一辑　张元卿、顾臻编 | 38.00元 |
| 云云编：刘云若研究论丛　张元卿编 | 38.00元 |
| 品报学丛．第二辑　张元卿、顾臻编 | 32.00元 |

| | |
|---|---|
| 刘云若评传　张元卿著 | 32.00元 |
| 郑证因小说经眼录　胡立生著 | 78.00元 |
| 品报学丛.第三辑　张元卿、顾臻编 | 48.00元 |
| 刘云若传论　管淑珍著 | 48.00元 |
| 品报学丛.第四辑　张元卿、顾臻编 | 58.00元 |
| 走近姚灵犀　张元卿、王振良编 | 58.00元 |

## ◎三津谭往

| | |
|---|---|
| 三津谭往.2013　王振良主编 | 39.00元 |
| 三津谭往.2014　万鲁建编 | 39.00元 |
| 三津谭往.2015　孙爱霞编 | 48.00元 |
| 三津谭往.2016　孙爱霞编 | 58.00元 |
| 三津谭往.2017　孙爱霞编 | 68.00元 |

## ◎九河寻真

| | |
|---|---|
| 九河寻真.2013　王振良主编 | 59.00元 |
| 九河寻真.2014　万鲁建编 | 59.00元 |
| 九河寻真.2015　万鲁建编 | 88.00元 |
| 九河寻真.2016　万鲁建编 | 98.00元 |
| 九河寻真.2017　万鲁建编 | 98.00元 |

## ◎津沽文化研究集刊

| | |
|---|---|
| 《雷雨》八十年　耿发起等编 | 55.00元 |
| 陈诵洛年谱　张元卿著 | 48.00元 |
| 碧血英魂:天津市忠烈祠抗日烈士研究　王勇则著 | 98.00元 |

|  |  |  |
|---|---|---|
| 都市镜像：近代日本文学的天津书写 | 李炜著 | 38.00元 |
| 天津楹联述略 | 李志刚著 | 36.00元 |
| 口述津沽：民间语境下的西沽 | 张建著 | 56.00元 |
| 口述津沽：民间语境下的西于庄 | 张建著 | 108.00元 |
| 紫芥掇实：水西庄查氏家族文化研究 | 叶修成著 | 58.00元 |
| 芦砂雅韵：长芦盐业与天津文化 | 高鹏著 | 58.00元 |
| 王南村年谱 | 宋健著 | 78.00元 |
| 国术之魂：天津中华武士会健者传 | 阎伯群、李瑞林编 | 78.00元 |
| 来新夏著述经眼录 | 孙伟良编 | 198.00元 |

## ◎ 津沽名家诗文丛刊

|  |  |  |
|---|---|---|
| 王南村集 | 王焕原著/宋健整理 | 68.00元 |
| 严范孙先生古近体诗存稿 | 严修原著/杨传庆整理 | 48.00元 |
| 星桥诗存 | 苏之銮原著/曲振明整理 | 58.00元 |
| 退思斋诗文存 | 陈宝泉原著/郑伟整理 | 88.00元 |
| 待起楼诗稿 | 刘云若原著/张元卿辑注 | 42.00元 |
| 刘大同诗集 | 刘建封原著/刘自力、曲振明整理 | 88.00元 |
| 碧琅玕馆诗钞 | 杨光仪原著/赵键整理 | 58.00元 |
| 石雪斋诗稿（附遂园印稿） | 徐宗浩原著/张金声整理 | 68.00元 |
| 紫箫声馆诗存 丙寅天津竹枝词 | 冯文洵原著/杨鹏整理 | 88.00元 |
| 思暗诗集 | 华世奎原著/阎伯群整理 | 38.00元 |
| 止庵诗存 | 周学熙原著/宋文彬整理 | 128.00元 |

## ◎ 津沽笔记史料丛刊

|  |  |  |
|---|---|---|
| 严修日记（1876—1894） | 严修原著/陈鑫整理 | 138.00元 |

| | |
|---|---|
| 桑梓纪闻　马鸿翱原著/侯福志整理 | 42.00元 |
| 天津县乡土志辑略　郭登浩编 | 98.00元 |
| 严修日记(1894—1898)　严修原著/陈鑫整理 | 128.00元 |
| 周武壮公遗书　周盛传原著/刘景周整理 | 128.00元 |
| 天后宫行会图校注　高惠军、陈克整理 | 128.00元 |
| 津门诗话五种　杨传庆整理 | 78.00元 |
| 《北洋画报》诗词辑录　孙爱霞整理 | 198.00元 |

## ◎ 名人与天津

| | |
|---|---|
| 李叔同与天津　金梅编 | 68.00元 |
| 我与曲艺七十年　倪钟之著 | 68.00元 |

## ◎ 梓里寻珠

| | |
|---|---|
| 传承与突破：近代天津小说发展综论　李云著 | 78.00元 |
| 从租界到风情区：一个中国近代殖民空间在历史现实中的转义　李东晔著 | 68.00元 |
| 赶大营研究　张博著 | 68.00元 |

## ◎ 随艺生活

| | |
|---|---|
| 方寸芸香：藏书票里的书故事　李云飞编 | 98.00元 |
| 问津书韵：第十三届全国读书年会文集　杜鱼编 | 78.00元 |
| 开卷二〇〇期　董宁文、董国和、周建新编 | 168.00元 |